WITHDRAWN

L'AMOUR, LA FANTASIA

Paru dans Le Livre de Poche :

LE BLANC DE L'ALGÉRIE

LA DISPARITION DE LA LANGUE FRANÇAISE

LA FEMME SANS SÉPULTURE

FEMMES D'ALGER DANS LEUR APPARTEMENT

LOIN DE MÉDINE

VASTE EST LA PRISON

ASSIA DJEBAR

L'Amour, la fantasia

ROMAN

CALVIN T. RYAN LIBRARY
U. OF NEBRASKA AT KEARNEY

ALBIN MICHEL

Première édition :
1985, éditions Jean-Claude Lattès
© Éditions Albin Michel, S.A., 1995.
ISBN : 2-253-15127-0- 1re publication - LGF
ISBN : 978-2-253-15127-2- 1re publication - LGF

« Il y eut un cri déchirant — je l'entends encore au moment où je t'écris —, puis des clameurs, puis un tumulte... »

Eugène Fromentin
Une année dans le Sahel

PREMIÈRE PARTIE

LA PRISE DE LA VILLE
ou
L'amour s'écrit

« L'expérience était venue à nos sentinelles : elles commençaient à savoir distinguer du pas et du cri de l'Arabe, ceux des bêtes fauves errant autour du camp dans les ténèbres. »

Barchou de Penhoën
Expédition d'Afrique, 1835.

FILLETTE ARABE ALLANT POUR LA PREMIÈRE FOIS À L'ÉCOLE

Fillette arabe allant pour la première fois à l'école, un matin d'automne, main dans la main du père. Celui-ci, un fez sur la tête, la silhouette haute et droite dans son costume européen, porte un cartable, il est instituteur à l'école française. Fillette arabe dans un village du Sahel algérien.

Villes ou villages aux ruelles blanches, aux maisons aveugles. Dès le premier jour où une fillette « sort » pour apprendre l'alphabet, les voisins prennent le regard matois de ceux qui s'apitoient, dix ou quinze ans à l'avance : sur le père audacieux, sur le frère inconséquent. Le malheur fondra immanquablement sur eux. Toute vierge savante saura écrire, écrira à coup sûr « la » lettre. Viendra l'heure pour elle où l'amour qui s'écrit est plus dangereux que l'amour séquestré.

Voilez le corps de la fille nubile. Rendez-la invisible. Transformez-la en être plus aveugle que l'aveugle, tuez en elle tout souvenir du dehors. Si elle sait écrire ? Le geôlier d'un corps sans mots — et les mots écrits sont mobiles — peut finir, lui, par dormir tranquille : il lui suffira de supprimer les fenêtres, de cadenasser l'unique portail, d'élever jusqu'au ciel un mur orbe.

Si la jouvencelle écrit ? Sa voix, en dépit du

silence, circule. Un papier. Un chiffon froissé. Une main de servante, dans le noir. Un enfant au secret. Le gardien devra veiller jour et nuit. L'écrit s'envolera par le patio, sera lancé d'une terrasse. Azur soudain trop vaste. Tout est à recommencer.

A dix-sept ans, j'entre dans l'histoire d'amour à cause d'une lettre. Un inconnu m'a écrit ; par inconscience ou par audace, il l'a fait ouvertement. Le père, secoué d'une rage sans éclats, a déchiré devant moi la missive. Il ne me la donne pas à lire ; il la jette au panier.

L'adolescente, sortie de pension, est cloîtrée l'été dans l'appartement qui surplombe la cour de l'école, au village ; à l'heure de la sieste, elle a reconstitué la lettre qui a suscité la colère paternelle. Le correspondant mystérieux rappelle la cérémonie des prix qui s'est déroulée deux ou trois jours auparavant, dans la ville proche ; il m'a vue monter sur l'estrade. Je me souviens de l'avoir défié du regard à la sortie, dans les couloirs du lycée de garçons. Il propose cérémonieusement un échange de lettres « amicales ». Indécence de la demande aux yeux du père, comme si les préparatifs d'un rapt inévitable s'amorçaient dans cette invite.

Les mots conventionnels et en langue française de l'étudiant en vacances se sont gonflés d'un désir imprévu, hyperbolique, simplement parce que le père a voulu les détruire.

Les mois, les années suivantes, je me suis engloutie dans l'histoire d'amour, ou plutôt dans l'interdiction d'amour ; l'intrigue s'est épanouie du fait même de la censure paternelle. Dans cette amorce d'éducation sentimentale, la correspondance secrète se fait en français : ainsi, cette langue que m'a donnée le père me devient entremetteuse et mon initiation, dès lors, se place sous un signe double, contradictoire...

A l'instar d'une héroïne de roman occidental, le défi juvénile m'a libérée du cercle que des chuchotements d'aïeules invisibles ont tracé autour de moi et en moi... Puis l'amour s'est transmué dans le tunnel du plaisir, argile conjugale.

Lustration des sons d'enfance dans le souvenir ; elle nous enveloppe jusqu'à la découverte de la sensualité dont la submersion peu à peu nous éblouit... Silencieuse, coupée des mots de ma mère par une mutilation de la mémoire, j'ai parcouru les eaux sombres du corridor en miraculée, sans en deviner les murailles. Choc des premiers mots révélés : la vérité a surgi d'une fracture de ma parole balbutiante. De quelle roche nocturne du plaisir suis-je parvenue à l'arracher ?

J'ai fait éclater l'espace en moi, un espace éperdu de cris sans voix, figés depuis longtemps dans une préhistoire de l'amour. Les mots une fois éclairés — ceux-là mêmes que le corps dévoilé découvre —, j'ai coupé les amarres.

Ma fillette me tenant la main, je suis partie à l'aube.

I

Aube de ce 13 juin 1830, à l'instant précis et bref où le jour éclate au-dessus de la conque profonde. Il est cinq heures du matin. Devant l'imposante flotte qui déchire l'horizon, la Ville Imprenable se dévoile, blancheur fantomatique, à travers un poudroiement de bleus et de gris mêlés. Triangle incliné dans le lointain et qui, après le scintillement de la dernière brume nocturne, se fixe adouci, tel un corps à l'abandon, sur un tapis de verdure assombrie. La montagne paraît barrière esquissée dans un azur d'aquarelle.

Premier face à face. La ville, paysage tout en dentelures et en couleurs délicates, surgit dans un rôle d'Orientale immobilisée en son mystère. L'Armada française va lentement glisser devant elle en un ballet fastueux, de la première heure de l'aurore aux alentours d'un midi éclaboussé. Silence de l'affrontement, instant solennel, suspendu en une apnée d'attente, comme avant une ouverture d'opéra. Qui dès lors constitue le spectacle, de quel côté se trouve vraiment le public ?

Cinq heures du matin. C'est un dimanche ; bien plus, le jour de la Fête-Dieu au calendrier chrétien. Un premier guetteur se tient, en uniforme de capitaine de frégate, sur la dunette d'un vaisseau de la flotte de réserve qui défilera en avant de l'escadre de bataille, précédant une bonne centaine de voiliers de guerre. L'homme qui regarde s'appelle Amable Matterer. Il regarde et il écrit, le jour même : « J'ai été le premier à voir la ville d'Alger comme un petit triangle blanc couché sur le penchant d'une montagne. »

Cinq heures et demie du matin. Sur trois rangées, l'immense cortège de frégates, de bricks et de goélettes pavoisés de pavillons multicolores, peuple sans discontinuer l'entrée de la baie, dégagée à présent totalement de la nuit et de son risque d'orage. Le branle-bas est décidé à partir du *Provence*, le bâtiment amiral.

Par milliers, les corps des matelots et des soldats se relèvent sur les ponts, remontent des soutes par grappes cliquetantes, s'agglutinent sur les gaillards. Silence étalé d'un coup en un drap immense réverbéré : comme si la soie de lumière déjà intense, prodiguée en flaques étincelantes, allait crisser.

La ville barbaresque ne bouge pas. Rien n'y frémit, ni ne vient altérer l'éclat laiteux de ses maisons étagées que l'on distingue peu à peu : pan oblique de la montagne dont la masse se détache nettement, en une suite de croupes molles, d'un vert éclairci.

A peine si officiers et simples soldats, dressés côte à côte aux rambardes, se heurtent des épées au flanc, à peine si l'on perçoit une interjection ici, un juron là, un toussotement ou le bruit d'un crachat plus loin. Dans le désordre des hamacs suspendus en vrac, entre les pièces d'artillerie et les batteries sur le qui-vive, telles des bêtes de cirque prêtes à la cérémonie derrière un halo de projecteurs, la foule des futurs envahisseurs regarde. La ville se présente dans une lumière immuable qui absorbe les sons.

Amable Matterer, capitaine en second du *Ville de Marseille*, et ses compagnons demeurent immobiles. La Ville Imprenable leur fait front de ses multiples yeux invisibles. D'où cet excès même dans la blancheur de la cité, comme si le panorama aux formes pourtant attendues — ici une coupole de mosquée reflétée dans l'eau, là-haut quelque ciselure de donjon ou une pointe de minaret — se figeait dans une proximité troublante.

Des milliers de spectateurs, là-bas, dénombrent sans doute les vaisseaux. Qui le dira, qui l'écrira ? Quel rescapé, et seulement après la conclusion de cette rencontre ? Parmi la première escadre qui glisse insensiblement vers l'ouest, Amable Matterer regarde la ville qui regarde. Le jour même, il décrit cette confrontation, dans la plate sobriété du compte rendu.

A mon tour, j'écris dans sa langue, mais plus de cent cinquante ans après. Je me demande, comme se le demande l'état-major de la flotte, si le dey Hussein est monté sur la terrasse de sa Casbah, la lunette à la main. Contemple-t-il en personne l'armada étrangère ? Juge-t-il cette menace dérisoire ? Depuis l'empereur Charles V, roi d'Espagne, tant et tant d'assaillants s'en sont retournés après des bombardements symboliques !... Le dey se sent-il l'âme perplexe, peut-être même sereine, ou se convulse-t-il à nouveau d'une colère théâtrale ? Sa dernière réplique, à l'envoyé du Roi de France qui réclamait des excuses extravagantes, combien de témoins l'ont répétée depuis :

— Le Roi de France n'a plus qu'à me demander ma femme !

Je m'imagine, moi, que la femme de Hussein a négligé sa prière de l'aube et est montée sur la terrasse. Que les autres femmes, pour lesquelles les terrasses demeuraient royaume des fins de journée, se sont retrouvées là, elles aussi, pour saisir d'un même regard l'imposante, l'éblouissante flotte française.

Au départ de Toulon, l'escadre fut complétée par l'embarquement de quatre peintres, cinq dessinateurs et une dizaine de graveurs... Le conflit n'est pas encore engagé, la proie n'est même pas approchée, que déjà le souci d'illustrer cette campagne importe davantage. Comme si la guerre qui s'annonce aspirait à la fête.

En cette aurore de la double découverte, que se disent les femmes de la ville, quels rêves d'amour s'allument en elles, ou s'éteignent à jamais, tandis qu'elles contemplent la flotte royale qui dessine les figures d'une chorégraphie mystérieuse?... Je rêve à cette brève trêve de tous les commencements; je m'insinue, visiteuse importune, dans le vestibule de ce proche passé, enlevant mes sandales selon le rite habituel, suspendant mon souffle pour tenter de tout réentendre...

Ce 13 juin 1830, le face à face dure deux, trois heures et davantage, jusqu'aux éclats de l'avant-midi. Comme si les envahisseurs allaient être les amants! La marche des vaisseaux qui suit la direction du soleil se fait si lente, si douce que les yeux de la Ville Imprenable paraissent les avoir fichés là, au-dessus du miroir d'eau verte, dans l'aveuglement d'un coup de foudre mutuel.

Et le silence de cette matinée souveraine précède le cortège de cris et de meurtres, qui vont emplir les décennies suivantes.

TROIS JEUNES FILLES CLOÎTRÉES...

Trois jeunes filles sont cloîtrées dans une maison claire, au milieu d'un hameau du Sahel que cernent d'immenses vignobles. Je viens là durant les vacances scolaires de printemps et d'été. Me retrouver dans ces lieux, enfermée avec ces trois sœurs j'appelle cela « aller à la campagne ». Je dois avoir dix, puis onze, puis douze ans...

Jeux d'été avec la benjamine des filles, mon aînée d'une ou deux années. Ensemble, nous passons des heures sur la balançoire, au fond du verger, près de la basse-cour. Nous interrompons par instants nos jeux pour épier, à travers la haie, les villageoises criardes des fermettes voisines. Au crépuscule, le portail s'ouvre devant le troupeau composé de quelques chèvres; j'apprends à traire les plus dociles. Je bois, pour finir, dans l'outre dont l'odeur de goudron me donne la nausée. A peine si je languis de ne pouvoir errer dans les ruelles poussiéreuses du village.

La demeure est spacieuse. Multiples chambres fraîches, ombreuses, encombrées de matelas empilés à même le sol, de tentures sahariennes, de tapis tissés autrefois par la maîtresse de maison — parente par alliance de ma mère, elle est originaire de la cité voisine.

Je n'entre jamais dans la pièce du fond : une aïeule, brisée de sénilité, y croupit dans une pénombre constante. La benjamine et moi, nous nous figeons parfois sur le seuil : une voix aride tantôt gémit, tantôt se répand en accusations obscures, en dénonciation de complots imaginaires. De quel drame enfoui et qui renaît, réinventé par le délire de l'aïeule retombée en enfance, frôlons-nous la frontière ? La violence de sa voix de persécutée nous paralyse. Nous ne savons pas, comme les adultes, nous en prémunir par des formules conjuratoires, par des bribes de Coran récitées bien haut.

Cette présence, déjà d'outre-tombe, pousse les femmes à ne manquer aucune des prières quotidiennes. Dans la plus vaste des salles, proche de l'office, l'une coud ou brode tandis qu'une autre, courbée au-dessus du sol, trie vivement lentilles ou pois chiches, répandus sur des linges blancs étalés. Soudain cinq, six femmes se dressent, têtes et épaules entièrement enveloppées de voile, amincies, silencieuses, paupières baissées, à la fois raidies et affaiblies par la liturgie propritiatoire. Frêles fantômes, elles s'inclinent à plusieurs reprises, de haut en bas, en cadence... Ma mère fait quelquefois partie du groupe des dévotes qui se prosternent, effleurent de leurs lèvres le carrelage froid.

Nous, les fillettes, nous fuyons sous les néfliers. Oublier le soliloque de l'aïeule, les chuchotements de ferveur des autres. Nous allons compter les pigeons du grenier, humer dans le hangar l'odeur des caroubes et le foin écrasé par la jument partie aux champs. Nous faisons des concours d'envol sur la balançoire. Ivresse de se sentir, par éclairs et sur un rythme alterné, suspendues au-dessus de la maison, du village. Planer, jambes dressées plus haut que la tête, le bruit des bêtes et des femmes s'engloutissant derrière nous.

Dans un blanc de ma mémoire étale, surgit le souvenir d'un été torride, interminable. L'aïeule délirante a dû mourir l'hiver précédent. Les femmes de la parentèle sont là en moins grand nombre : la cité voisine a, cette même saison, multiplié circoncisions et mariages — tant de mariées dès lors à réconforter, à féliciter, à consoler pour le groupe d'accompagnatrices frustrées... Je retrouve les jeunes filles du hameau presque seules.

Dans la courette, malgré les chèvres, les caroubes et les pigeons du grenier, j'ai la nostalgie du lycée et de l'internat. Je me plais à décrire à mes compagnes les heures de basket-ball. Je dois avoir douze ou treize ans environ. J'en parais davantage; trop longue, trop maigre probablement. L'aînée des sœurs rappelle à tout propos, qu'à ma première sortie dans une cérémonie en ville, alors que je portais le voile, une bourgeoise est venue tourner comme une abeille autour de moi :

— Son fils a dû tomber amoureux de ta silhouette et de tes yeux! Ta première demande en mariage ne va pas tarder!

Je trépigne, je bats du pied, un malaise ambigu exagère ma colère puérile. Je boude l'aînée, des jours entiers.

Au cours de ce même été, la benjamine et moi avons pu ouvrir la bibliothèque — celle du frère absent et qui jusque-là avait été fermée à clef. Il travaille en qualité d'interprète au Sahara, qui nous paraît aussi loin que les Amériques. En un mois, nous lisons tous les romans entassés pêle-mêle : Paul Bourget, Colette et Agatha Christie. Nous découvrons un album de photographies érotiques et, dans une enveloppe, des cartes postales d'Ouled-Naïls alourdies de bijoux, les seins nus. Autrefois la sévérité bougonne du frère nous inspirait une terreur quotidienne ; le voici redevenu étrangement présent, à ces heures opaques de la sieste. Nous refermons discrètement l'armoire, quand les femmes se relèvent pour la prière de l'après-midi. Nous nous imaginons surgir d'une région interdite ; nous nous sentons plus vieilles.

Cet été, les adolescentes me firent partager leur secret. Lourd, exceptionnel, étrange. Je n'en parlai à nulle autre femme de la tribu, jeune ou vieille. J'en fis le serment ; je le respectai scrupuleusement. Les jeunes filles cloîtrées écrivaient ; écrivaient des lettres ; des lettres à des hommes ; à des hommes aux quatre coins du monde ; du monde arabe naturellement.

Lettres d'Irak, de Syrie, du Liban, de Libye, de Tunisie, d'étudiants arabes à Paris ou à Londres. Ces missives parvenaient de partout ! Envoyées par des correspondants choisis dans les annonces d'un magazine féminin largement répandu, à l'époque, dans les harems ; l'abonnement permettait de recevoir, avec chaque numéro, un patron de robe ou de peignoir dont se servaient même les analphabètes.

Ces sœurs qui habitaient le hameau avaient été les seules musulmanes à fréquenter l'école primaire. Or leur père — un campagnard robuste et pieux, le meilleur connaisseur de la région en cultures maraîchères — ne savait ni lire, ni écrire le français. Chaque année, il consultait l'une ou l'autre de ses filles, qui vérifiait les factures à envoyer au comptable.

Seul, le facteur, un fils d'artisan du village,

avait dû s'étonner de ces lettres qui déferlaient de si loin sur son bureau de poste, jusque-là ignoré. Il avait pourtant gardé le secret : « les trois filles du cheikh ! » Elles qu'il n'avait jamais aperçues et qui devaient lui paraître des princesses !... Ces enveloppes portaient au verso des noms de pseudo-expéditrices, prénoms sophistiqués de vedettes de cinéma oriental. Il n'avait pas été dupe. Il devait rêver aux « amis » des jeunes filles, aux « amoureux » pensait-il. Il savait que les filles ne sortaient jamais, sinon pour aller au bain maure le plus chic de la ville voisine, dans une calèche que le père conduisait lui-même... Cette correspondance à tout vent devait le hanter ; elle entretenait en lui quelque secrète frustration !

Je ne me souviens que de l'origine géographique de ces lettres et de leur prolifération. Lors des veillées, la benjamine et moi, nous ne parlions plus des romans lus durant les longs après-midi, mais de l'audace que cette correspondance clandestine nécessitait. Nous en évoquions les terribles dangers. Il y avait eu dans nos villes, pour moins que cela, de nombreux pères ou frères devenus « justiciers » ; le sang d'une vierge, fille ou sœur, avait été versé pour un billet glissé, pour un mot soupiré derrière les persiennes, pour une médisance... Dans cette maison, désormais une révolte sourde s'était infiltrée. Nous la vivions avec une insolence de gamines.

L'aînée des filles, connue pour sa morgue qui la poussait à refuser tous les prétendants, avait amorcé cette expérience comme un jeu ; un jour, elle avait lu tout haut l'annonce du journal à ses sœurs, pendant que, dans la pièce à côté, les autres femmes se remettaient à prier :

— « Tunisien, 22 ans, yeux bleus, aimant Farid el Attrache, cherche correspondante dans pays arabe, romantique »... Si je lui répondais ?

Au premier, au second, au troisième correspondant, je ne sus jamais ce qu'elle écrivait : sa vie de tous les jours, l'exiguïté de son espace ou ses rêves, des aventures peut-être qu'elle inventait, les lectures qu'elle faisait. Je ne le demandai pas. Je m'effarais seulement de la rapidité avec laquelle elle s'était trouvée encombrée d'une dizaine d'amis lointains. La plus jeune des sœurs en avait presque autant. Mais la seconde — qui, silencieusement, préparait avec minutie depuis des années son trousseau de noces —, la seconde, la plus belle, la plus douce, la plus sage, persistait à dire qu'elle n'écrirait, elle, jamais à un inconnu. Si cela arrivait, cela voudrait dire qu'elle allait aimer. Or elle préférait attendre, coudre et broder, pour « aimer » ensuite le fiancé attendu.

Et moi, à treize ans — peut-être, cette fois, était-ce alors des vacances d'hiver —, j'écoutais, au cours de la veillée, la dernière des filles à marier me raconter leurs débats, leurs conceptions différentes de l'écrit. L'aînée échangeait avec ses multiples amis des paroles de chansons égyptiennes ou libanaises, les photographies des vedettes du cinéma et du théâtre arabes. Mon amie, elle, gardait une réserve sibylline sur le contenu de ses propres lettres...

Tout, durant ce dernier séjour, se mêle dans mes souvenirs : les romans en vrac dans la bibliothèque interdite du frère et les lettres mystérieuses qui arrivaient par poignées. Nous nous amusions à imaginer la curiosité effarée du facteur. Il devait s'offenser en outre de ne pouvoir prétendre à la main de ces reines de village !

Nous continuions de chuchoter, la benjamine et moi. Dans les interstices du sommeil qui s'approchait, j'imaginais un tournoiement de mots écrits en secret, sur le point d'enserrer de rets invisibles nos corps d'adolescentes couchées l'une à côté de l'autre, en travers de l'antique lit familial. Le même lit au creux duquel l'aïeule en délire débitait autrefois ses plaintes en blessures corrosives, antiennes d'un oubli blasphématoire.

J'avais peur et je l'avouais. Certainement une lumière allait gicler du plafond et dévoiler notre péché, car je m'incluais dans ce terrible secret !

La benjamine poursuivait tout bas son discours heurté. Une volonté convulsive la secouait, tandis que la nuit s'épaississait autour de nous et que bêtes et gens s'étaient depuis longtemps endormis.

— Jamais, jamais, je ne me laisserai marier un jour à un inconnu qui, en une nuit, aurait le droit de me toucher ! C'est pour cela que j'écris ! Quelqu'un viendra dans ce trou perdu pour me prendre : il sera un inconnu pour mon père ou mon frère, certainement pas pour moi !

Chaque nuit, la voix véhémente déroulait la même promesse puérile. Je pressentais que, derrière la torpeur du hameau, se préparait, insoupçonné, un étrange combat de femmes.

II

Le combat de Staouéli se déroule le samedi 19 juin. Auparavant, cinq jours d'escarmouches avaient succédé au débarquement. Plus que des escarmouches, c'est une vraie guerre de tirailleurs qui oppose les adversaires. Ils apprennent à se mesurer : cavaliers et fantassins arabes dispersés par groupes variables et capricieux, voltigeurs français tâtant le terrain par colonnes et masses compactes. On compte une moyenne de quatre-vingts morts par jour, dans le camp des envahisseurs.

La première victime française est tombée la veille du débarquement, sur le pont du *Breslau,* lorsque la flotte, ayant défilé devant la Ville Imprenable et dépassé la Pointe-Pescade, est parvenue au large de Sidi-Ferruch et de sa baie. Une tentative de débarquer les premières troupes sur des chalands mis à la mer a avorté; des obus sont partis des broussailles de la rive africaine non encore foulée. Elles éclatent sur un vaisseau de première ligne; un gabier, la cuisse percée d'un éclat, meurt sur le coup.

L'ordre vient de reporter le débarquement au lendemain. La diane réveillera les hommes à trois heures du matin. La nuit s'écoule assourdissante de bruits d'armes et de grognements : quarante mille soldats et trente mille marins emplissent ces vaisseaux devenus des prisons mobiles surpeuplées ; une odeur de pestilence les enrobe depuis des jours. Tout autour, à proximité, une nature vierge, silencieuse, même pas menaçante, presque purificatrice, semble les attendre.

Le lendemain, une heure à peine après le débarquement des premiers dix mille hommes, dans le silence et la solitude apparente des lieux, un cavalier arabe vient à proximité des avant-postes caracoler sur une colline. Les obusiers le visent ; il tente d'éviter le feu qui arrive, mais touché, il tombe à la renverse. Homme et bête disparaissent derrière un tertre ; cette première chute arabe déclenche un hourra de rires et de haros.

Les morts se succéderont vite. Je relis la relation de ces premiers engagements et je retiens une opposition de styles. Les Algériens luttent à la façon des Numides antiques que les chroniqueurs romains ont si souvent rapportée : rapidité et courbes fantasques de l'approche, lenteur dédaigneuse précédant l'attaque dans une lancée nerveuse. Tactique qui tient du vol persifleur de l'insecte dans l'air, autant que de la marche luisante du félin dans le maquis.

Les guerriers s'observent de loin, se servent mutuellement d'appeau, tentent de synchroniser leur rythme meurtrier. L'instant d'après, luttant au corps à corps, ils se retrouvent, après une palpitation soudaine, cadavres sans tête, quelquefois mutilés.

Premier baiser de la mort dans ces camps antagonistes : une rupture de tons se manifeste dès l'ouverture. Chaque victoire de l'envahisseur imprime sur chaque victime atteinte son style de farce discordante ; le clan qui affronte l'invasion préfère, lui, marquer le trépas qu'il impose du sceau d'un silence déchiré. La carabine claque de loin; peu après, la lame proche d'un couteau rapide tranche l'artère jugulaire. Turcs rutilants et Bédouins enveloppés de blanc parent le corps à corps de la joute d'une ostentation de férocité; l'allégresse du défi s'y mêle, puis culmine dans une crête de cris suraigus.

Comme si, en vérité, dès le premier affrontement de cette guerre qui va s'étirer, l'Arabe, sur son cheval court et nerveux, recherchait l'embrassement : la mort, donnée ou reçue mais toujours au galop de la course, semble se sublimer en étreinte figée.

L'arrivant, lui, propose un masque caricatural de la mort. Or une pugnacité tragique aiguillonne l'indigène qui, pour l'instant, caracole ou pavoise, s'avance sur le devant de la scène, tout heureux de tuer, de mourir, dans la lumière étincelante. Et le soleil l'inonde d'un coup sur le versant de l'ombre ultime.

Ils sont deux maintenant à relater le choc et ses préliminaires. Le capitaine de vaisseau en second, Amable Matterer, verra, depuis le *Ville de Marseille,* les combats s'enfoncer progressivement dans les terres — même s'il redevient acteur, la veille de la reddition, lorsque le bombardement de la ville est commandé à partir de la mer, même s'il répète maintes fois « j'écris, l'épée au côté »... Un second témoin va nous plonger au sein même des combats : l'aide de camp du général Berthezène, responsable des premiers régiments directement engagés. Il s'appelle le baron Barchou de Penhoën. Il repartira un mois après la prise de la Ville; au lazaret de Marseille, en août 1830, il rédigera presque à chaud ses impressions de combattant, d'observateur et même, par éclairs inattendus, d'amoureux d'une terre qu'il a entrevue sur ses franges enflammées.

Dès ce heurt entre deux peuples, surgit une sorte d'aporie. Est-ce le viol, est-ce l'amour non avoué, vaguement perçu en pulsion coupable, qui laissent errer leurs fantômes dans l'un et l'autre des camps, par-dessus l'enchevêtrement des corps, tout cet été 1830 ?

La fascination semble évidente de la part de ceux qui écrivent — et ils écrivent pour Paris, frôlé, ce même été, par un autre bouleversement : l'hydre d'une Révolution qu'il s'agit, à tout prix, de juguler. Mais si cette fascination paralysait également le camp menacé ?

L'agha Ibrahim, le gendre du dey, aurait-il aussi superbement négligé la défense, justement pour voir les assaillants s'approcher de plus près ? Se croyait-il si sûr de les écraser, comme cela eut lieu, les siècles précédents, devant les mêmes menaces (il est vrai que la tempête salvatrice, qui autrefois contribua à faire échouer les Espagnols, les Anglais, les Hollandais, tant d'autres, est survenue, cette fois, à peine deux jours trop tard) ? La motivation d'Ibrahim n'aurait-elle pas été plutôt de scruter les adversaires de plus près, de les toucher, de combattre contre eux, au corps à corps, et de mêler ainsi les sangs versés ?

Les tribus bédouines sont venues comme à une fantasia de plus où le risque est paré d'insouciance. Elles ne croient pas, elles non plus, que la Ville puisse être prise, mais le danger les aiguillonne : elles espèrent que le pouvoir militaire d'Alger subira, dans l'épreuve de force, quelque ébranlement...

De fait, après la défaite de la Ville, les contingents des troupes alliées, amenés par les beys en volontaires d'une « guerre sainte » presque joyeuse, s'en retourneront à leurs terres, leur sentiment d'autonomie préservé. La débâcle interviendra surtout pour les Janissaires qui, en ce duel, vont se dresser toujours en première ligne, guerriers splendides, flambant de couleurs vives se détachant parmi les burnous blancs des autochtones insaisissables.

Le chef de bataillon Langlois, peintre de batailles, au lendemain du choc décisif de Staouéli, s'arrêtera pour dessiner des Turcs morts, « la rage de la bravoure » imprimée encore sur leur visage. Certains sont trouvés un poignard dans la main droite et enfoncé dans la poitrine. Le dimanche 20 juin, à dix heures du matin et par un temps superbe, Langlois exécute plusieurs dessins de ces orgueilleux vaincus puis il esquisse un tableau destiné au Musée. « Le public amateur en aura des lithographies », note ce même jour Matterer.

Barchou décrit le déroulement de la bataille. Ibrahim l'a provoquée, il en a choisi la stratégie. Les premiers jours l'ont prouvé : les tireurs algériens sont plus précis et d'une habileté redoutable. La longueur de leurs arquebuses paraît étonnante. Ils ajustent lentement, tirent, puis disparaissent.

Le 18 juin l'agha Ibrahim inspecte le terrain : rochers, barrières de lentisque et de broussailles, collines épineuses ou sableuses, un décor où la cavalerie arabe dessinera sans difficulté son ballet habituel et les fantassins sauront se plaquer, reptiles au sol, invisibles. Le nombre semble être légèrement en faveur du camp indigène. Mais l'agha néglige ce qui pèsera finalement sur l'issue : la supériorité de l'artillerie occidentale et surtout, face aux discordes des chefs indigènes, l'unité de commandement et de tactique des Français.

A onze heures du matin, après sept heures ininterrompues de combats le plus souvent acharnés, les batteries algériennes sont contournées, bousculées. Et c'est la phase dernière : les régiments de Bourmont, jusque-là retranchés, repoussent définitivement les assaillants, puis avancent. La première dénivellation atteinte et prise, ils découvrent le camp de l'agha et des beys : trois cents tentes somptueuses attendent, intactes, abandonnées.

Sur la route d'Alger, la défaite se développe. Les beys du Titteri, d'Oran et de Constantine se replient sur les bords de l'oued El Harrach. Pour les troupes victorieuses, c'est l'étape décisive d'une possession véritable. On pourrait s'étendre sur les sofas et se faire servir le café.

Des cadavres jonchent le plateau de Staouéli. Deux mille prisonniers sont comptés. Malgré l'avis des officiers, sur l'insistance des soldats eux-mêmes, ils seront tous fusillés. « Un feu de bataillon a couché par terre cette canaille en sorte qu'on en compte deux mille qui ne sont plus », écrit Matterer resté sur son bateau pendant la bataille.

Le lendemain, il se promène placidement parmi les cadavres et le butin.

Du combat vécu et décrit par le baron Barchou, je ne retiens qu'une courte scène, phosphorescente, dans la nuit de ce souvenir.

Barchou la rapporte d'un ton glacé, mais son regard, qui semble se concentrer sur la poésie terrible ainsi dévoilée, se révulse d'horreur : deux femmes algériennes sont entrevues au détour d'une mêlée.

Car certaines tribus de l'intérieur sont venues au complet : femmes, enfants, vieillards. Comme si combattre c'était, plutôt que de monter à l'assaut et s'exposer à la crête, se donner d'un bloc, tous ensemble, sexes et richesses confondus ! Les Zouaves en particulier, Kabyles alliés au bey du Titteri, forment, dans l'effervescence générale, une houle bigarrée.

Un mois après, Barchou se souvient donc et écrit : « Des femmes, qui se trouvent toujours en grand nombre à la suite des tribus arabes, avaient montré le plus d'ardeur à ces mutilations. L'une d'elles gisait à côté d'un cadavre français dont elle avait arraché le cœur ! Une autre s'enfuyait, tenant un enfant dans ses bras : blessée d'un coup de feu, elle écrasa avec une pierre la tête de l'enfant, pour l'empêcher de tomber vivant dans nos mains ; les soldats l'achevèrent elle-même à coups de baïonnette. »

Ces deux Algériennes — l'une agonisante, à moitié raidie, tenant le cœur d'un cadavre français au creux de sa main ensanglantée, la seconde, dans un sursaut de bravoure désespérée, faisant éclater le crâne de son enfant comme une grenade printanière, avant de mourir, allégée —, ces deux héroïnes entrent ainsi dans l'histoire nouvelle.

Je recueille scrupuleusement l'image, deux guerrières entrevues de dos ou de biais, en plein tumulte, par l'aide de camp à l'œil incisif. Annonce d'une fièvre hallucinatoire, lacérée de folie... Image inaugurant les futures « mater dolorosa » musulmanes qui, nécrophores de harem, vont enfanter, durant la soumission du siècle suivant, des générations d'orphelins sans visage.

Dès ce prélude, s'attise comme un soleil noir !...

Mais pourquoi, au-dessus des cadavres qui vont pourrir sur les successifs champs de bataille, cette première campagne d'Algérie fait-elle entendre les bruits d'une copulation obscène ?

LA FILLE DU GENDARME FRANÇAIS...

Au hameau de mes vacances enfantines, la famille du gendarme français — une Bourguignonne et ses deux filles Janine et Marie-Louise — fréquentait la demeure des trois sœurs. La Française, grosse, blanche et la voix gouailleuse, s'accroupissait sans façon au milieu des femmes arabes, les parentes venues de la ville, les veuves ou divorcées qu'on abritait occasionnellement. La maîtresse de maison, menue, infatigable, donnait des ordres, allait et venait, de la cuisine à la cour, de la cour à la basse-cour. Elle ne consentait à s'asseoir, à converser un moment, que lors des visites de la Française. Celle-ci se mêlait aux conversations : deux ou trois mots de français, un mot d'arabe, et sa prononciation faisait pouffer de rire quelque invitée, timidement, avec une pointe de malice.

La mère des filles cloîtrées et l'épouse du gendarme étaient amies ; chaque rencontre les rendait heureuses l'une et l'autre. Elles manifestaient leur contentement par d'imperceptibles détails : leur sérieux quand elles se regardaient malgré la curiosité des autres, leur échange de recettes de cuisine, leurs marques d'attention lorsque la Française se relevait, rosie et rajeunie, pour s'apprêter à partir. Elles s'observaient debout face à face, la silhouette large, volumineuse de la Bourguignonne devant celle menue, sèche, presque musclée de l'Arabo-Berbère... La Française finissait par tendre gauchement le bras et avancer la main ; l'autre se haussait en sautillant dans son large saroual, ses draperies de corsage et les franges de la coiffe secouées, et, malgré le bras tendu, elle plantait deux baisers rapides sur chaque épaule de la Française. Celle-ci, chaque fois surprise et le visage empourpré, claironnait à la ronde :

— Au revoir, mes sœurs !

Quand on entendait battre le portail du dehors, immanquablement, le cercle des visiteuses assises commentait le salut des deux amies : l'une qui tendait l'avant-bras, l'autre qui voulait embrasser comme deux paysans se donnent l'accolade au marché !

Ces propos meublaient des heures de conversation, tandis que l'intéressée, ménagère affairée, retournait à sa besogne. A peine si, d'une voix durcie, elle bougonnait :

— C'est mon amie ! C'est une Française, mais c'est mon amie !

Une parente s'esclaffait :

— C'est ton amie depuis des années et tu n'arrives pas à tendre la main pour dire comme eux : « Au revoir, Madame ! » Moi, si c'était devant un homme, je ne pourrais pas, mais devant une femme comme moi ! Où est le mal ? On peut quand même faire des choses « à la française » ! Naturellement pas, Dieu nous assiste, sortir sans voile, ni porter la jupe courte et se montrer nue devant tous, mais dire bonjour comme elles, s'asseoir comme elles sur une chaise, pourquoi pas ? Dieu nous a créées aussi, non ?...

Nous, les filles, nous espérions, pour l'après-midi, la visite de Janine, plus rarement celle de Marie-Louise. Janine ressemblait physiquement à sa mère, mais sans sa vigueur ni sa haute taille. Elle était allée en classe avec l'aînée des sœurs. Dès qu'elle arrivait, elles s'enfermaient toutes deux dans une chambre ; on entendait leurs voix mêlées, puis des fous rires qui n'en finissaient plus, un silence, de nouveau des conciliabules. Janine parlait l'arabe sans accent, comme une autochtone. Avant de sortir, elle passait à la cuisine, demandait à la mère ce dont elle avait besoin. Celle-ci la chargeait de multiples courses : achat d'aiguilles, de fil, d'articles de mercerie que le père n'aurait pas su rapporter.

Janine allait et venait, toute la semaine, dans la maison arabe ; n'était son prénom, on aurait pu la prendre pour la quatrième fille de la famille... Mais il y avait ceci d'extraordinaire : elle entrait et sortait à son gré — des chambres à la cour, de la cour à la rue — comme un garçon ! Quand elle fermait le lourd portail, au son du heurtoir, l'aînée des sœurs, son amie, suspendait une seconde un geste de la main, un mouvement du corps. Puis les choses reprenaient leur cours dans ce flux du temps d'une journée immobilisée dans des intérieurs de maison, toujours des intérieurs naturellement.

Celle qui nous fascinait, la benjamine et moi, c'était Marie-Louise. Nous ne la voyions que de temps à autre ; elle devait travailler à la ville voisine, ou même à la capitale, sans doute comme employée des postes ou secrétaire dans un bureau... Quand elle venait le dimanche au hameau, elle nous rendait visite, en compagnie de Janine.

Elle nous paraissait aussi belle qu'un mannequin. Brune, les traits fins, la silhouette mince; elle devait être petite, car je la revois perchée sur de très hauts talons. Sa coiffure était sophistiquée, avec des chignons élaborés, des peignes de diverses formes, ici ou là bien en évidence au milieu des crans et des boucles noires. Nous nous émerveillions de son fard : rose aux pommettes et rouge carmin exagérant l'ourlet des lèvres.

Nous la recevions comme une touriste, à cause de son allure de citadine coquette daignant suivre sa mère ou sa sœur. Elle s'asseyait sur une chaise; elle croisait une jambe sur l'autre, malgré sa jupe courte. Le cercle des femmes se mettait à considérer sans discrétion les moindres détails de sa mise, en faisant de légers commentaires à mi-voix.

Marie-Louise se laissait regarder. Consciente de la curiosité qu'elle provoquait, elle attendait, feignait de ne pas comprendre :

— J'ai oublié l'arabe! soupirait-elle nonchalamment. Et je n'ai pas le don des langues comme Janine, moi!

Cette dernière phrase était jetée là comme une concession : pour sous-entendre qu'elle ne méprisait pas la langue arabe, certes pas, mais qu'enfin... Et nous ne savions plus trop, derrière la distance insidieusement créée, laquelle, de Janine ou de Marie-Louise, représentait l'exception. En outre, quand la Bourguignonne les accompagnait, elle enveloppait Marie-Louise d'un tel regard de vanité éblouie que les femmes présentes ne disaient plus rien... Ainsi, lors de ces visites, Marie-Louise goûtait-elle le plaisir de jouer à l'étrangère.

Était-ce deux, trois années auparavant que

Marie-Louise eut un fiancé, un officier de la « métropole » comme on disait? Cela est probable; je devais avoir moins de dix ans; la plus jeune des sœurs, mon amie, fréquentait l'école primaire. On ne l'avait pas encore cloîtrée; cet été-là, nous allions par les rues du hameau pour diverses commissions : porter le plateau de pâtisseries à cuire au four du boulanger, rendre visite à la femme du gendarme pour quelque message à transmettre...

Ces allées et venues, dans les ruelles que bordaient de très hauts marronniers, me restent présentes. Une forêt d'eucalyptus longeait le village en le séparant des collines de vignoble au loin; nous dépassions quelquefois la maison du gendarme, nous courions jusqu'à l'orée des premiers résineux, nous nous jetions sur le sol jonché de feuilles pour nous gorger d'odeurs vivaces. Notre cœur battait sous l'effet de l'audace qui nous habitait.

Notre complicité de fugitives avait un goût âcre; nous revenions ensuite lentement vers la demeure du gendarme. Nous restions dans la cour du jardin, debout devant la fenêtre ouverte de la cuisine.

— Ma mère te demande, commençait la benjamine essoufflée, si tu veux qu'elle te réserve du lait de la chèvre, à cailler. Je viens prendre le bidon!

— J'ai pour Janine un message de ma sœur, reprenait-elle peu après. Qu'elle lui achète une paire d'aiguilles à tricoter n° 1 à la mercerie! Mon père en a apporté, mais elles sont trop grosses! Nous, les filles, nous ne pouvons aller à ce magasin, il se trouve juste en face du café maure!

— Ces hommes, ricanait la Bourguignonne, les bras trempés jusqu'aux coudes dans l'eau savonneuse de sa lessive, tous les mêmes !... Le mien ne sait pas rapporter une aiguille à la maison !

— Mon père, rétorquait la fillette, fait très bien le marché ! Il achète toujours les plus beaux fruits, la meilleure viande ! Ma mère ne le reconnaît pas ouvertement, mais nous, nous le savons bien !

— Que ta sœur se rassure, disait la Bourguignonne, je ferai la commission à Janine. Et voici le bidon !...

Durant cette conversation, par l'embrasure de la fenêtre, je regardais le corridor qui ouvrait sur d'autres pièces. Je devinais le bois luisant des meubles dans la pénombre ; je me perdais dans la contemplation de la cochonnaille suspendue au fond de la cuisine ; des torchons à grands carreaux rouges semblaient, ainsi accrochés, un pur ornement ; je scrutais l'image de la Vierge au-dessus d'une porte... Le gendarme et sa famille me paraissaient soudain ombres de passage dans ces lieux, et par contre ces images, ces objets, cette viande devenaient les vrais occupants ! Car, pour moi, les demeures françaises exhalaient une odeur différente, reflétaient une lumière secrète — ainsi mon œil reste fasciné par le rivage des « Autres ».

Durant toute mon enfance, peu avant la guerre qui aboutira à l'indépendance, je ne franchis aucun seuil français, je n'entrai dans aucun intérieur d'une condisciple française...

Soudain l'été 62 : d'un coup ces meubles cachés — miroirs rococo, chambres à coucher démodées, bibelots disparates —, tout ce décor, autrefois tapi dans l'ombre de demeures à la fois ouvertes et inaccessibles, se trouva déversé sur les trottoirs... Trophées dépenaillés, butin souillé que je vis exposé à l'encan, aux devantures submergées des brocanteurs qui affichaient l'air vaniteux des pirates turcs d'autrefois... « Ce sont, me dis-je, vraies hardes de nomades, entrailles séchant au soleil d'une société à son tour dépossédée ! »

Mais je stationne encore là, fillette accoudée à la fenêtre du gendarme. Je ne dus contempler leur salle à manger qu'ainsi, recevant la lumière de la cuisine, au bout du corridor. Pour moi, comme pour mon amie, il restait évident que la plus belle maison, par la profusion des tapis, par la soie chatoyante des coussins, était sans conteste « la nôtre ». Les femmes, chez nous, issues de la ville voisine célèbre pour ses broderies, s'initiaient à cet art à la mode déjà au temps des Turcs. Elles l'apprenaient dès leur plus jeune âge ! Or, de quel coin reculé de la campagne française la Bourguignonne se trouvait-elle originaire ? C'était là un thème courant des conversations dans la courette, durant ces après-midi que la visite de Janine et de sa mère avait illuminés.

— Toutes les Françaises ne viennent pas de Paris, affirmaient les commères. La plupart de celles que notre pays asservi a tentées savent seulement traire une vache à leur arrivée ! Si ensuite elles se civilisent, c'est parce qu'elles trouvent ici force et richesse. Car les lois sont pour elles, pour leurs mâles, pour leurs fils !

— Vous n'avez qu'à voir Janine et sa façon de s'habiller, la pauvre ! Comme sa mère : la bonté au cœur mais rien dans l'art appris pour la main !

— Et Marie-Louise ?

— Marie-Louise est l'exception ! Elle possède le goût inné des Parisiennes, et la finesse, le piquant des brunes de chez nous !... Vous avez vu le noir de jais de sa chevelure, l'éclat d'ivoire de son teint ! Celle-là, en habit de mariée de chez nous, un sultan la désirerait !

L'une des locutrices de s'esclaffer :

— Peut-être que l'épouse du gendarme l'a eue d'un chef arabe inconnu, un seigneur des hauts plateaux, quand le gendarme se trouvait en poste dans le sud!... Quel homme bien né n'aurait pas fait d'avance à une Française jeune et vigoureuse comme elle devait l'être? Peut-être qu'après tout, chez eux, cela n'est pas péché!

L'aînée des sœurs protestait; elle accusait la parente de médisance, ou tout au moins d'ignorance. Elle, elle aimait Janine et elle assurait que, dans la famille du gendarme, ne pouvaient exister que des mœurs à la pureté « arabe ».

Les suppositions s'entrecroisaient, tous les méandres de la conversation revenaient au postulat premier : à savoir que, malgré les apparences, notre clan, même provisoirement déchu, était supérieur, par son raffinement, à l'étranger avec ses femmes libres. Car elles étaient libres, et, si nous ne les enviions pas, au moins en parlions-nous comme de peuplades étranges, aux mœurs exotiques et rarement approchées jusque-là.

Nous sommes encore accoudées, la benjamine et moi, à la même fenêtre de cette maison française; c'est un autre jour ensoleillé.

Cette fois, c'est vrai, nous nous sentons quasiment bouleversées. La mère, devant son baquet, termine sa lessive; le père, un homme gros et court dont l'uniforme dehors fait fuir le moindre campagnard, reste assis là, en bras de chemise et l'air bonhomme, tenant un journal local ouvert tout en fumant sa pipe lentement. Exactement face à nous, dans un couloir partant de la cuisine ensoleillée, un peu en retrait, Marie-Louise se tient debout, dressée contre un jeune homme au teint rouge et aux moustaches blondes. C'est lui, le fiancé, l'officier dont tout le monde parle !

Le spectacle nous semblait à peine croyable. D'abord l'image du couple presque enlacé : silhouette mince de Marie-Louise, à demi inclinée contre l'homme tout raide... Leurs rires étouffés, le chuchotement de leurs voix confondues étaient les signes, pour nous, d'une intimité inconvenante. Or la mère poursuivait son dialogue avec nous, l'air tranquille, jetant de temps à autre un regard sur le couple ; le père, par contre, avait plongé du nez dans son journal.

Je me souviens de Marie-Louise provocatrice, ainsi que de deux de ses expressions, tantôt « mon lapin », tantôt « mon chéri ». J'avais dû ouvrir grand la bouche de stupéfaction. Puis elle se mit à se balancer régulièrement, en avant, jusqu'à frôler le jeune homme, à se reculer, à reprendre le manège deux, trois fois... Le tout accompagné de criailleries agacées, de « mon chéri » répétés ! Pour finir, parce qu'elle risquait de tomber, elle enlaça le fiancé engoncé dans son uniforme. Celui-ci était d'un calme apparent ; à peine si l'on entendait le murmure de sa voix ; il devait lui demander de se montrer moins bruyante devant les témoins : le père qui ne levait pas la tête, ces deux fillettes figées à la fenêtre...

Une heure après, nous mimions la scène dans notre courette, devant les femmes qui dégustaient le café autour de la table basse.

— Et le père n'a même pas levé la tête ?

— Non ! Marie-Louise disait doucement des mots tendres à l'officier, elle l'a enlacé, ensuite, elle s'est même mise sur la pointe des pieds.

— Vous les avez vus s'embrasser ? demandait, ébahie, la deuxième sœur qui ne quittait pas sa machine à coudre.

— Ma foi oui !... En avançant l'un et l'autre les lèvres, ils se sont embrassés comme des oiseaux !

Nous n'en revenions pas que le gendarme, si terrifiant dans les ruelles du village, n'eût même pas osé lever les yeux ! Il devait être rouge de confusion ; nous le supposions, nous le commentions.

— Les Français, tout de même ! soupirait la brodeuse qui terminait la parure de draps de son trousseau.

— Marie-Louise exagère ! remarquait l'aînée des sœurs qui se devait de défendre la sœur de son amie.

Puis Marie-Louise vint nous rendre visite avant de repartir. Elle avait promis d'amener son fiancé. Les jeunes filles s'étaient trouvées embarrassées ; elles craignaient la réaction du père : pour lui, la présence chez nous d'un homme, même Français, même fiancé à Marie-Louise, aurait été tout à fait déplacée...

Réussirent-elles à l'expliquer à Marie-Louise, ou tout au moins à Janine ? Je ne me souviens pas, en effet, de l'intrusion de l'officier, même pour quelques minutes ; on avait dû lui demander de passer lentement devant le portail, de façon que les amies cloîtrées puissent, par les interstices des persiennes, l'apercevoir et féliciter Marie-Louise de la prestance de son promis...

Je me rappelle, plus nettement encore, l'une des dernières visites de la demoiselle. Elle se tenait près de la margelle du puits sous le pampre, ses cheveux relevés en cône au-dessus de son front, une tresse noire s'arrondissant en dôme souple en arrière, ses traits fins, ses yeux et ses pommettes fardées. De cet éclat de bonheur, de sa beauté rehaussée par sa vanité de fiancée, me reste une image persistante. Elle avait minaudé ; avec des rires dans la gorge, elle avait évoqué le prétendant, sa famille en France, leur mariage prévu dans quelques années... Chaque fois qu'elle prononçait les mots de « Pilou chéri », l'une ou l'autre des spectatrices, assises sur la natte, esquissait un sourire d'indulgence. « Pilou chéri », répétait Marie-Louise en désignant ainsi l'officier. Nous, les fillettes, nous courions jusqu'au verger pour pouvoir éclater de rire et nous moquer. « Pilou », c'était Paul et le « chéri » qu'elle ajoutait devait être un vocable réservé, pensions-nous, aux alcôves et aux secrets des couples.

« Pilou chéri », il me suffit d'épeler ces mots pour ranimer le tableau : la jeune Européenne vaniteuse devant le parterre des auditrices accroupies, notre excitation de fillettes déjà puritaines, nous qui, dès l'année suivante, allions rester à notre tour cantonnées dans l'espace de la maison et de son verger...

« Pilou chéri », mots suivis de touffes de rires sarcastiques ; que dire de la destruction que cette appellation opéra en moi par la suite ? Je crus ressentir d'emblée, très tôt, trop tôt, que l'amourette, que l'amour ne doivent pas, par des mots de clinquant, par une tendresse voyante de ferblanterie, donner prise au spectacle, susciter l'envie de celles qui en seront frustrées... Je décidai que l'amour résidait nécessairement ailleurs, au-delà des mots et des gestes publics.

Anodine scène d'enfance : une aridité de l'expression s'installe et la sensibilité dans sa période romantique se retrouve aphasique. Malgré le bouillonnement de mes rêves d'adolescence plus tard, un nœud, à cause de ce « Pilou chéri », résista : la langue française pouvait tout m'offrir de ses trésors inépuisables, mais pas un, pas le moindre de ses mots d'amour ne me serait réservé... Un jour ou l'autre, parce que cet état autistique ferait chape à mes élans de femme, surviendrait à rebours quelque soudaine explosion.

III

Explosion du Fort l'Empereur, le 4 juillet 1830, à dix heures du matin. La formidable détonation remplit de terreur tous les habitants d'Alger, et de joie triomphante l'armée française qui s'échelonne depuis Sidi-Ferruch jusqu'aux citadelles de la capitale.

Ils sont trois désormais à écrire les préliminaires de la chute : le troisième n'est ni un marin en uniforme ni un officier d'ordonnance qui circule en pleine bataille, simplement un homme de lettres, enrôlé dans l'expédition en qualité de secrétaire du général en chef. Il est venu là comme au spectacle : il est vrai qu'il dirige, à Paris, le Théâtre de la Porte-Saint-Martin, dont la vedette est son épouse, la célèbre comédienne Marie Dorval, aimée en ce moment même par Alfred de Vigny.

J. T. Merle — c'est son nom — publiera à son tour une relation de la prise d'Alger, mais en témoin installé sur les arrières de l'affrontement. Il ne se masque pas en « correspondant de guerre » ; il aime, par habitude, l'atmosphère de coulisses. Chaque jour, il signale où il se trouve, ce qu'il voit (des blessés à l'infirmerie, le premier palmier ou les fleurs d'agave, observés à défaut d'ennemis rencontrés au combat...). Aucune culpabilité d'embusqué ne le tourmente. Il regarde, il note, il découvre; lorsque son impatience se manifeste, ce n'est pas pour l'actualité guerrière, mais parce qu'il attend une imprimerie, achat qu'il a suscité lui-même au départ de Toulon. Quand le matériel sera-t-il débarqué, quand pourra-t-il rédiger, publier, distribuer le premier journal français sur la terre algérienne?

Explosion donc du « Fort Napoléon » : les soldats français, qui ne connaissent, en fait d'empereur, que le leur, baptisent ainsi le Fort l'Empereur, dit « Fort Espagnol », ou plus exactement « Bordj Hassan ». Il s'agit de la plus importante des fortifications turques datant du XVIe siècle, clef de voûte du système de défense d'Alger sur ses arrières. A Sidi-Ferruch où il stationne depuis le débarquement, J. T. Merle note :

« Le 4, à dix heures du matin, nous entendîmes une épouvantable explosion, à la suite d'une canonnade qui durait depuis le point du jour. Au même instant, l'horizon fut couvert d'une fumée noire et épaisse, qui s'élevait à une hauteur prodigieuse; le vent, qui venait de la région de l'est, nous apporta une odeur de poudre, de poussière et de laine brûlée, qui ne nous laissa pas de doute que le fort de l'Empereur n'eût sauté, soit par l'effet d'une mine, soit par l'incendie de ses magasins à poudre.

« La joie fut générale et, dès ce moment, nous regardâmes la campagne comme finie. »

Exactement vingt-quatre heures après, l'armée française entre dans la ville.

L'affrontement de Staouéli, le 19 juin, avait marqué la défaite de l'agha Ibrahim surtout, et l'échec de sa stratégie. Intervention des modernes fusées « de Congrève » : les Français les avaient fait exploser sans être vraiment sûrs de la précision de leur visée ; elles avaient, par leur bruit et leur étrangeté, causé une panique dans le camp algérien déjà bousculé...

Le lendemain toutefois, de Bourmont n'a pas bougé, faute de soutien logistique. L'artillerie de siège et les chevaux de bât nécessaires manquent ; Duperré, le chef de la flotte, les a fait transporter dans le dernier train du convoi : or celui-ci mouille à Palma. L'armée française n'avance donc pas. Certains piaffent, d'autres accusent l'état-major, de Bourmont attend Duperré qui, lui, attend, à partir du 22 et 23 juin, un vent favorable.

La soldatesque, dans le camp fortifié élargi au plateau de Staouéli, s'est livrée à l'euphorie des lendemains de victoire et au pillage effréné du butin.

Les troupes algériennes ont reculé, certaines jusque sur les bords d'El Harrach. Elles contestent auprès du dey Hussein la compétence de son gendre généralissime. Le 24 juin, quinze mille combattants regroupés attaquent un détachement français qui s'est aventuré un peu loin ; parmi les blessés graves de cet accrochage se trouve l'un des fils de De Bourmont, Amédée, qui mourra peu après.

Le harcèlement algérien reprend, les jours suivants, intensifié.

Les Français comprennent que leurs ennemis se sont donné un nouveau chef : une intelligence méthodique gouverne dorénavant les attaques des Arabes. Il s'agit de Mustapha Boumezrag, bey du Titteri ; ses compétences lui assurent le soutien unanime tant des Janissaires que des troupes auxiliaires.

Du 24 juin au 28, le baron Barchou dénombre, chaque jour, deux cent cinquante victimes françaises ou davantage. Quelques-uns se demandent si Staouéli n'a pas été une victoire illusoire. Enfin, après ces péripéties, de Bourmont dispose de l'imposante artillerie ; il donne l'ordre d'avancer.

Le 28 juin, la mêlée est presque aussi vive qu'à Staouéli. L'offensive algérienne se révèle de plus en plus efficace : un bataillon du 4e léger manque d'être totalement détruit dans une suite de corps à corps meurtriers. Le lendemain, nouvelle bataille aussi vigoureuse ; les Français réussissent à percer le barrage. Le 30 juin, malgré une erreur de direction et une division de ses lieutenants, de Bourmont, après une difficile marche, s'installe face au Fort l'Empereur. Trois jours sont nécessaires pour creuser les tranchées et disposer les énormes batteries, en dépit des attaques dispersées, mais constantes, des Algériens. Duperré par la mer vient bombarder Alger deux fois ; peu efficacement, il est vrai. Changarnier, simple chef de compagnie alors, consignera pour ses Mémoires futurs :

« Bruyante et ridicule canonnade de la flotte qui, hors de portée, consomme des munitions pour une somme énorme et fait six francs de dégâts aux fortifications de la ville. »

Le 4 juillet, dès trois heures du matin, le dernier acte commence. Au Bordj Hassan une garnison d'élite de deux mille hommes — huit cents Turcs et mille deux cents Koulouglis — résiste cinq heures durant au feu des batteries françaises. A la droite des tranchées, de Bourmont et son état-major surveillent le pilonnage, à partir de la terrasse du Consulat d'Espagne. Le dey Hussein et ses dignitaires assistent au duel du haut de la Casbah. « La milice, les Arabes enfermés dans la ville, ceux qui se trouvaient dehors deviennent attentifs au combat », note le baron Barchou qui, lui, s'est porté sur les pentes de la Bouzaréah.

Devant « ce cirque immense, peuplé à milliers de spectateurs », deux heures s'écoulent pendant lesquelles les pièces algériennes sont réduites successivement au silence. Les survivants de la milice qui résistaient font retraite alors vers la ville.

Une explosion terrible ébranle le Fort l'Empereur qui sombre, peu après, au milieu d'une gigantesque éruption de flammes et de fumées. Dans cet amas de pierres, de canons brisés et à demi enterrés, de cadavres déchiquetés — ceux des derniers défenseurs —, l'ultime espoir de défense de la cité disparaît. Alger, dite « la bien gardée », connaît le désespoir.

Par trois fois, des déflagrations bruyantes mais inutiles, tel un toussotement d'agonie, ont ponctué le recul algérien. N'ont même pas englouti la masse d'assaillants escomptée. A Staouéli, juste avant l'abandon du camp de l'agha et des beys, un magasin de poudre a sauté. Le 25 juin, à Sidi Khalef, devant une brigade qui, au dernier moment, s'est arrêtée, une fougasse a explosé et la détonation est parvenue jusqu'à la flotte; elle fait pourtant peu de victimes. Enfin, le 4 juillet, lorsque le plus imposant des forts s'écroule, et bien que le fort Bab Azoun et le fort des Anglais continuent de résister, l'apothéose de cette impuissance culmine en convulsions ultimes.

La stratégie turque a-t-elle eu besoin de se confirmer dans son infériorité technique, si aisément décelable : décadence de sa marine, vétusté de son artillerie? Mais l'imprévisibilité du premier commandant en chef, l'insouciance ou l'isolement néfaste du dey ont éparpillé les énergies qui auraient dû se dynamiser.

Les chefs bédouins, les beys presque indépendants, les troupes auxiliaires turbulentes stationnent hors de la cité. Vers la fin, ils regardent, dans une expectative de plus en plus troublée, la Ville — ancrée jusque-là dans son irrédentisme séculaire — en train de fléchir irrémédiablement.

Le verbe qui unirait ces forces éparses ne s'élève pas. Il s'élancera deux ans plus tard, plus à l'ouest, au-dessus de la plaine d'Eghris, lancé par un jeune homme de vingt-cinq ans aux yeux verts et au front mystique, Abdelkader. Pour l'instant, le pouvoir se sentirait doublement assiégé : par les envahisseurs qui piétinent les décombres du Fort l'Empereur, mais aussi par ces vassaux trop fiers qui regardent le Turc lentement vaciller.

4 juillet, 10 heures du matin. Bordj Hassan explose, se détruit sans détruire l'ennemi. Deux heures après, un émissaire du dey Hussein se présente furtivement pour esquisser le premier pas de la reddition.

J. T. Merle, notre directeur de théâtre qui ne se trouve jamais sur le théâtre des opérations, nous communique son étonnement, ses émotion et compassion depuis le jour du débarquement (la seule fois où il est en première ligne) jusqu'à la fin des hostilités, ce 4 juillet.

Compassion devant les blessés qui s'amoncellent à l'infirmerie; émotion à la vue d'une végétation variée, tantôt tellement étrangère, tantôt pareille au bocage français; l'étonnement de Merle est suscité par l'invisibilité de l'ennemi. Jusqu'à la bataille de Staouéli, en effet, alors que les Arabes ont déjà tué et mutilé tant de soldats imprudents ou malchanceux, pas un mort, pas un blessé de leur camp n'a été pris. Force précisions, recouvrant une admiration non feinte, nous sont données sur la manière dont chaque cavalier arabe, par un engin de bois manié habilement, emporte l'ami blessé, ou traîne, malgré les buissons, le cadavre de chacun des morts. Une secrète supériorité se manifeste là, chez ces sauvages « coupeurs de têtes » : mutiler certes le corps ennemi mais ne rien céder, mort ou vif, de celui des leurs... La terre, que l'armée française pour l'instant grignote, ne leur paraît qu'une partie de l'enjeu immédiat.

D'où la faconde de Merle pour nous décrire, après Staouéli, trois blessés ramassés sur le champ de bataille : un Turc, un Maure et un jeune homme probablement kabyle. Merle s'attarde sur leur visage, leur maintien, leur résignation ou leur courage. Il les comble d'attentions, va les voir à l'infirmerie, leur offre — comme aux animaux blessés d'un zoo — des morceaux de sucre. Puis, nouvelle anecdote, le plus jeune blessé reçoit la visite d'un vieillard, son père. Nous sommes désormais en plein théâtre, celui que Merle a l'habitude de produire à Paris : « père et fils arabes, objet de la sollicitude française » ; « père troublé par l'humanité française » ; « père arabe franchement hostile à l'amputation de son fils que conseille la médecine française » ; « fanatisme musulman entraînant la mort du fils, malgré la science française ». Ce dernier tableau conclut la fiction de Merle, ainsi échafaudée sous nos yeux.

Avant cet épisode de l'hôpital, J. T. Merle, comme Matterer et le baron Barchou, a évoqué la brusque arrivée d'un vieillard indigène. L'homme est venu au camp français de sa propre initiative à l'en croire : espion probable, supputent certains, parlementaire isolé ou curieux, supposent d'autres.

Merle, en tout cas, nous rapporte l'accès de curiosité que suscite ce premier Arabe vu de près. De Bourmont, qui avait installé son lit là où se dresse le catafalque du saint Sidi Fredj, veut recevoir ce visiteur inattendu, mais pas en ce lieu où la sépulture musulmane semblerait profanée. Il prend le café avec le vieillard un peu plus loin ; il n'en tire d'ailleurs aucun renseignement utile. Il décide de lui faire porter des déclarations rédigées en arabe et qui font état de ses intentions pseudo pacifiques.

Sitôt éloigné du camp français, le promeneur sera tué par les siens, précisément à cause de ces feuillets qui l'ont fait prendre pour un espion de l'envahisseur. Ainsi les premiers mots écrits, même s'ils promettent une fallacieuse paix, font, de leur porteur, un condamné à mort. Toute écriture de l'Autre, transportée, devient fatale, puisque signe de compromission. « Ces proclamations ne seront même pas lues », précise Merle qui accuse le « fanatisme » religieux d'être cause d'une mort inutile.

Le Français relate l'autre événement significatif : à l'hôpital, un blessé n'a pu être amputé d'une jambe à cause du refus de son père venu en visite ! Mais notre auteur n'avoue pas ce que nous comprenons par ailleurs : la foule d'interprètes militaires moyen-orientaux, que l'armée française a amenés, se révèle incapable de traduire les premiers dialogues — l'arabe dialectal de ces régions serait-il hermétique ?

Hors combat, toute parole semble gelée et un désert d'ambiguïté s'installe.

J. T. Merle met en marche l'imprimerie qu'il a fait débarquer triomphalement le 25 juin et il écrit :

« En quelques heures, la machine infernale de

Gutenberg, ce formidable levier de la civilisation, fut établie sur le sol africain. Des cris universels de "vive la France ! vive le Roi" éclatèrent quand on distribua à tout le monde les premiers exemplaires d'une relation de notre débarquement et de nos premières victoires. »

Quels que soient les écrivains d'occasion qui suivront, J. T. Merle est le seul à faire ainsi imprimer ses textes entre deux batailles, dans le choc de ce prologue. Ces écrits paraissent devancer d'un instant la victoire...

Pourtant ce publiciste — de nos jours, on le dirait « grand reporter » — ne s'attache qu'à décrire son rôle dérisoire. Il est sans cesse à la traîne du combat décisif ; il n'est jamais témoin de l'événement. Il ressemble à ce peintre de marine Gudin qui, au lendemain de l'engagement de Staouéli, parce qu'il s'est travesti, par jeu, d'une des dépouilles traînant sous une tente arabe, s'est fait arrêter par un officier scrupuleux qui l'a pris pour un pillard.

Le scribe professionnel, quand il erre mal à propos sur le terrain où la mort s'est dressée, vit un destin soudainement étriqué : ni guerrier lancé dans le chahut du combat, ni charognard se précipitant sur les restes du butin... L'écrivain ou le peintre des batailles rôde en zone trouble, habité d'un malaise qui l'éloigne du vif de la souffrance, et qui ne lui évite pas la peur qui rapetisse...

J. T. Merle tremble, tout au long de la route qu'il suit de Sidi-Ferruch à Alger, alors qu'il chemine deux jours après la reddition de la ville ! Pour lui, la mort se tapit dans le moindre taillis ; elle risque de surgir sans le luxe d'une mise en scène, sans la menace d'un brusque empalement.

MON PÈRE ÉCRIT À MA MÈRE

Ma mère, comme toutes les femmes de sa ville, ne désignait jamais mon père autrement que par le pronom personnel arabe correspondant à « lui ». Ainsi, chacune de ses phrases, où le verbe, conjugué à la troisième personne du masculin singulier, ne comportait pas de sujet nommément désigné, se rapportait-elle naturellement à l'époux. Ce discours caractérisait toute femme mariée de quinze à soixante ans, encore que sur le tard le mari, s'il était allé en pèlerinage à La Mecque, pouvait être évoqué par le vocable de « Hadj ».

Très tôt, petits et grands, et plus particulièrement fillettes et femmes, puisque les conversations importantes étaient féminines, s'adaptaient à cette règle de la double omission nominale des conjoints.

Après quelques années de mariage, ma mère apprit progressivement le français. Propos hésitants avec les épouses des collègues de mon père ; ces couples pour la plupart étaient venus de France et habitaient, comme nous, le petit immeuble réservé aux enseignants du village.

Je ne sais exactement quand ma mère se mit à dire : « mon mari est venu, est parti... Je demanderai à mon mari », etc. Je retrouve aisément le ton, la contrainte de la voix maternelle; le tour scolaire des propositions, la lenteur appliquée de l'énonciation sont évidents, bien qu'en apprenant ainsi sur le tard le français, ma mère fît des progrès rapides. Je sens, pourtant, combien il a dû coûter à sa pudeur de désigner, ainsi directement, mon père.

Une écluse s'ouvrit en elle, peut-être dans ses relations conjugales. Des années plus tard, lorsque nous revenions, chaque été, dans la cité natale, ma mère, bavardant en arabe avec ses sœurs ou ses cousines, évoquait presque naturellement, et même avec une pointe de supériorité, son mari : elle l'appelait, audacieuse nouveauté, par son prénom! Oui, tout de go, abruptement allais-je dire, en tout cas ayant abandonné tout euphémisme et détour verbal. Avec ses tantes ou ses parentes plus âgées, elle revenait au purisme traditionnel, par pure concession cette fois : une telle libération du langage aurait paru, à l'ouïe des vieilles dévotes, de l'insolence ou de l'incongruité...

Des années passèrent. Au fur et à mesure que le discours maternel évoluait, l'évidence m'apparaissait à moi, fillette de dix ou douze ans déjà : mes parents, devant le peuple des femmes, formaient un couple, réalité extraordinaire! Un fait me procurait vanité plus vive encore : quand ma mère évoquait les menus incidents de notre vie villageoise — qui, aux yeux de notre parentèle citadine, était une régression —, mon père, mon héros d'alors, semblait dresser sa haute silhouette au sein même de ces conciliabules de femmes cloîtrées dans les patios vieillis.

Mon père, et seulement mon père; les autres femmes ne daignaient jamais les nommer, eux, les mâles, les maîtres qui passaient toute leur journée dehors et qui rentraient le soir, taciturnes, la tête baissée. Ces oncles, cousins, parents par alliance se retrouvaient confondus dans l'anonymat du genre masculin, neutralité réductrice que leur réservait le parler allusif des épouses.

Mon père seul... Ma mère, la voix posée, le col incliné, prononçait « Tahar » — ce qui, je le sus très tôt, signifiait « le pur » —, et même quand ses interlocutrices souriaient à demi, ou avaient l'air mi-gênées, mi-indulgentes, je pensais qu'une distinction nouvelle éclairait le visage maternel.

Imperceptibles révolutions de ces conversations de harem : mes oreilles n'en percevaient que ce qui parait ma mère d'une souveraine originalité. Mon père, grâce à elle qui en assurait la présence dans le cours de ces murmures, mon père devenait plus pur encore que ne le présageait son prénom.

Un jour, survint un prodrome de crise. Le fait, banal dans un autre monde, devenait chez nous pour le moins étrange : mon père, au cours d'un voyage exceptionnellement lointain (d'un département à l'autre, je crois), mon père donc écrivit à ma mère — oui, à ma mère !

Il envoya une carte postale avec, en diagonale, de sa longue écriture appliquée, une formule brève, du genre « meilleur souvenir de cette région lointaine », ou bien « je fais un beau voyage et je découvre une région pour moi inconnue », etc., et il ajouta, en signature, simplement son prénom. Je suis sûre qu'à l'époque, lui-même n'aurait pas osé terminer, avant de signer, par une formule un peu plus intime comme « je pense à vous », ou, à plus forte raison, « baisers ».

Mais, sur la moitié de la carte réservée à l'adresse du destinataire, il avait écrit « Madame », suivi du nom d'état civil, avec en ajout — mais je n'en suis pas sûre — « et ses enfants », c'est-à-dire nous trois, dont moi l'aînée, âgée de dix ans environ...

La révolution était manifeste : mon père, de sa propre écriture, et sur une carte qui allait voyager de ville en ville, qui allait passer sous tant et tant de regards masculins, y compris pour finir celui du facteur de notre village, un facteur musulman de surcroît, mon père donc avait osé écrire le nom de sa femme qu'il avait désignée à la manière occidentale : « Madame untel... » ; or, tout autochtone, pauvre ou riche, n'évoquait femme et enfants que par le biais de cette vague périphase : « la maison ».

Ainsi mon père avait « écrit » à ma mère. Celle-ci, revenue dans la tribu, parla de cette carte postale avec un ton et des mots très simples certes. Elle voulait continuer, décrire l'absence du mari dans ce village, pendant quatre ou cinq longues journées, expliquer les problèmes pratiques posés (les commerçants nous envoyaient chaque matin les provisions préalablement commandées par mon père, la veille de son départ). Elle allait poursuivre, regretter qu'une citadine, isolée dans un village avec de trop jeunes enfants, puisse se trouver bloquée... Mais les femmes s'étaient écriées devant la réalité nouvelle, le détail presque incroyable :

— Il t'a écrit à toi ?

— Il a mis le nom de sa femme et le facteur a dû ainsi le lire ? Honte !...

— Il aurait pu adresser tout de même la carte à ton fils, pour le principe, même si ton fils n'a que sept ou huit ans !

Ma mère se tut. Sans doute satisfaite, flattée, mais ne disant rien. Peut-être soudain gênée, ou rosie de confusion ; oui, son mari lui avait écrit à elle en personne !... L'aînée des enfants, la seule qui aurait pu lire la carte, c'était sa fille : alors fille ou épouse, quant au nom du destinataire, où se trouve la différence ?

— Je vous rappelle que j'ai appris à lire le français maintenant !

C'était, de fait, la plus audacieuse des manifestations d'amour. Sa pudeur en souffrit à cet instant même. A peine si elle le disputait, toutefois, à sa vanité d'épouse, secrètement flattée.

J'ai été effleurée, fillette aux yeux attentifs, par ces bruissements de femmes reléguées. Alors s'ébaucha, me semble-t-il, ma première intuition du bonheur possible, du mystère, qui lie un homme et une femme.

Mon père avait osé « écrire » à ma mère. L'un et l'autre, mon père par l'écrit, ma mère dans ses nouvelles conversations où elle citait désormais sans fausse honte son époux, se nommaient réciproquement, autant dire s'aimaient ouvertement.

IV

Ouverte la Ville plutôt que prise. Vendue la capitale, au prix de son trésor de légende. Or d'Alger embarqué par caissons pour la France où un nouveau roi inaugure son règne en se résignant au drapeau républicain et en acceptant les lingots barbaresques.

Dessaisie de son passé et de sa morgue, Alger du nom premier de ses deux îles — « el Djezaïr ». Ces îles avaient été libérées des serres espagnoles par Barberousse qui en fit un nid de corsaires écumant la Méditerranée pendant plus de trois siècles...

Ville ouverte, remparts abattus, créneaux et merlons renversés; son avilissement fait ombre sur le proche avenir.

Un quatrième greffier de la défaite comble, de sa pelletée de mots, la fosse commune de l'oubli; je le choisis parmi les natifs de la ville. Hadj Ahmed Effendi, mufti hanéfite d'Alger, est la plus haute personnalité morale en dehors du dey. En cette imminence de la chute, de nombreux Algérois se tournent vers lui. Il nous rapporte le siège en langue turque, plus de vingt années après et en écrivant de l'étranger, car il s'expatriera. Le sultan ottoman le nommera gouverneur d'une ville d'Anatolie. Dans son exil, il se rappelle ce 4 juillet et publie sa relation :

« L'explosion fit trembler la ville et frappa de stupeur tout le monde. Alors Hussein Pacha convoqua les notables de la ville pour tenir conseil. La population tout entière vociférait contre lui... »

Puis il évoque succinctement les premiers négociateurs des pourparlers, que les chroniqueurs français décrivent, eux, avec force détails.

La discussion s'ouvre au son de la canonnade entre les représentants des deux clans : dans les décombres du Fort l'Empereur, les Français ont installé des batteries pour bombarder la forteresse de la Casbah, siège du pouvoir. Ce harcèlement s'arrête lorsqu'un Turc, « dont le costume, à la fois élégant et simple, annonçait un personnage de distinction », se présente par un chemin dérobé, un drapeau blanc à la main. C'est en fait le secrétaire du dey. Il espère éviter une entrée des Français dans la ville ; il offre un tribut à payer, au nom de la milice prête probablement à renier son Pacha. N'offrant point la soumission, il ne peut que se retirer.

Le creusement des tranchées se poursuit ; les batteries françaises et celles, algériennes, du Fort Bab Azoun continuent à rivaliser entre elles avec fracas. Deux Maures, Hamdane et Bouderba, viennent à leur tour, mais toujours sans titre officiel. Après le premier pas d'ouverture, c'est là le début d'échanges de paroles : Hamdane a voyagé en Europe, il parle couramment le français. L'artillerie ayant cessé son vacarme de part et d'autre, ils repartiront en sachant que la pénétration étrangère ne peut plus être évitée, sinon par une résistance désespérée.

Or, au Divan de la Casbah, Hussein, plus décidé que les dignitaires de la milice — les trois beys hors de la ville ne sont même pas consultés pour la décision finale —, Hussein semble résolu, un moment, à résister jusqu'à la mort... Finalement décision est prise d'envoyer deux dignitaires officiels, ainsi que le seul diplomate européen resté à Alger depuis les événements, le consul d'Angleterre accompagné de son adjoint.

Cette délégation est reçue par l'état-major français au complet, « dans une petite prairie à l'ombre »; on s'assoit sur les troncs de trois ou quatre arbres fraîchement coupés. L'Anglais, en qualité d'intermédiaire et ami du dey, parle, nous rapporte Barchou qui assiste à la négociation, « du caractère altier et intrépide de Hussein, pouvant le porter aux dernières extrémités ».

Ainsi commence la communication : de Bourmont dicte les termes exacts de la capitulation exigée — ville ouverte « à discrétion » aux troupes, avec sa Casbah et ses forts, garantie des biens personnels du dey et des janissaires qui devront quitter le pays, respect de l'exercice de la religion des habitants, de leurs biens, de leurs femmes.

« Cette convention fut dictée par le général en chef, et écrite par le général Desprez et par l'intendant en chef Deumier; il fut arrêté que le dey y apposerait son cachet en signe d'adhésion et l'échange de la convention devait se faire dans la soirée », rapportera, deux ans après, un autre officier d'ordonnance, E. d'Ault-Dumesnil.

Il est environ deux heures de l'après-midi, ce dimanche d'été. Vers l'ouest, du côté de Bab el Oued, sortent déjà de la ville les premiers groupes de l'émigration algéroise.

Le dialogue est donc ouvert avec les deux

Maures, Bouderba et Hamdane : échanges de paroles, puis établissement d'un texte écrit durant la conférence pour l'abdication. Mais les mots résistent ; je veux dire, les mots français.

Une heure après, le dey Hussein renvoie la convention : il ne comprend pas ce que sous-entend l'expression, employée par l'aristocrate de Bourmont et consignée dans la minute de son chef d'état-major, « se rendre à discrétion ».

Il est proposé qu'un interprète aille expliquer le texte au dey, et qu'il se porte ainsi garant de la loyauté française. On désigne un vieil homme, Brasewitz — celui-là même que Bonaparte, en Égypte, avait envoyé à Murad Bey. Brasewitz entrera donc, le premier, dans la ville.

Nous avons à la fois son récit écrit (une lettre au ministre Polignac) et oral (sa relation à J.T. Merle, quelques jours après) de ce qu'il vécut comme une expédition hasardeuse. Ce 4 juillet après-midi, il s'avance à cheval, derrière le secrétaire turc et il entre par la Porte Neuve : il est l'objet des menaces que lui lancent, tout au long de son chemin, des Algérois qui voudraient combattre encore. Or ils voient défiler, dans la rue, devant eux, l'annonciateur de leur prochaine servitude.

Le voici enfin face au dey assis sur son divan et entouré de dignitaires. Brasewitz tourne le dos à tout un auditoire de janissaires. A chacun des articles qu'il traduit à voix haute, la colère monte derrière lui. Les jeunes officiers préfèrent qu'on choisisse la mort. « La mort ! » répètent-ils... Plus d'une fois, l'interprète se croit en danger. Ayant exposé les détails de la convention (elle doit être signée le lendemain, avant dix heures), il boit la citronnade que goûte auparavant le dey, encore soucieux de bonnes manières à la veille de son abaissement. Brasewitz repartira, sain et sauf.

Mais, à cause de ces risques affrontés et du fait de son grand âge, l'interprète contractera, ajoute J.T. Merle qui le rencontre le 7 ou le 8 juillet, une maladie nerveuse dont il mourra quelques jours après. Comme si l'éclaircissement de cette hautaine expression « à discrétion », venue spontanément à l'esprit du chef français, devait faire au moins une victime : le porteur même de la missive !

En assurant au mot le passage dans la langue adverse (langue turque du pouvoir vacillant ou langue arabe de la ville maure, je ne sais...), Brasewitz semblait devoir payer cela de sa vie.

Pour l'instant, le voici revenant, à la nuit tombante, aux postes français. Sa mission est terminée. Le dey abdiquera par écrit, le lendemain matin.

Alger s'apprête à vivre sa dernière nuit de cité libre.

D'autres relateront ces ultimes moments : un secrétaire général, « bach-kateb », du bey Ahmed de Constantine (qui regroupera les résistants de l'est pendant près de vingt années encore) rédigera son récit en arabe. Un captif allemand, qui sera libéré le lendemain, évoquera cette même nuit en sa langue ; deux prisonniers, rescapés du naufrage de leurs bateaux survenu quelques mois auparavant, en feront une description en français. Ajoutons le consul d'Angleterre qui note ce tournant dans son journal... Je songe, moi, à ceux qui dorment, en ces instants, dans la ville... Qui chantera plus tard cette agonie de la liberté, quel poète, animé d'une espérance entêtée, pourra regarder jusqu'au terme de cette dérive ?...

Le mufti Hadi Ahmed Effendi dépeint avec prolixité — ce sera des décennies après — la révolte de ses concitoyens :

« Quant à moi, ne pouvant m'y décider, j'assemblai les pieux musulmans... Je les engageai à me suivre contre l'ennemi. Effectivement, ils firent pénitence et, après s'être réciproquement fait leurs derniers adieux, ils se mirent en marche derrière moi en entonnant le cri du "tekbir". En ce moment les femmes se précipitent au-devant de nous, jetant leurs enfants à nos pieds et s'écriant : "c'est bien si vous êtes vainqueurs, mais si vous ne l'êtes pas, sachez alors que les Infidèles viendront nous déshonorer ! Partez donc, mais avant de partir, immolez-nous !" »

Si la scène s'alourdit de grandiloquence, elle suggère du moins le tournoiement de cette transition. Par milliers, la foule de l'exode encombre la route vers Constantine. D'autres, à la lueur du clair de lune d'été, se ruent sur la plage, envahissent les barques qui les mènent à Cap-Matifou. Familles entières qui s'encombrent de leurs balluchons. Le petit peuple, je suppose, est plus nombreux à partir que les nantis ou les marchands. Quels bourgeois resteront pour sauver leur fortune, leurs maisons ? Quels citadins préféreront serrer les derniers effets, les quelques bijoux et — enfants et femmes hissés sur des mulets — rejoindre précipitamment soit l'armée du bey de Constantine, soit celle du bey du Titteri regagnant la Mitidja ?

La ville perd, en une nuit, les deux tiers environ de sa population. Parmi les soldats qui refusent l'abdication, la considérant comme un déshonneur, deux mille cinq cents en armes se regroupent autour du bey Ahmed.

Le mufti Ahmed Effendi, quant à lui, reçoit du dey l'assurance que les Français se sont engagés à ne pas entrer dans les mosquées et à respecter la vie des civils. Il calme l'effervescence.

« Toute la population, hommes et femmes, se pressait au seuil de mon logis en criant d'un ton lamentable : — Puisque déjà il faut périr, mieux vaut mourir devant la porte d'un alim ! »

L'armée victorieuse prépare sa mise en scène du lendemain : de Bourmont ordonnance la marche d'entrée du 5 juillet — honneur à l'artillerie et aux sapeurs qui ouvriront le défilé. Il tient à pénétrer dans la ville précédé du 6e régiment et de ses tambours.

La prise de possession s'accompagne de nominations qui interviennent aussitôt : le chef de la police, celui de la marine, les responsables aux comptes sont désignés... Chaque division des trois lieutenants généraux occupera quelques places précises.

Avec deux heures de retard, mais au son des tambours du 6e régiment comme prévu, les Français entrent le matin dans la Ville. A la Casbah, soucieux jusqu'au dernier moment de sa dignité, Hussein se contente d'accueillir le contingent d'avant-garde, arrivé deux heures auparavant. Le colonel de Bartillat, le responsable, sera également l'auteur d'une publication décrivant cet instant. Par ses yeux, nous découvrons la première cour du palais et son citronnier, l'offrande de la même limonade en signe d'hospitalité. Puis le dey et sa suite disparaissent, tandis qu'un fonctionnaire turc attend, stoïquement dressé dans le hall du palais, l'arrivée du chef français.

Ce Turc est le « khasnadji » — le ministre des Finances. C'est lui qui, la veille, a dirigé la résistance du Fort l'Empereur. Devant de Bourmont et ses proches, il opère protocolairement la transmission des charges : il accompagne les Français jusqu'au Trésor de l'État algérien. Là, se trouve le cœur même de la prise : un amoncellement d'or qui permettra de rembourser tous les frais de la gigantesque expédition, qui alimentera en sus le trésor de la France et même quelques budgets privés.

Trente-sept témoins, peut-être davantage, vont relater, soit à chaud, soit peu après, le déroulement de ce mois de juillet 1830. Trente-sept descriptions seront publiées, dont trois seulement du côté des assiégés : celle du mufti, futur gouverneur en Anatolie; celle du secrétaire du bey Ahmed qui vivra plus tard la servitude; la troisième étant celle du captif allemand.

Si l'on exclut, de cet amas, le journal du Consul anglais, le seul en position de véritable neutralité (son statut de diplomate retardera toutefois la publication de son témoignage), si l'on met à part la relation d'un prince autrichien venu en observateur auprès de De Bourmont, il reste tout de même trente-deux écrits, en langue française, de ce premier acte de l'occupation.

Une fièvre scripturaire a saisi en particulier les officiers supérieurs. Ils publient leurs souvenirs dès l'année suivante; le chef d'état-major est le premier, d'autres peu après feront comme lui. Jusque vers 1835, dix-neuf officiers de l'armée de terre, quatre ou cinq de la marine, contribueront à cette littérature. Cette hâte contamine les comparses : un abbé aumônier, trois médecins dont un chirurgien-chef et un chirurgien aide-major! Jusqu'au peintre Gudin (qui rédigera ses souvenirs bien plus tard) sans oublier notre publiciste J.T. Merle, le rival en amour d'Alfred de Vigny.

Une telle démangeaison de l'écriture me rappelle la graphorrhée épistolaire des jeunes filles enfermées de mon enfance : écrire vers l'inconnu devenait pour elles une manière de respirer un nouvel oxygène. Elles trouvaient là une issue provisoire à leur claustration...

Mais que signifie l'écrit de tant de guerriers, revivant ce mois de juillet 1830? Leur permet-il de savourer la gloire du séducteur, le vertige du violeur? Ces textes se répandent dans un Paris louis-philippard, loin d'une terre algérienne où la reddition a légitimé assez vite toutes les usurpations, des corps comme des signes. Leurs mots, surgis d'un tel séisme du passé, me paraissent queue de comète éclairant un ciel définitivement troué.

Car cette conquête ne se vit plus découverte de l'autre, même pas nouvelle croisade d'un Occident qui aspirerait à revivre son histoire comme un opéra. L'invasion est devenue une entreprise de rapine : l'armée précédant les marchands, suivis de leurs employés en opération; leurs machines de liquidation et d'exécution sont déjà mises en place.

Le mot lui-même, ornement pour les officiers qui le brandissent comme ils porteraient un œillet à la boutonnière, le mot deviendra l'arme par excellence. Des cohortes d'interprètes, géographes, ethnographes, linguistes, botanistes, docteurs divers et écrivains de profession s'abattront sur la nouvelle proie. Toute une pyramide d'écrits amoncelés en apophyse superfétatoire occultera la violence initiale.

Mes jeunes amies, mes complices du hameau de vacances, écrivaient même langue inutile et opaque parce que cernées, parce que prisonnières; elles estampillaient leur marasme, pour en surmonter plus ou moins le tragique. Les comptes rendus de cette intrusion d'hier décèlent *a contrario* une nature identique : envahisseurs qui croient prendre la Ville Imprenable, mais qui tournoient dans le buissonnement de leur mal d'être.

BIFFURE...

La prise de l'Imprenable... Images érodées, délitées de la roche du Temps. Des lettres de mots français se profilent, allongées ou élargies dans leur étrangeté, contre les parois des cavernes, dans l'aura des flammes d'incendies successifs, tatouant les visages disparus de diaprures rougeoyantes...

Et l'inscription du texte étranger se renverse dans le miroir de la souffrance, me proposant son double évanescent en lettres arabes, de droite à gauche redévidées ; elles se délavent ensuite en dessins d'un Hoggar préhistorique...

Pour lire cet écrit, il me faut renverser mon corps, plonger ma face dans l'ombre, scruter la voûte de rocailles ou de craie, laisser les chuchotements immémoriaux remonter, géologie sanguinolente. Quel magma de sons pourrit là, quelle odeur de putréfaction s'en échappe ? Je tâtonne, mon odorat troublé, mes oreilles ouvertes en huîtres, dans la crue de la douleur ancienne. Seule, dépouillée, sans voile, je fais face aux images du noir...

Hors du puits des siècles d'hier, comment affronter les sons du passé ?... Quel amour se cherche, quel avenir s'esquisse malgré l'appel des morts, et mon corps tintinnabule du long éboulement des générations-aïeules.

DEUXIÈME PARTIE

LES CRIS DE LA FANTASIA

« Je dus moi-même diriger une expédition chez les tribus berbères des régions montagneuses de Béjaia, qui refusaient depuis plusieurs années de payer l'impôt... Après avoir pénétré dans leur pays et vaincu leur résistance, je pris des otages en gage d'obéissance... »

Ibn Khaldoun — *Ta'rif* —
(Autobiographie).

LA RAZZIA DU CAPITAINE BOSQUET, À PARTIR D'ORAN...

Octobre 1840 à Oran : depuis que, l'année précédente, la guerre a repris contre l'Émir, la garnison française vit sur la défensive.

Un modeste espace de deux ou trois lieues est contrôlé autour de la place forte, entre les deux camps de Misserghin et du Figuier : quelques jardins pour des cantiniers ici, trois misérables cabarets là, juste de quoi entretenir et distraire les postes isolés, au milieu de la campagne désertée. A l'est, à proximité du rivage, s'étend la ferme de l'unique colon, un nommé Dandrieu qui s'est installé là pendant la trêve de 1837. A l'ouest, commence le territoire des Douaïrs et des Smélas, tribus alliées à la France — elles l'étaient aussi au précédent pouvoir turc auquel elles servaient de gendarmes, pour la levée des impôts.

Le reste du pays forme une étendue plate, immense, parcourue par les fractions reconnaissant l'autorité d'Abdelkader qui vient d'appeler, une nouvelle fois, à l'union sacrée contre l'occupant. La phase ultime de la guerre débute : elle durera huit années encore.

Sur les routes de Tlemcen, de Mostaganem, d'Arzew, les convois français bien escortés passent de temps en temps. Nul Européen ne s'aventurerait sur les sentiers alentour.

Au printemps de la même année, les hostilités franco-algériennes se sont avivées dans le centre du pays : le maréchal Valée, accompagné des princes royaux, les ducs d'Orléans et d'Aumale, a tenté de contenir, de Cherchell jusqu'à Blida et à Médéa, l'étreinte belliqueuse des tribus de l'Atlas. Elles apportaient aux réguliers d'Abdelkader et de ses lieutenants, des milliers de supplétifs. Valée a cru organiser une promenade militaire ; il a dû guerroyer une nouvelle fois dans les gorges de la Chiffa, puis il est retourné à Alger en multipliant les communiqués et les bilans pompeux. La plaine de la Mitidja a été dégagée, mais l'effervescence persiste.

A l'ouest, un général de trente-trois ans, ancien commandant des Zouaves, Lamoricière, est nommé le 20 août à la tête de la place d'Oran. Il ronge son frein deux mois durant : comment passer de la défensive à l'offensive, et le plus vite possible ? Bou Hamedi, le lieutenant de l'Émir, ne vient-il pas d'attaquer les Douaïrs sur leur territoire ? N'empêche-t-il pas par là même le ravitaillement des Français ?

Lamoricière, que les Arabes surnomment « l'homme à la chéchia », utilise au maximum le service de renseignements de Daumas, les cartes et les relevés de lieux de Martimprey ; ce travail de repérage a été assuré pendant des semaines par les espions de Mustapha ben Ismaël, le chef des Douaïrs.

Au-delà du Tlélat (un oued qui se jette dans l'immense lac salé au sud d'Oran), les mouvements de la tribu des Gharabas et de celle des Beni Ali sont signalés. Leurs chefs sont connus comme des inconditionnels de l'Émir. Douze lieues — soit une soixantaine de kilomètres — séparent l'emplacement de leurs limites des premiers postes français : l'étape semble trop longue pour une attaque éventuelle...

Lamoricière est cependant tenté : s'il réussissait à s'emparer des troupeaux et, pourquoi pas, des silos de ces riches ennemis, cela changerait l'atmosphère de la garnison et le moral des troupes. Cette victoire assurerait, en outre, un bénéfice non négligeable, l'approvisionnement de la place pour l'hiver.

Le jeune général piaffe d'impatience, mais Oran est truffé d'espions. L'opération, la première razzia qui partirait d'Oran depuis la reprise du conflit, devrait être préparée dans le secret ; or, il paraît difficile de tromper les éclaireurs ennemis. L'attaque est néanmoins fixée au 20 octobre.

Deux hommes écriront le récit de cette expédition : le capitaine Bosquet, que Lamoricière a fait venir d'Alger pour en faire son aide de camp, et le capitaine Montagnac. Le régiment de celui-ci vient d'arriver de Cherchell par mer, le 14 de ce mois.

Les deux officiers, chacun ignorant tout de l'autre, entretiennent une correspondance familiale, grâce à laquelle nous les suivons en témoins-acteurs de cette opération. Avec eux, nous revivons toutes les marches guerrières de cet automne 1840 : lettres que reçoit la mère du futur maréchal Bosquet (il sera un héros de la guerre de Crimée, vingt ans plus tard), épîtres à l'oncle ou à la sœur de Montagnac (lui que la défaite de Sidi Brahim transformera, cinq ans après, en martyr). La publication posthume de ces écrits entretient le prestige de ces auteurs, alors qu'ils décrivent le ballet de la conquête sur notre territoire.

Quel territoire ? Celui de notre mémoire qui fermente ? Quels fantômes se lèvent derrière l'épaule de ces officiers qui, une fois leurs bottes enlevées et jetées dans la chambrée, continuent leur correspondance quotidienne ?

Le 21 octobre, à midi, l'ordre est transmis à l'infanterie, aux spahis de Yusuf et aux cavaliers alliés de Mustapha ben Ismaël le Coulougli, de se réunir au camp du Figuier, sur la route sud-est. A six heures du soir, soldats et officiers, étonnés, sont passés en revue par le général et son état-major : deux mille cinq cents fantassins, sept cents cavaliers auxquels s'ajoutent, en nombre équivalent, les cavaliers indigènes (trois cent cinquante spahis, autant de Douaïrs), ainsi que deux compagnies de sapeurs et six obusiers.

Lamoricière, malgré le scepticisme de Mustapha ben Ismaël, donne l'ordre de départ : ces troupes neuves, peu familiarisées avec le terrain, doivent couvrir de nuit au moins cinquante kilomètres pour pouvoir surprendre les ennemis à l'aube.

Le convoi de mulets, encombré des bagages et des cacolets prévus pour ramener les blessés, avance. Il est entouré par l'infanterie. Ces derniers mois, celle-ci a reçu un équipement allégé en prévision de la nouvelle tactique fondée, à l'instar de celle des indigènes, sur la rapidité offensive.

De l'oued Tlélat au point de repère choisi, un ravin précédant la localité de Makedra, la troupe va bon train. La cavalerie couvre les hommes sur la gauche, sans dépasser la tête de la colonne silencieuse. Les éclaireurs de Mustapha ben Ismaël se détachent régulièrement en avant, vérifient que les feux ne s'allument pas sur les collines avoisinantes, pour prévenir les Gharabas et les Ouled Ali. Ces « Sahab ez Zerda » ou « compagnons du butin » sont des bandits-espions et, pour la plupart, des voleurs de chevaux. On a payé leurs renseignements au poids de l'or. Une part du pillage leur est promise dans de larges proportions.

A l'arrivée au ravin de Makedra, trois « compagnons du butin » se lancent en avant. Une heure après, ils ne sont pas revenus. Bosquet qui va et vient, de la tête à l'arrière de la colonne, pour s'assurer de la bonne marche de l'ensemble, devine l'inquiétude de son général. Les espions ont-ils été surpris, puis tués ? Un quatrième éclaireur, l'adjoint de l'agha Mustapha, disparaît dans la nuit.

Ralentissement de la marche ; la cavalerie suit à l'arrière. Enfin le Douaïr revient sur son cheval fumant, tache blanche dans l'obscurité qui pâlit :

— Les Gharabas sont là. Aucune alerte n'a été donnée ! Les tentes sont toujours dressées. Ils dorment tous !

Murmures précipités autour de l'agha et du général. Celui-ci communique les dernières directives. A deux heures du but, tandis que l'aube va poindre incessamment, l'effet de surprise est donc assuré. La razzia s'annonce propice : rapt, pillage, peut-être même massacre des ennemis qui, mal réveillés, ne pourront pas combattre. « La nuit est à nous », rêve l'un ou l'autre de ces capitaines... Bosquet note les couleurs de l'aube qui se lève.

Sur un signe de Lamoricière, la cavalerie s'élance : au milieu, en masse compacte, les chasseurs à la tunique noire ; à leur droite, drapeaux déployés, le goum des Douaïrs avec, en tête, l'agha Mustapha. Ce vigoureux vieillard, barbe blanche en avant, corps trapu dressé sur ses étriers d'or, éclate d'allégresse guerrière, malgré ses soixante-dix ans :

— « Etlag el Goum ! » s'exclame-t-il d'un ton presque juvénile.

« Rires moqueurs, cris de mort contre les victimes qu'ils allaient dépouiller », relate Bosquet qui admire le lancé de ce départ en fantasia. Sur la gauche, les spahis aux uniformes écarlates, avec le « renégat » Yusuf à leur tête, ont rejoint le sommet d'une crête. Le jour éclaire leurs silhouettes « comme une bande infernale et fantastique »...

Trois kilomètres plus loin, c'est l'attaque. Un cercle de multiples tentes apparaît ; les plus belles, en laine blanche brodée, se trouvent au centre. Le vieux Mustapha, frémissant d'impatience, se précipite vers elles. Il espère y surprendre son ennemi Ben Yacoub, l'agha des Gharabas : mais en vain. Dans l'aurore bouleversée, les assaillants ne découvrent que des femmes ; la veille, Ben Yacoub a rejoint l'Émir à Mascara, avec le gros de son contingent. Des guerriers à moitié nus sautent sur leurs chevaux sans selle ; d'autres, des adolescents, le yatagan à la main, se font tuer pour défendre leurs mères et leurs sœurs.

Renversement des corps mêlés. Ils se recroquevillent dans le sang versé ; ils glissent dans le désordre des tentures maculées. Grognements sourds plus présents que les plaintes, que les glapissements de triomphe ou d'effroi. L'incendie lèche, de ses lueurs mobiles, coffres entrouverts, bijoux et cuivres éparpillés entre les premiers cadavres. Chute des femmes qui s'évanouissent. Des spahis de Yusuf prêtent main-forte au pillage qui commence, avant même la fin des combats.

Les chasseurs, eux, ont sabré sans s'arrêter, par une longue diagonale, en travers de cette foule immense qui paraît affairée et qui se disperse. Les troupeaux, à leur tour, sont atteints, dans le halo des torches à terre et des fumées d'incendie; les bêlements du bétail parqué montent en grondement d'orage, de l'horizon encore sombre.

Deux lieues plus loin, les chasseurs n'ont pu surprendre le deuxième campement : tous les guerriers des Ouled Ali ont disparu, et jusqu'aux femmes des notables. Seuls, les troupeaux sont ramenés par masses, au centre de la vallée. Les Douaïrs et les Spahis, arrivés à leur tour, fourgonnent sous ces tentes abandonnées : le butin y semble moins important.

Des rumeurs circulent. Un rassemblement est ordonné par les officiers de Lamoricière; des témoins parlent d'un des éclaireurs des Douaïrs qui aurait fait traverser le camp, sur son cheval, à la femme de l'agha des Gharabas. Il l'aurait laissée échapper, probablement contre les bijoux qu'elle portait; on ne le reverra sûrement plus.

Sans un mot, Lamoricière se fait conduire devant la plus belle tente : un adolescent de quinze ans gît sur le dos, face posée à même le sol, yeux grands ouverts, la poitrine trouée et les membres raidis.

— Il a défendu sa sœur contre cinq soldats! précise une voix derrière.

Yusuf, à cheval, s'approche et son ombre triomphante s'allonge devant le général. Des prisonnières groupées demeurent accroupies sur des monceaux de velours; elles attendent dans un calme ostensible. La plus vieille, face découverte, dévisage avec morgue les Français qui regardent. Bosquet la devine prête, au moindre mot, à l'injure. S'approchant de son chef, il scrute les femmes silencieuses : la vieille ne baisse pas les yeux.

— Ce sont la fille de l'agha, ses deux belles-filles, et une ou deux parentes ! précise Daumas qui a dû interroger les servantes qui se tiennent en retrait.

— La fille est vraiment belle ! Elle ne veut pas pleurer son frère, elle en est fière ! chuchote un admirateur à l'oreille de Bosquet.

Lamoricière demande brièvement pourquoi des femmes ont tout de même été tuées plus loin.

— Sept au total ont été exécutées par nos soldats, précise quelqu'un. Elles nous ont accueillis par des insultes !

— « Chiens, fils de chiens ! » criaient-elles, les mégères ! s'exclame l'un des spahis, à côté de Yusuf. Celui-ci est d'un mutisme tranquille, peut-être même ironique, devant les scrupules de Lamoricière. Car tous connaissent les idées saint-simoniennes de leur chef.

Une canne dans sa main frémissante, Lamoricière tourne sa monture. Les traits crispés, il s'éloigne ; son aide de camp le suit, impassible.

A présent, le pillage s'intensifie, scandé par les seuls murmures. Quelques foyers d'incendie se meurent. Et l'écharpe de cris s'effiloche, tandis que les vapeurs nocturnes se dissipent tout à fait. L'aube qui se déploie griffe le ciel d'écorchures roses ou mauves ; nuances fugaces, éclairs persistants disparaissant d'un coup. La pureté du jour nettoyé détache les silhouettes des soldats s'agitant dans la plaine.

« Notre petite armée est dans la joie et les festins, écrit Bosquet le 1er novembre 1840. On respire dans toute la ville une délicieuse odeur de grillades de mouton et de fricassées de poulet... »

Et il ajoute dans la même lettre :

« Je vais te conter tout cela; il y a de tout dans cette razzia : marche militaire et sages combinaisons, énergie digne d'éloge dans l'infanterie, qui était harassée et ne s'est pas arrêtée un instant, ensemble parfait dans notre belle cavalerie, et puis toute la poésie possible dans les détails de la scène, qui fait le fond de la razzia. »

Treize jours plus tard, Montagnac, lui aussi à partir d'Oran, s'adresse à son oncle :

« Ce petit combat offrait un coup d'œil charmant. Ces nuées de cavaliers légers comme des oiseaux, se croisent, voltigent sur tous les points, ces hourras, ces coups de fusil dominés, de temps à autre, par la voix majestueuse du canon, tout cela présentait un panorama délicieux et une scène enivrante... »

Joseph Bosquet qui écrit d'ordinaire à sa mère résidant à Pau, s'est adressé cette fois à un ami, « son cher Gagneur ». Sa description de l'attaque est rehaussée de réflexions, d'admiration rétrospective pour le génie de Lamoricière, ce chef qui sait décupler, par son ardeur, l'élan du corps d'armée, et la furia des « brigands » de Mustapha ben Ismaël.

Enfin le vent de la conquête se lève pour notre auteur béarnais et il se croit à la proue... L'ennemi? Pour l'instant, ni l'Émir, ni aucun de ses célèbres cavaliers rouges, pas un de ses lieutenants trop audacieux, aucun de ses alliés « fanatisés » ne se montre. Le décor ainsi déployé accentue la surprise et l'effarement des victimes. Paysages que l'on traverse durant des heures, que le récit ensuite immobilise et les hommes caracolent en pleine charge de l'aube. Symphonie exacerbée de l'attaque; piétinement par lancées furieuses, touffes de râles emmêlés jusqu'au pied des cavales. Tandis que le sang, par giclées, éclabousse les tentes renversées, Bosquet s'attarde sur la violence des couleurs. L'élan des retombées le fascine, mais l'ivresse d'une guerre ainsi reculée tourne à vide.

Notre capitaine s'adonne à l'illusion de ce divertissement viril : faire corps avec l'Afrique rebelle, et comment, sinon dans le vertige du viol et de la surprise meurtrière ?...

Bosquet, comme Montagnac, restera célibataire : nul besoin d'épouse, nulle aspiration à une vie rangée quand le plaisir guerrier se ravive, taraudé par les mots. Revivre, par réminiscence, le halètement du danger ; les phrases harmonieuses des épîtres conservent cette âcreté que ne soupçonnent pas les femmes de la famille rêvant dans l'attente.

Parmi ces relations fiévreuses, des scories surnagent : ainsi ce pied de femme que quelqu'un a tranché pour s'emparer du bracelet d'or ou d'argent ornant la cheville. Bosquet signale ce « détail » comme négligemment. Ainsi ces sept cadavres de femmes (pourquoi avaient-elles choisi, dans le ralenti de la surprise, de se présenter en injurieuses ?), les voici devenues, malgré l'auteur du récit, comme des scrofules de son style.

Comme si l'amour de et dans la guerre ne cessait de puer, ce que notre Béarnais déplore ! Ne serait-ce pas le décor qui, par sa barbarie naturelle, contamine ces nobles assaillants ?...

Impossible d'étreindre l'ennemi dans la bataille. Restent ces échappées : par femmes mutilées, par bœufs et troupeaux dénombrés ou par l'éclat de l'or pillé. Se convaincre que l'Autre glisse, se dérobe, fuit.

Or l'ennemi revient sur l'arrière. Sa guerre à lui

apparaît muette, sans écriture, sans temps de l'écriture. Les femmes, par leur hululement funèbre, improvisent, en direction de l'autre sexe, comme une étrange parlerie de la guerre. Inhumanité certes de ces cris, stridulation du chant qui lancine, hiéroglyphes de la voix collective et sauvage : nos écrivains sont hantés par cette rumeur. Bosquet rêve à l'adolescent tué en défendant sa sœur, sous la tente luxueuse ; il évoque ce pied coupé de femme anonyme, coupé à cause du « khalkhal »... Soudain les mots de la lettre entière ne peuvent sécher, du fait de cette incise : indécence de ces lambeaux de chair que la description n'a pu taire.

Écrire sur la guerre d'Afrique — comme autrefois César dont l'élégance du style anesthésiait *a posteriori* la brutalité de chef —, est-ce prétendre repeupler un théâtre déserté ?

Les femmes prisonnières ne peuvent être ni spectatrices, ni objets du spectacle dans le pseudo-triomphe. Plus grave, elles ne regardent pas. Le comte de Castellane — qui, après avoir participé à de semblables chevauchées, collabore, à Paris, à la *Revue des Deux Mondes* — le remarque presque dédaigneusement : ces Algériennes s'enduisent le visage de boue et d'excréments, quand on les conduit dans le cortège du vainqueur. L'élégant chroniqueur ne s'abuse point : elles ne se protègent pas seulement de l'ennemi, mais du chrétien, à la fois conquérant, étranger et tabou ! Elles se masquent toutes comme elles peuvent, et elles le feraient avec leur sang, si besoin était...

L'indigène, même quand il semble soumis, n'est pas vaincu. Ne lève pas les yeux pour regarder son vainqueur. Ne le « reconnaît » pas. Ne le nomme pas. Qu'est-ce qu'une victoire si elle n'est pas nommée ?

Les mots enrobent. Les mots élèvent un piédestal, en attendant le triomphe que réservent toutes les Rome.

Cette correspondance au jour le jour, qui part des bivouacs, offre une analogie avec des lettres d'amour; la destinatrice devient soudain prétexte pour se dévisager dans l'obscurité de l'émoi... Traces semblables de la guerre, de l'amour : danse d'hésitation face à l'image de celui qui glisse. Or, cette fuite fait peur : l'on écrit pour la juguler.

Les lettres de ces capitaines oubliés qui prétendent s'inquiéter de leurs problèmes d'intendance et de carrière, qui exposent parfois leur philosophie personnelle, ces lettres parlent, dans le fond, d'une Algérie-femme impossible à apprivoiser. Fantasme d'une Algérie domptée : chaque combat éloigne encore plus l'épuisement de la révolte.

Ces guerriers qui paradent me deviennent, au milieu des cris que leur style élégant ne peut atténuer, les amants funèbres de mon Algérie. Le viol ou la souffrance des anonymes ainsi rallumés devraient m'émouvoir en premier; mais je suis étrangement hantée par l'émoi même des tueurs, par leur trouble obsessionnel.

Leurs mots, couchés dans des volumes perdus aujourd'hui dans des bibliothèques, présentent la trame d'une réalité « monstre », c'est-à-dire littéralement offerte. Ce monde étranger, qu'ils pénétraient quasiment sur le mode sexuel, ce monde hurla continûment vingt ou vingt-cinq années durant, après la prise de la Ville Imprenable... Et ces officiers modernes, ces cavaliers aristocrates si efficacement armés, à la tête de milliers de fantassins de tous bords, ces croisés du siècle colonial submergé par tant de clameurs, se repaissent de cette épaisseur sonore. Y pénètrent comme en une défloration. L'Afrique est prise malgré le refus qu'elle ne peut étouffer.

Inutile de remonter à la mort de Saint Louis devant Tunis, à l'échec de Charles Quint à Alger, ainsi réparés ; nul besoin d'invoquer les ancêtres accouplés dans croisades et djihads... Les femmes françaises parcourent la correspondance des vainqueurs, quasiment les mains jointes : et cette dévotion familiale auréole le mouvement de séduction censé se dérouler de l'autre côté de la Méditerranée.

I

Premières lettres d'amour, écrites lors de mon adolescence. L'écrit s'y développe en journal de rêveuse cloîtrée. Je croyais ces pages « d'amour », puisque leur destinataire était un amoureux clandestin; ce n'était que des lettres du danger.

Je dis le temps qui passe, les chaleurs d'été dans l'appartement clos, les siestes que je vis en échappées. Mes mutismes d'enfermée provisoire approfondissent ce monologue, masqué en conversation interdite. J'écris pour encercler les jours cernés... Ces mois d'été que je passe en prisonnière n'engendrent en moi nulle révolte. Le huis-clos, je le ressens comme une halte des vacances. La rentrée scolaire s'annonce proche, le temps d'étude m'est promesse d'une liberté qui hésite.

En attendant, mes missives en langue française partent pour ailleurs. Elles tentent de circonscrire cet enfermement. Ces lettres dites « d'amour », mais à contresens, apparaissent comme des claies de persiennes filtrant l'éclat solaire.

Propos perlés, mots doux que la main inscrit, que la voix chuchoterait contre la grille en fer forgé. Quelle nostalgie avouer à l'ami dont seul l'éloignement permet cet apparent abandon?...

L'émoi ne perce dans aucune de mes phrases.

Ces lettres, je le perçois plus de vingt ans après, voilaient l'amour plus qu'elles ne l'exprimaient, et presque par contrainte allègre : car l'ombre du père se tient là. La jeune fille, à demi affranchie, s'imagine prendre cette présence à témoin :

— Tu vois, j'écris, et ce n'est pas « pour le mal », pour « l'indécent » ! Seulement pour dire que j'existe et en palpiter ! Écrire, n'est-ce pas « me » dire ?

Je lis les réponses du jeune homme dans une alcôve, ou sur une terrasse, mais toujours les doigts fébriles, les battements du cœur précipités. Un vertige de la transgression s'amorce. Je sens mon corps prêt à bondir hors du seuil, au fléchissement du moindre appel. Le message de l'autre se gonfle parfois d'un désir qui me parvient, mais expurgé de toute contagion. La passion, une fois écrite, s'éloignait de moi définitivement.

Un jour — âgée de dix-huit ans, j'avais cessé depuis longtemps de fréquenter l'école coranique — je décachetai une lettre reproduisant le texte d'un long poème d'Imriou el Ouaïs. L'expéditeur me demandait avec insistance d'en apprendre les strophes. Je déchiffrai la calligraphie arabe ; je m'efforçai de retenir les premiers vers de cette « moallakat », poésie dite « suspendue ». Ni la musique ni la ferveur du barde anté-islamique ne trouvèrent écho en moi. A peine si l'éclat du chef-d'œuvre me fit fermer une seconde les paupières : tristesse abstraite !

Dès lors, quels mots de l'intimité rencontrer dans cette antichambre de ma jeunesse ? Je n'écrivais pas pour me dénuder, même pas pour approcher du frisson, à plus forte raison pour le révéler ; plutôt pour lui tourner le dos, dans un déni du corps dont me frappent à présent l'orgueil et la sublimation naïve.

La fièvre qui me presse s'entrave dans ce désert de l'expression. Ma voix qui se cherche quête l'oralité d'une tendresse qui tarde. Et je tâtonne, mains ouvertes, yeux fermés pour scruter quel dévoilement possible... Enfoui dans l'antre, mon secret nidifie ; son chant d'aveugle recherche le chas par où il s'envolerait en clameur.

Deux ou trois années plus tard, je reçois, au cours d'une séparation d'avec l'aimé, une lettre haletante. Nous sommes époux depuis peu, il me semble. L'absent, dans une lancée de souffrance, l'a écrite comme un somnambule. Ses mots détaillent mon corps-souvenir.

Je lis une fois, une seule, cette lettre d'halluciné. Je me sens habitée d'une froideur soudaine. J'ai peine à me convaincre que cet écrit me concerne ; je range le papier dans mon portefeuille. Je n'en relis pas le texte. Cet amour exacerbé se réfléchira-t-il en moi ? La lettre attend, talisman obscur. Désir proféré en termes d'écorchures, d'un lieu lointain, et sans le timbre de la voix qui caresse.

Soudain ces feuilles se mettent à exhaler un pouvoir étrange. Une intercession s'opère : je me dis que cette touffe de râles suspendus s'adresse, pourquoi pas, à toutes les autres femmes que nulle parole n'a atteintes. Celles qui, des générations avant moi, m'ont légué les lieux de leur réclusion, elles qui n'ont jamais rien reçu : aucune voix tendue ainsi en courbe de désir, aucun message que traverserait quelque supplication. Elles ne se libéraient que par la psalmodie de leur chant obsidional.

La lettre que je rangeai m'est devenue première

lettre : pour les attentes anonymes qui m'ont précédée et que je portais sans le savoir.

L'épisode se développe en péripéties. La séparation se prolonge. Je vis une halte chez des amis, dans la campagne normande. Une querelle m'oppose à un soupirant éconduit ; je souris d'abord d'indulgence : son égarement va passer, les mots de sa passion bavarde ne m'ont même pas frôlée. J'en interromps le flux : reprendre une camaraderie revigorante, partager des lectures, flâner dans des lieux si nouveaux. Je ne me sens sevrée que d'amitiés masculines, que de dialogues à rétablir... Or l'impatient, forcé de se taire, s'introduit dans ma chambre, durant mon absence. Il l'avoue peu après. La colère me fait décider :

— Arrêtons cette amitié puisqu'elle devient impasse !

L'étranger ricane, sur un ton de vengeance puérile :

— J'ai fouillé votre sac !

— Et alors ?

— J'ai lu une lettre. Celle de cet homme à cause duquel vous me rejetez !

— Et alors ?

Ma froideur est feinte : l'indiscrétion de l'homme m'a causé un bouleversement. Je me durcis, je m'exclus. Il ajoute, rêveur :

— Quels mots ! Je ne m'imaginais pas qu'il vous aimait à ce point !

— Que vous importe ? criai-je.

Les mots écrits, les ai-je vraiment reçus ? Ne sont-ils pas désormais déviés ?... J'avais rangé cette lettre dans mon portefeuille, comme la relique d'une croyance disparue.

Les semaines qui suivent, je ne relis pas la missive. Le regard de ce voyeur m'a communiqué un malaise. Cet homme, fasciné par les mots nus de l'autre, qui parlent de mon corps, cet homme me devient un voleur; pire, un ennemi. N'ai-je pas fait preuve d'étourderie, de grave négligence? Une culpabilité me hante : le mauvais œil, est-ce donc cela, l'œil du voyeur?...

Un mois plus tard, je me trouve dans un marché de ville marocaine. Une mendiante aux yeux larges m'a suivie — portant un bébé endormi dont la tête s'appuyait nonchalamment contre l'une des épaules maternelles. Elle me demande une pièce de monnaie, que je lui donne en m'excusant. Elle s'éloigne. Je m'aperçois, peu après, qu'elle a emporté mon portefeuille, tiré de mon sac qui bâillait.

— Elle m'a pris la lettre! constatai-je aussitôt.

Je ne ressens aucun chagrin; une interrogation vague me saisit devant le symbole : ces mots qu'elle ne saura pas lire ne lui étaient-ils pas destinés? En vérité, la voilà devenue objet même du désir égrené en vocables pour elle indéchiffrables!

Quelques jours plus tard, une autre mendiante me dira gaiement, dans un dialogue de rues :

— O ma sœur, toi au moins, tu sais que tu déjeuneras tout à l'heure! Et chaque jour, en cela, il y a pour moi du nouveau!

Elle a ri, mais une vibration âpre altéra le grain de sa voix. J'ai repensé à la lettre, que la première inconnue m'avait subtilisée, non sans quelque justice.

Mots d'amour reçus, que le regard d'un étranger avait altérés. Je ne les méritais pas, me dis-je, puisque j'avais laissé le secret affleurer. Ces mots retrouvaient leur vraie place. Leur trajet les avait amenés entre les doigts de cette analphabète disparue. Elle aura froissé la lettre, ou l'aura déchirée en morceaux, avant de la jeter dans un caniveau...

Je me souviens donc de cette lettre d'amour, de sa navigation — et de son naufrage. L'évocation de la mendiante rejoint inopinément l'image de mon père détruisant, sous mes yeux, le premier billet — invite si banale — dont je retirai les morceaux de la corbeille. J'en reconstituai le texte avec un entêtement de bravade. Comme s'il me fallait désormais m'appliquer à réparer tout ce que lacéraient les doigts du père...

Chaque mot d'amour, qui me serait destiné, ne pourrait que rencontrer le diktat paternel. Chaque lettre, même la plus innocente, supposerait l'œil constant du père, avant de me parvenir. Mon écriture, en entretenant ce dialogue sous influence, devenait en moi tentative — ou tentation — de délimiter mon propre silence... Mais le souvenir des exécuteurs de harem ressuscite ; il me rappelle que tout papier écrit dans la pénombre rameute la plus ordinaire des inquisitions !

Après l'incident de la mendiante, je retrouvai l'auteur de la lettre. Je repris la vie dite « conjugale ». Or notre histoire, bonheur exposé, aboutit, par une soudaine accélération, à son terme. La mendiante, qui me subtilisa la lettre, tandis que son enfant dormait contre son épaule, l'intrus, avant elle, qui posa son regard sur les mots d'intimité, devenaient, l'un et l'autre, des annonciateurs de cette mort.

Écrire *devant* l'amour. Éclairer le corps, pour aider à lever l'interdit, pour dévoiler... Dévoiler et simultanément tenir secret ce qui doit le rester, tant que n'intervient pas la fulgurance de la révélation.

Le mot est torche; le brandir devant le mur de la séparation ou du retrait... Décrire le visage de l'autre, pour maintenir son image; persister à croire en sa présence, en son miracle. Refuser la photographie, ou toute autre trace visuelle. Le mot seul, une fois écrit, nous arme d'une attention grave.

Dès lors l'écrit s'inscrit dans une dialectique du silence devant l'aimé. Plus la pudeur raidit les corps en présence, plus le mot recherche la mise à nu. La réserve naturelle ralentit un geste ou un regard, exacerbe un frôlement de la main, de la peau; par refus orgueilleux de se parer, la neutralité du vêtement est affirmée en choix — en même temps, et dans un même élan, la voix se dénude et se livre par des mots nets, précis, purs. Elle s'élance, elle se donne, irruption de lis dans une allée ténébreuse...

Préliminaires de la séduction où la lettre d'amour exige non l'effusion du cœur ou de l'âme, mais la précision du regard. Une seule angoisse m'habite dans cette communication : celle de ne pas assez dire, ou plutôt de ne pas dire juste. Surmonter le lyrisme, tourner le dos à l'emphase; toute métaphore me paraît ruse misérable, approximative faiblesse. Autrefois, mes aïeules, mes semblables, veillant sur les terrasses ouvertes au ciel, se livraient aux devinettes, au hasard des proverbes, au tirage au sort des quatrains d'amour...

En fait, je recherche, comme un lait dont on m'aurait autrefois écartée, la pléthore amoureuse de la langue de ma mère. Contre la ségrégation de mon héritage, le mot plein de l'amour-au-présent me devient une parade-hirondelle.

Quand l'adolescente s'adresse au père, sa langue s'enrobe de pruderie... Est-ce pourquoi la passion ne pourra s'exprimer pour elle sur le papier ? Comme si le mot étranger devenait taie sur l'œil qui veut découvrir !

L'amour, si je parvenais à l'écrire, s'approcherait d'un point nodal : là gît le risque d'exhumer des cris, ceux d'hier comme ceux du siècle dernier. Mais je n'aspire qu'à une écriture de transhumance, tandis que, voyageuse, je remplis mes outres d'un silence inépuisable.

FEMMES, ENFANTS, BŒUFS COUCHÉS DANS LES GROTTES...

Le printemps de l'année 1845 est marqué par l'effervescence de toutes les tribus berbères du centre-ouest du pays.

L'Émir Abdelkader refait ses forces à la frontière marocaine. Après cinq ans d'incessantes poursuites, ses ennemis — Lamoricière et Cavaignac à l'ouest, Saint-Arnaud et Yusuf au centre et Bugeaud à Alger — le croient à terre. Ils commencent à espérer : serait-ce la fin de la résistance algérienne ? Or c'est l'explosion.

Il a suffi de la prédication d'un nouveau chef, un jeune homme auréolé de prophéties et de légendes miraculeuses, Bou Maza, « l'homme à la chèvre », pour que les tribus des montagnes et des plaines se soulèvent à son appel. Entre Ténès et Mostaganem sur le littoral, entre Miliana et Orléansville à l'intérieur, la guerre reprend dans cette région du Dahra.

En avril, le « chérif » Bou Maza tient tête à deux armées venues de Mostaganem et d'Orléansville. Croient-elles le cerner au centre du massif ? Il attaque Ténès en y lançant un de ses lieutenants. Saint-Arnaud accourt-il pour sauver Ténès ? Bou Maza surgit et risque de prendre Orléansville. Des secours arrivés d'urgence protègent cette ville. Le Chérif menace alors Mostaganem. L'Émir lui-même n'a pas montré autant de promptitude dans l'offensive... Ce nouveau prédicateur sera-t-il un vicaire d'Abdelkader ou bien, entouré déjà d'une hiérarchie de fidèles, Bou Maza se voudra-t-il autonome ? Rien n'est sûr, sinon son style d'attaque, rapide comme l'éclair.

Dans le Dahra qu'il parcourt, ses étendards et sa musique en tête, les populations l'acclament comme « le maître de l'heure ». Il en profite pour châtier, quelquefois cruellement, caïds et aghas nommés par le pouvoir français.

En mai, trois armées françaises battent campagne : elles répriment les rebelles, incendient leurs villages et leurs biens, les obligent, tribu après tribu, à demander l'« aman ». Saint-Arnaud fait mieux, et s'en enorgueillit dans sa correspondance : il contraint les guerriers des Beni-Hindjes à remettre leurs fusils. On n'avait jamais obtenu un tel résultat en quinze ans.

Bosquet, promu chef du bureau arabe de Mostaganem, apprécie. Les adjoints de Saint-Arnaud, Canrobert et Richard, surveillent les opérations ; on récupère même des armes anciennes, datant de l'exode andalou du XVIe siècle... A la prison de la « Tour des Cigognes », à Mostaganem, comme dans les citernes romaines, transformées en geôles, du nouveau Ténès, les irrédentistes, qui sont pris de plus en plus nombreux comme otages, croupissent.

Le mois de juin commence. Le maréchal Bugeaud, duc d'Isly, a supervisé les résultats de la répression : parti de Miliana avec plus de cinq mille fantassins, cinq cents cavaliers et mille mulets de bât, il a parcouru le Dahra en tout sens. Le 12 juin, il s'embarque à Ténès pour Alger. Il laisse son colonel d'état-major Pélissier parfaire le travail : il faut réduire les tribus de l'intérieur encore insoumises.

Les colonnes parties à nouveau de Mostaganem et d'Orléansville, même en coordonnant leurs efforts, n'ont pas réussi à encercler le Chérif insaisissable. Elles ne laissent derrière elles que de la terre brûlée, pour obliger le chef rebelle à disparaître ou à se terrer.

Le 11 juin, à la veille de son embarquement, Bugeaud envoie à Pélissier, qui se dirige vers le territoire des Ouled Riah, un ordre écrit. Cassaigne, l'aide de camp du colonel, en évoquera les termes plus tard :

« Si ces gredins se retirent dans leurs grottes, ordonne Bugeaud, imitez Cavaignac aux Sbéah, enfumez-les à outrance, comme des renards ! »

L'armée de Pélissier comprend la moitié des effectifs du maréchal : quatre bataillons d'infanterie, dont un de chasseurs à pied, auxquels s'ajoutent la cavalerie, une section d'artillerie et un goum d'Arabes ralliés, le « Makhzen ».

Les quatre premiers jours, Pélissier s'attaque aux tribus de Beni-Zeroual et des Ouled Kelouf dont il obtient, après quelques combats, la soumission. Restent les montagnards des Ouled Riah qui, sur les rives du Chélif, reculent tout en laissant progresser les deux mille cinq cents soldats de la colonne française.

Le 16 juin, Pélissier place son camp au lieu-dit « Ouled el Amria », sur le territoire d'un des adjoints du Chérif. Vergers et habitations sont totalement détruits, les maisons des chefs de fraction incendiées, leurs troupeaux razziés.

Le lendemain, les Ouled Riah de la rive droite du fleuve entament la négociation. Ils seraient prêts à demander l'« aman ». Pélissier fait connaître le chiffre de l'imposition exigée, le nombre des chevaux à livrer, celui des fusils à remettre.

A la fin de la journée, les Ouled Riah, qui hésitaient, après délibération de leur assemblée, renâclent à remettre leurs armes. Les autres Ouled Riah, qui ne se sont engagés que pour quelques escarmouches, rejoignent leurs arrières : des grottes considérées comme inexpugnables et qui leur servaient d'abris déjà du temps des Turcs. Elles sont situées sur un contrefort du djebel Nacmaria, dans un promontoire à 350 mètres d'altitude, entre deux vallées. Là, dans des profondeurs souterraines d'une longueur de 200 mètres environ, ouvertes sur des gorges quasi inaccessibles, les tribus se réfugient en cas de nécessité, avec femmes et enfants, troupeaux et munitions. Leurs silos leur permettent de tenir longtemps et de défier l'ennemi.

La nuit précédant le 18 juin s'écoule mouvementée. Bien que Pélissier ait fait abattre des vergers autour du bivouac, des guerriers indigènes viennent ramper tout près; multiples alertes nocturnes. Les chasseurs d'Orléans, sur le qui-vive, interviennent; ils les repoussent à chaque fois.

A l'aube du 18 juin, Pélissier est décidé à trancher : il laisse une partie du camp sous la surveillance du colonel Renaud; il fait progresser en montagne deux bataillons d'infanterie sans sacs, plus la cavalerie et le « makhzen », ainsi qu'une pièce d'artillerie et des cacolets.

En avant de cette ultime marche, les cavaliers arabes d'el Hadj el Kaim caracolent : ils ne résistent pas à une fantasia d'ouverture. Face à ces hauteurs menaçantes qu'ils savent habitées à l'intérieur, ne veulent-ils pas se masquer plutôt leur angoisse? Quelques effectifs de « ralliés » (est-ce pressentiment du drame qui va suivre ?) ont profité de la nuit pour déserter. Pélissier est résolu à agir vite.

Le chef du goum demeure impassible. Ces derniers jours, il a tenu son rôle de guide sans défaillance, désignant inlassablement chacun des lieux et des biens.

— Voici les grottes el Frachich ! s'écrie-t-il et il montre à Pélissier, accompagné du jeune Cassaigne et de l'interprète Goetz, un plateau qui surplombe, en avant-scène du paysage aride.

— S'ils sont tous terrés dans leurs grottes, nous allons bientôt marcher au-dessus de leurs têtes ! précise-t-il en pratiquant une soudaine forme d'humour.

Le colonel Pélissier vit cette approche de l'aube presque solennellement, en ouverture de drame. Une scène tragique semble être avancée ; dans le décor austère de craie ainsi déployé, lui, le chef doit, selon la fatalité, se présenter avec gravité le premier.

« Tout fuyait à mon approche, écrira-t-il dans son rapport circonstancié. La direction prise par une partie de la population indiquait suffisamment l'emplacement des grottes où me guidait el Hadj el Kaim. »

Pélissier est expert en stratégie. Après avoir participé au débarquement d'Alger, il avait réuni ses observations dans un ouvrage de théorie militaire. Il a quitté ensuite l'Algérie, y est revenu en 1841, à Oran d'abord. Sa réputation le devance : il doit la mériter.

Sitôt installé sur le plateau d'el Kantara qui domine les grottes, Pélissier envoie ses officiers en reconnaître l'entrée donnant dans le ravin : la principale se trouve en amont. On place devant elle un obusier. Une autre, moins importante, est repérée en aval. Chacune est placée sous la responsabilité d'un capitaine et de quelques carabiniers; la cavalerie est disposée à couvert pour courir sus aux fuyards possibles, le 6e léger en avant-garde, les chasseurs d'Orléans près du colonel.

Ces mouvements ne se font pas sans mal : des Ouled Riah étaient aux aguets, postés dans les arbres et dans les rochers, pour couvrir l'entrée des grottes ou faire diversion. Leurs coups de fusil coûtent aux Français six blessés dont trois gradés; le septième, touché, meurt sur le coup : c'est un cavalier du makhzen qui mettait pied à terre et voulait se rapprocher du ravin pour les sommations.

Pélissier réplique par l'envoi de quelques obus. Les guetteurs disparaissent. L'étau se referme sur les réfugiés. Le colonel fait entasser des fascines de bois sec et des faix d'herbes que l'on enflamme; les soldats les roulent à partir de l'escarpement jusqu'à l'entrée d'amont. Mais la grotte est en contrebas : toute la journée, cette tâche se révèle peu efficace. Dès que le brasier diminue d'intensité, les défenseurs, proches de l'entrée, tiraillent.

Le reste du camp est monté rejoindre les assiégeants, avant la nuit... Pélissier risque de se trouver en position critique : les Ouled Riah, avec bétail et provisions, peuvent tenir longtemps; les Français ne disposent par contre que de trois ou quatre jours de vivres... Si les tribus avoisinantes et déjà soumises prennent conscience de l'impuissance grandissante de Pélissier, ne vont-elles pas repasser d'un coup à l'hostilité? Comment dès lors faire retraite, dans ce pays escarpé? Déjà, certains Arabes auxiliaires sourient; ils évoquent entre eux les vastes chambres intérieures où les Ouled Riah, bien installés, doivent les narguer.

Au cours de la nuit — une nuit de claire lune — « un Arabe qui était sorti avec une guerba pour atteindre la réserve par une issue qu'un fourré de thuyas nous avait dérobée jusque-là, fut blessé »... On en conclut que les réfugiés manquent d'eau. Pélissier reprend courage : il espère les amener à conciliation par les négociations qu'il rouvre avec eux, dans la matinée du 19 juin ; en même temps, il manifeste une volonté plus délibérée de passer à la manière forte, si c'est la seule solution.

Une autre issue a été découverte : elle communique avec la grotte ouverte sur l'entrée, en aval. On peut donc s'en servir comme d'une cheminée d'appoint. De plus grands feux seront allumés aux ouvertures ; cette fois, la fumée pénétrera dans les cavernes.

Tandis que les corvées se multiplient pour couper le bois, abattre les arbres aux alentours, rassembler les fascines et la paille, Pélissier ne fait pas rallumer la fournaise : il préfère engager l'ultime phase des pourparlers.

Les réfugiés semblent disposés à se rendre : un premier émissaire à neuf heures, un second, après qu'un conseil de djemaa s'est tenu entre eux, un troisième enfin demande « l'aman ». Ils acceptent de payer l'imposition de guerre, et donc de sortir ; ils craignent seulement d'être emmenés captifs à la « prison des Cigognes » de Mostaganem. Pélissier, surpris (venant du commandement général d'Alger, il néglige la triste réputation de ces geôles), promet de leur éviter ce sort ; en vain. Les Ouled Riah, résolus à payer jusqu'à 75 000 francs d'indemnité, hésitent à lui faire confiance sur ce dernier point.

Goetz, l'interprète, est envoyé pour leur traduire le message de Pélissier. Il leur assure à nouveau la liberté. Les délibérations durent trois heures encore. Les assiégés ne veulent pas se livrer désarmés aux Français ; ils demandent que ceux-ci se retirent des abords des grottes. Condition inadmissible, juge Pélissier, soucieux de son prestige.

Goetz revient à la charge :

— Vous n'avez qu'un quart d'heure pour sortir !... Aucun homme, aucune femme, aucun enfant ne sera conduit prisonnier à Mostaganem !... Encore un quart d'heure et le travail qui se faisait au-dessus de vos têtes recommencera ; alors il sera trop tard !

Pélissier, dans son rapport, insistera sur les prolongations du délai, sur les atermoiements des assiégés. « J'étais aux limites de la longanimité », notera-t-il.

Il est une heure de l'après-midi. Les corvées de bois n'avaient pas cessé durant les pourparlers. Le feu se rallume donc et la fournaise va, sans discontinuer, être alimentée toute cette journée du 19 juin et toute la nuit suivante.

Les fagots sont jetés par la troupe du haut du contrefort El Kantara. Au début, le feu s'élève modérément, comme la veille : une mauvaise direction est donnée aux matières combustibles. La prévoyance méticuleuse de Pélissier, qui, tôt, le matin, avait fait pratiquer des plates-formes en haut des rochers pour mieux jeter les fascines, se révèle utile. Une heure après la reprise des opérations, les soldats lancent les fagots « avec efficacité ». En plus, le vent qui se lève oriente les flammes ; la fumée entre presque totalement à l'intérieur.

La troupe est heureuse ; la troupe s'active. Elle attisera le feu jusqu'au 20 juin, à six heures du matin, soit durant dix-huit heures d'affilée. Un témoin parmi les Français précisera :

« On ne saurait décrire la violence du feu. La flamme s'élevait au haut du Kantara à plus de soixante mètres, et d'épaisses colonnes de fumée tourbillonnaient devant l'entrée de la caverne. »

Au milieu de la nuit, on entendit quelques détonations à l'intérieur des grottes, des explosions assez distinctes. Puis plus rien. Le silence se prolongea jusqu'au matin. Et le feu cessa.

Bugeaud, en retournant à Alger, est mû par des préoccupations d'ordre politique. Il n'est pas mauvais, après tout, que l'insurrection reprenne ; les ministères à Paris auront besoin de lui, le « sauveur », lui qui a déclaré, l'année précédente, qu'Abdelkader était définitivement à terre. Or, plusieurs Abdelkader surgissent. Ils se lèvent de chaque région, le second, le troisième, plus « fanatisés » encore, plus crottés certainement, de moins en moins des chefs avec qui le pouvoir français peut envisager de signer des traités.

« Enfumez-les tous comme des renards ! »

Bugeaud l'a écrit ; Pélissier a obéi, mais, devant le scandale qui éclatera à Paris, il ne divulguera pas l'ordre. C'est un véritable officier : il possède l'esprit de corps, le sens du devoir, il respecte la loi du silence.

Mais il a rendu compte. « J'ai dû reprendre le travail de fascines », écrit-il. Trois jours après, quand, méthodique, il rédige son rapport de routine, il précise toutes les phases : les multiples étapes de la négociation, la qualité de chacun de ses envoyés, la reprise de l'ultime pourparler, à l'entrée inférieure cette fois. Ce ne fut pas un quart d'heure, mais « cinq fois un quart d'heure » qu'il affirme avoir accordés... Ceux qui se sont terrés — méfiants, circonspects, acariâtres — n'ont pas prêté foi à la parole française. Ils ont préféré la sécurité de leurs souterrains.

La sommation a été exécutée : « Toutes les issues sont bouchées. » Rédigeant son rapport, Pélissier revivra par l'écriture cette nuit du 19 juin, éclairée par les flammes de soixante mètres qui enveloppent les murailles de Nacmaria.

Je reconstitue, à mon tour, cette nuit — « une scène de cannibales », dira un certain P. Christian, un médecin qui a vagabondé du camp français au camp algérien pendant la trêve de 1837 à 1839. Mais je préfère me tourner vers deux témoins oculaires : un officier espagnol combattant dans l'armée française et qui fait partie de l'avant-garde. Le journal espagnol l'*Heraldo* publiera sa relation ; le second, un anonyme de la troupe décrira le drame à sa famille, dans une lettre que divulguera le docteur Christian.

L'Espagnol nous parle de la hauteur des flammes — soixante mètres — ceinturant le promontoire d'El Kantara. Le brasier, affirme-t-il, fut entretenu toute la nuit : les soldats poussaient les fagots dans les ouvertures de la caverne, « comme dans un four ». Le soldat anonyme nous transmet sa vision avec une émotion encore plus violente :

« Quelle plume saurait rendre ce tableau ? Voir, au milieu de la nuit, à la faveur de la lune, un corps de troupes françaises occupé à entretenir un feu infernal ! Entendre les sourds gémissements des hommes, des femmes, des enfants et des animaux, le craquement des roches calcinées s'écroulant, et les continuelles détonations des armes ! »

Le silence des lieux est en effet troublé par quelques détonations d'armes ; Pélissier et son entourage y voient un signe de luttes intestines. Or ce brasier, admiré par l'armée comme une sculpture vivante et nécrophage, isole mille cinq cents personnes avec leur bétail. Ce témoin espagnol est-il seul, l'oreille contre la roche en feu, à entendre les convulsions de la mort en marche ?...

J'imagine les détails du tableau nocturne : deux mille cinq cents soldats contemplent, au lieu de dormir, cette progressive victoire sur les montagnards... Certains spectateurs se sentent sans doute vengés de tant d'autres veilles ! Les nuits d'Afrique ! Outre le froid et la nature que l'ombre fige davantage, les glapissements des chacals font sursauter ; l'ennemi invisible semble ne jamais dormir ; les voleurs de chevaux, leur corps nu enduit d'huile, se glissent au milieu du campement, défont les entraves des bêtes, sèment de brusques terreurs au cours desquelles dormeurs et sentinelles du même camp s'entre-tuent. Tant de fois se produit l'alerte nocturne ! Dans la langue de ce pays, le mot qui la désigne signifie également « la queue du lion » — les indigènes avouent ainsi leur crainte de l'animal royal, l'Innommé.

Les flammes lèchent toujours le rebord du promontoire d'El Kantara. Le silence succède aux détonations d'armes, houle muée en martèlement lointain, qui ronge le cœur de la montagne. Dans les yeux levés des soldats, ne se lit que l'attente du secret violent des pierres.

20 juin 1845, à Nacmaria, six heures du matin.

Dans l'éclat de l'aube, une silhouette titubante, homme ou femme, réussit à sortir, malgré les dernières flammèches. Elle fait quelques pas, hésite, puis s'affaisse, pour mourir au soleil.

Trois ou quatre rescapés, les heures suivantes, viendront respirer à leur tour une bouffée d'air, avant de succomber... Au cours de la matinée, la troupe ne peut approcher : la chaleur étouffante, la fumée et comme un religieux silence entourent les abords des grottes. Chacun se demande quel drame s'est joué derrière ces falaises dont la face crayeuse s'altère à peine de la salissure des dernières fumées : « Le problème, ajoute l'Espagnol dans sa relation, était résolu. »

Pélissier ordonne l'envoi d'un émissaire; selon le rapport, il « revint avec quelques hommes haletants qui nous firent mesurer l'étendue du mal qui avait été fait ».

Ces messagers confirment le fait à Pélissier : la tribu des Ouled Riah — mille cinq cents hommes, femmes, enfants, vieillards, plus les troupeaux par centaines et les chevaux — a été tout entière anéantie par « enfumade ».

Un jour après l'issue fatale, avant d'entrer lui-même dans les grottes, Pélissier envoie les sapeurs et l'artillerie : deux officiers du génie, deux autres d'artillerie, plus un détachement de cinquante hommes environ de ces deux corps avec leur matériel. Parmi eux se trouve l'officier espagnol.

A l'entrée, gisaient les animaux morts, déjà en putréfaction, entourés de couvertures de laine; bagages et hardes des réfugiés brûlaient encore... De là, en suivant une traînée de cendres et de poussière, les hommes, leurs lanternes à la main, débouchèrent dans la première cavité. « Horrible spectacle », écrit l'Espagnol :

« Tous les cadavres étaient nus, dans des positions qui indiquaient les convulsions qu'ils avaient dû éprouver avant d'expirer. Le sang leur sortait par la bouche; mais ce qui causait le plus d'horreur, c'était de voir les enfants à la mamelle gisant au milieu des débris de moutons, de sacs de fèves, etc. »

Les spéléologues de cette mort enfouie vont de

l'une à l'autre des grottes; un spectacle identique les attend. « Ce drame est affreux, conclut l'Espagnol, et jamais à Sagonte ou à Numance, plus de courage barbare n'a été déployé ! »

Voici que, malgré les efforts des officiers, certains soldats se livrent sur place au pillage : s'emparant des bijoux, des burnous, des yatagans, ils en dépouillent les cadavres. Le groupe de reconnaissance revient ensuite vers le colonel qui ne veut pas croire à l'étendue du désastre.

D'autres soldats sont envoyés — nous sommes dans l'après-midi du 21 juin, premier jour de l'été 1845 ! Parmi eux se trouve l'anonyme de la lettre publiée par P. Christian :

« J'ai visité les trois grottes; voici ce que j'ai vu », commence-t-il. A son tour, il découvre, étendus à l'entrée, les bœufs, les ânes, les moutons; leur instinct les a poussés à respirer jusqu'à la fin l'air extérieur qui pouvait encore pénétrer. Au milieu des animaux, souvent même sous eux, gisent des corps de femmes, d'enfants : quelques-uns furent écrasés par l'affolement animal... L'anonyme s'attarde particulièrement sur un détail :

« J'ai vu un homme mort, le genou à terre, la main crispée sur la corne d'un bœuf. Devant lui était une femme tenant son enfant dans ses bras. Cet homme, il était facile de le reconnaître, avait été asphyxié, ainsi que la femme, l'enfant et le bœuf, au moment où il cherchait à préserver sa famille de la rage de cet animal. »

Ce second témoin en arrive au même décompte : plus d'un millier de morts, sans compter tous ceux qui, entassés les uns sur les autres, ne forment qu'une bouillie; sans tenir compte des enfants à la mamelle presque tous enveloppés dans les tuniques des mères...

Soixante rescapés sont sortis de ce cimetière, pas tout à fait morts. Une quarantaine pourra survivre ; certains sont soignés dans l'ambulance... Dix d'entre eux ont même été rendus à la liberté !

Pélissier précise que « par un hasard providentiel, les plus obstinés dans le parti du Chérif ont succombé ». Parmi les survivants, il a gardé la femme, la fille et le fils de Ben Nakah, un khalifa de Bou Maza pour cette région. Ce sont les seuls prisonniers dont il accepte de se vanter !

Cet après-midi du 21 juin 1845, les fumées se dissipent autour du promontoire. Je m'attarde, moi, sur l'ordre de Pélissier :

— Sortez-les au soleil ! Comptez-les !

Peut-être, perdant son contrôle, aurait-il pu ajouter avec la brusquerie de l'acharnement : « Sortons ces sauvages, même raidis ou en putréfaction, et nous aurons alors gagné, nous serons parvenus au bout ! »... Je ne sais, je conjecture sur les termes des directives : la fiction, ma fiction, serait-ce d'imaginer si vainement la motivation des bourreaux ?

Plutôt que les pas des premiers arpenteurs, quand, à la lueur des lanternes, ils découvrent les asphyxiés de l'ombre, me fascine davantage l'instant de l'exposition des cadavres :

« On en sortit, de la grotte, environ six cents », note l'officier espagnol, et il souligne le trouble du colonel entouré de son état-major, tous raidis par une froide stupeur.

Six cents Ouled Riah couchés à l'air libre, allongés côte à côte, sans distinction de sexe ou de rang : les notables avec les plus pauvres, les orphelins de père, les veuves, les répudiées, les bébés langés au cou des mères, ou accrochés à leurs épaules... Des cadavres dépouillés de leurs bijoux et de leur burnous, le visage noirci, dorment dans un silence qui les dénude. Ils ne seront ni lavés, ni enveloppés du linceul ; nulle cérémonie d'une heure ou d'une journée n'aura lieu...

Les Arabes du goum d'El Kaim — eux qui, trois jours auparavant, ont commencé cette tragédie dans l'inconscience, par une fantasia indigne — s'éloignent, circonspects : les cadavres, alignés en tas misérables, semblent les regarder pour les clouer sur la falaise, et cette malédiction les taraude, puisque ces corps ne sont pas enterrés.

Le gros de la troupe française ne s'est pas approché. Hormis les ambulanciers et le groupe de reconnaissance, les soldats n'aperçoivent, du cimetière déployé, qu'une tache... Les objets du butin, vendus des uns aux autres, circulent. Ensuite les mots s'échangent : ceux des témoins, qui ont pénétré dans les souterrains, décrivent les corps qu'on n'a pu sortir, et qui sont confondus en tourbe. Ces Français rêvent soudain de l'ossuaire sous leurs pieds...

Pélissier est-il entré en personne dans les grottes ? Certains se le demandent. Le troisième jour du drame est le 22 juin, date du rapport du colonel. Il aurait dit, en sortant :

— C'est horrible !

D'autres rapportent qu'il a soupiré :

— C'est terrible !

En tout cas, il consigne dans le rapport réglementaire :

« Ce sont des opérations, monsieur le Maréchal, que l'on entreprend quand on y est forcé, mais que l'on prie Dieu de n'avoir à recommencer jamais ! »

Ainsi, Pélissier souffre, tourné vers Dieu sans doute, dans quelque prière... La troupe commente l'issue. Ce 22 juin, elle savoure les résultats tangibles de l'opération : de nombreuses tribus des environs, y compris les Ouled Riah qui s'étaient retirés de l'autre côté du Chélif, les Beni Zeltoun, les Tazgart, les Madiouna, les Achach, toutes envoient leurs représentants. Ils apportent des fusils, présentent le cheval de « gada », symbole de soumission.

Certains soldats oublieraient volontiers les six cents cadavres exposés que les ralliés du Makhzen enterrent enfin dans une fosse commune. Ils se congratulent avec forfanterie : ces grottes, pendant trois siècles de domination turque, n'avaient jamais réussi à être violées !

La victoire semble avoir été remportée sur les falaises. Or, le lendemain, le 23 juin, cette même nature se venge : l'odeur de la mort est telle (l'affluence des corbeaux et des vautours survolant le ravin ne cesse pas, les soldats voient même les oiseaux emporter des débris humains !) que Pélissier donne l'ordre, ce même jour, de transporter le camp une demi-lieue plus loin...

Comme si le soleil, l'été qui s'appesantit, et le décor expulsaient l'armée française.

Il faut partir, l'odeur est trop forte. Le souvenir, comment s'en débarrasser ? Les corps exposés au soleil ; les voici devenus mots. Les mots voyagent. Mots, entre autres, du rapport trop long de Pélissier ; parvenus à Paris et lus en séance parlementaire, ils déclenchent la polémique : insultes de l'opposition, gêne du gouvernement, rage des bellicistes, honte éparpillée dans Paris où germent les prodromes de la révolution de 48...

Canrobert, lieutenant-colonel en garnison dans ce même Dahra, livrera son jugement plus tard :

« Pélissier n'eut qu'un tort : comme il écrivait fort bien et qu'il le savait, il fit dans son rapport une description éloquente et réaliste, beaucoup trop réaliste, des souffrances des Arabes... »

Laissons là la controverse : le bruit à Paris autour des morts du rapport serait-il simple péripétie politique ? Pélissier, grâce à son écriture « trop réaliste », ressuscite soudain sous mes yeux les morts de cette nuit du 19 au 20 juin 45, dans les grottes des Ouled Riah.

Corps de la femme trouvée au-dessous de l'homme qui la protégeait du bœuf hurlant. Pélissier, pris par le remords, empêche cette mort de sécher au soleil, et ses mots, ceux d'un compte rendu de routine, préservent de l'oubli ces morts islamiques, frustrés des cérémonies rituelles. Un siècle de silence les a simplement congelés.

Asphyxiés du Dahra que les mots exposent, que la mémoire déterre. L'écriture du rapport de Pélissier, du témoignage dénonciateur de l'officier espagnol, de la lettre de l'anonyme troublé, cette écriture est devenue graphie de fer et d'acier inscrite contre les falaises de Nacmaria.

Moins de deux mois après, à vingt lieues de là, le colonel Saint-Arnaud enfume à son tour la tribu des Sbéah. Il bouche toutes les issues et, « le travail fait », ne cherche à déterrer aucun rebelle. N'entre pas dans les grottes. Ne laisse personne faire le décompte. Pas de comptabilité. Pas de conclusion.

Un rapport confidentiel est envoyé à Bugeaud qui, cette fois, se garde de le faire suivre à Paris. Et l'on part. Le rapport, à Alger, sera détruit... En 1913, soixante-huit ans après, un honorable universitaire du nom de Gauthier en cherche la trace, ne la trouve pas, se demande même si Saint-Arnaud, par vanterie, n'aurait pas fabulé. N'aurait pas « imaginé » cette nouvelle enfumade, pour ne pas faire moins que Pélissier et pour jouer au plus habile !... Mais non, l'enquêteur en retrouve le souvenir dans les récits des descendants de la tribu.

Saint-Arnaud, moins de deux mois après Pélissier, a bien enfumé lui aussi huit cents Sbéah, pour le moins. Il s'est simplement entouré du mutisme du triomphe implacable. La vraie mort. Les enterrés jamais déterrés des grottes de Saint-Arnaud !

Or, même lui, le bel homme, l'astucieux, celui à qui tout réussit, celui qu'on choisira, parmi tous les chefs de l'armée d'Afrique pour contrôler le futur coup d'État du 2 décembre 1851, celui qui, en pleine guerre, domine même ses mots, et donc ses alarmes, même lui, ne peut s'empêcher d'écrire à son frère :

« Je fais hermétiquement boucher toutes les issues et je fais un vaste cimetière. La terre couvrira à jamais les cadavres de ces fanatiques. Personne n'est descendu dans les cavernes !... Un rapport confidentiel a tout dit au maréchal, simplement, sans poésie terrible, ni images. »

Puis il conclut, sur le mode de l'émotion qui se veut poignante :

« Frère, personne n'est bon par goût et par nature comme moi !... Du 8 au 12 août, j'ai été malade, mais ma conscience ne me reproche rien. J'ai fait mon devoir de chef, et demain je recommencerai, mais j'ai pris l'Afrique en dégoût ! »

Un des lieutenants de Bou Maza, Bel Gobbi, rédigea lui aussi une narration — en arabe ou en français, je ne sais, car elle n'a pu être retrouvée. Vingt ans après ces événements, certains prendront connaissance de ce document, puis ils écrivent à leur tour.

Saint-Arnaud, son œuvre macabre accomplie,

se retire au loin d'Ain Merian, et fait stationner son armée une dizaine de jours. Les indigènes n'osent tenter un ultime sauvetage des emmurés. Cependant un des adjoints de Bou Maza, qui a gardé dans la région une réputation de héros à la fois d'amour et d'aventures, un certain « Aïssa ben Djinn » (surnom qu'on pourrait traduire par « Jésus, fils du Diable »), Aïssa donc arrive sur les lieux et s'adresse aux autres Sbéah :

— Il y a là-dessous, dit-il, une femme que j'ai beaucoup aimée ! Tâchons de la savoir morte ou vivante !

Sur son injonction, les autres fractions de la tribu débouchèrent le puits. Une dizaine de victimes sortirent en chancelant mais en vie. Elles s'étaient placées dans la partie amont des grottes, « qui est un dédale vertical d'aspérités », constatera Gauthier en inspectant les lieux.

Dans les autres galeries, là où les gaz délétères de l'enfumade avaient séjourné, on marchait sur les cadavres comme sur « une jonchée de paille », nous dit El Gobbi. On les laissa enterrés sur place.

A l'endroit de l'ancien bivouac d'Ain Merian fut créé ensuite un village de colons, « Rabelais ». Gauthier, en 1913, y retrouve un survivant de l'enfumade, un octogénaire qui avait figuré, alors enfant de moins de dix ans, parmi les survivants sortis de là parce que Aïssa « fils du diable » cherchait à délivrer « une femme qu'il avait beaucoup aimée ».

Et l'universitaire de la tranquille Algérie coloniale — qui dort, travaille, s'enrichit sur une tourbe fertilisée de cadavres — d'écrire, au terme de son enquête :

« Il y a peu de choses aussi éloignées de l'expérience courante qu'une enfumade... Je suis conscient de mon impartialité, — je puis dire de mon indifférence — dont je ne vois pas comment on pourrait se départir en spéléologie. »

Près d'un siècle et demi après Pélissier et Saint-Arnaud, je m'exerce à une spéléologie bien particulière, puisque je m'agrippe aux arêtes des mots français — rapports, narration, témoignages du passé. Serait-elle, à l'encontre de la démarche « scientifique » d'E. F. Gauthier, engluée d'une partialité tardive ?

La mémoire exhumée de ce double ossuaire m'habite et m'anime, même s'il me semble ouvrir, pour des aveugles, un registre obituaire, aux alentours de ces cavernes oubliées.

Oui, une pulsion me secoue, telle une sourde otalgie : remercier Pélissier pour son rapport qui déclencha à Paris une tempête politique, mais aussi qui me renvoie nos morts vers lesquels j'élève aujourd'hui ma trame de mots français. Saint-Arnaud lui-même, quand il rompt pour son frère un silence concerté, me délimite le lieu des grottes-tombes. S'il semble trop tard pour rouvrir celles-ci, bien après « le fils du diable » qui chercha la femme aimée, ces mots, couleur rouge cinabre, s'enfoncent en moi comme un coutre de charrue funéraire.

Je me hasarde à dévoiler ma reconnaissance incongrue. Non pas envers Cavaignac qui fut le premier enfumeur, contraint, par opposition républicaine à régler les choses en muet, ni à l'égard de Saint-Arnaud, le seul vrai fanatique, mais envers Pélissier. Après avoir tué avec l'ostentation de la brutale naïveté, envahi par le remords, il écrit sur le trépas qu'il a organisé. J'oserais presque le remercier d'avoir fait face aux cadavres, d'avoir cédé au désir de les immortaliser, dans les figures de leurs corps raidis, de leurs étreintes paralysées, de leur ultime contorsion. D'avoir regardé l'ennemi autrement qu'en multitude fanatisée, en armée d'ombres omniprésentes.

Pélissier « le barbare », lui, le chef guerrier tant décrié ensuite, me devient premier écrivain de la première guerre d'Algérie ! Car il s'approche des victimes quand elles viennent à peine de frémir, non de haine mais de furia, et du désir de mourir... Pélissier, bourreau-greffier, porte dans les mains le flambeau de mort et en éclaire ces martyrs. Ces femmes, ces hommes, ces enfants pour lesquels les pleureuses n'ont pu officier (nulle face lacérée, nul hymne lancinant lentement dévidé), car les pleureuses se sont trouvées confondues dans le brasier... Une tribu entière ! Les survivants, en tâtonnant aux rives de l'aurore, ne sont même plus des ressuscités : des ombres vidées plutôt, pour lesquelles n'existe, en plein midi, qu'une lumière d'échaudoir.

Écrire la guerre, Pélissier, qui rédige son rapport du 22 juin 1845, a dû le pressentir, c'est frôler de plus près la mort et son exigence de cérémonie, c'est retrouver l'empreinte même de ses pas de danseuse... Le paysage tout entier, les montagnes du Dahra, les falaises crayeuses, les vallonnements aux vergers brûlés s'inversent pour se recomposer dans les antres funèbres. Les victimes pétrifiées deviennent à leur tour montagnes et vallées. Les femmes couchées au milieu des bêtes, dans des étreintes lyriques, révèlent leur aspiration à être les sœurs-épouses de leurs hommes qui ne se rendent pas.

Pélissier, témoin silencieux, quand il parcourt ces grottes à jamais peuplées, a dû être saisi d'une prescience de paléographe : à quelles strates du magma de cadavres et de cris, vainqueurs et vaincus s'entremêlent et se confondent ?

Au sortir de cette promiscuité avec les enfumés en haillons de cendre, Pélissier rédige son rapport qu'il aurait voulu conventionnel. Mais il ne peut pas, il est devenu à jamais le sinistre, l'émouvant arpenteur de ces médinas souterraines, l'embaumeur quasi fraternel de cette tribu définitivement insoumise...

Pélissier, l'intercesseur de cette mort longue, pour mille cinq cents cadavres sous El Kantara, avec leurs troupeaux bêlant indéfiniment au trépas, me tend son rapport et je reçois ce palimpseste pour y inscrire à mon tour la passion calcinée des ancêtres.

II

Mon frère, à qui j'aurais pu servir de confidente lors de sa première évasion vers les montagnes qui flambaient, ne fut ni mon ami ni mon complice quand il le fallait. Mais, absente, je m'enfermais déjà dans un romantisme égotiste qui flambait aussi, plus incongrûment certes que l'incendie des maquis... Mon frère, dont l'adolescence navigua vers les horizons mobiles... Après le temps des prisons et des écoutes dans le noir, le rythme des errances traversées de fièvre, un seul mot, dans une confidence inopinée, a fait jaillir la rencontre : « hannouni ».

Le frère, resté adolescent par son sourire de biais — humour distrait, tendresse déguisée —, évoque devant moi le dialecte de nos montagnes d'enfance. Les vocables de tendresse, les diminutifs spécifiques au parler de notre tribu d'origine — à mi-chemin du berbère des crêtes et de l'arabe de la cité proche (antique capitale, ruinée puis repeuplée par l'exode andalou) :

— Un seul mot, si une amie te l'adresse, quand elle s'oublie...

J'attends, il hésite, il ajoute doucement :

— Il suffit qu'elle prononce « hannouni » à mi-voix, et tu te dis, sûr de ne pas te tromper : « Elle est donc de chez moi ! »

Je ris, j'interromps :

— Cela fait chaud au cœur !... Tu te souviens, la tante si douce...

Je détourne le sujet, j'évoque les tantes, les cousines attendries de la tribu, celle qui caresse les bébés et répète à satiété : « mon foie... hannouni ! », l'aïeule qui ne le dit qu'aux petits garçons, parce qu'elle n'aime pas les filles (sources de lourds soucis), qui...

Comment traduire ce « hannouni », par un « tendre », un « tendrelou » ? Ni « mon chéri », ni « mon cœur ». Pour dire « mon cœur », nous, les femmes, nous préférons « mon petit foie », ou « pupille de mon œil »... Ce « tendrelou » semble un cœur de laitue caché et frais, vocable enrobé d'enfance, qui fleurit entre nous et que, pour ainsi dire, nous avalons...

Nous marchions, je crois, dans une rue déserte de la capitale. Nous nous étions rencontrés par hasard, au cours d'un après-midi d'été, et nous avions ri comme deux inconnus se reconnaissent, en se croisant ainsi pareillement désœuvrés. Près de ce frère unique — mince, droit, et plus jeune que moi de deux ans environ —, j'affichais souvent une coquetterie malicieuse en le présentant comme « mon aîné », à cause de ses cheveux précocement grisonnants et malgré sa silhouette de jeune homme... Il ne m'aura ouvert que cette brèche : un seul mot dévoilant ses amours. J'en ressentis un trouble aigrelet.

J'ai dévié. J'ai rappelé le passé et les vieilles tantes, les aïeules, les cousines. Ce mot seul aurait pu habiter mes nuits d'amoureuse... Au frère qui ne me fut jamais complice, à l'ami qui ne fut pas présent dans mon labyrinthe. Ce mot, nénuphar élargi en pleine lumière d'août, blanc d'une conversation alanguie, diminutif brisant le barrage de quelle mutité... J'aurais pu...

Dire que mille nuits peuvent se succéder dans la crête du plaisir et de ses eaux nocturnes, mille fois chaque fois, et qu'aux neiges de la révulsion, le mot d'enfance-fantôme surgit — tantôt ce sont mes lèvres qui, en le composant dans le silence, le réveillent, tantôt un de mes membres, caressé, l'exhume et le vocable affleure, sculpté, je vais pour l'épeler, une seule fois, le soupirer et m'en délivrer, or, je le suspends.

Car l'autre, quel autre, quel visage recommencé de l'hésitation ou de la demande, recevra ce mot de l'amour inentamé ?

Je m'arrête. Chaque nuit. Toutes les nuits du plaisir escaladé par mon corps de nageuse d'ombre.

Sur une avenue poussiéreuse de notre capitale, le frère adulte m'a donc renvoyé l'appellation lacérée de mystère ou de mélancolie. Rompt-il ainsi la digue ? Un éclair où j'entrevois, par-dessus l'épaule fraternelle, des profils de femmes penchées, des lèvres qui murmurent, une autre voix ou ma voix qui appelle. Ombre d'aile, ce mot-chott.

Silhouette dressée du frère qui détermine malgré lui la frontière incestueuse, l'unité hantée, l'obscurité de quels halliers de la mémoire, d'où ne surnagera que ce bruit de lèvres, qu'une brise des collines brûlées d'autrefois où je m'enterre. Où s'enfument ceux qui attendaient, dans le pourrissement de leur chair, l'amour cruel ou tendre, mais crié.

LA MARIÉE NUE DE MAZOUNA

El-Djezaïr était, depuis quinze ans, tombée entre les mains de l'Infidèle. Oran avait suivi, livrée par trahison de son bey. Au pied de l'Atlas, Blida trop proche n'avait pu résister à l'assaut ennemi et, à deux reprises, s'était vidée de ses Maures, fuyant l'armée française, ainsi que Médéa-la-haute, où l'Émir avait maintes fois tenu siège avec ses lieutenants, y convoquant en outre les chefs des montagnes voisines. Au loin, « la ville des passions », Constantine, s'était, à la deuxième attaque, défendue maison après maison, puis elle avait été livrée au frénétique pillage, le bey Ahmed allant résister dans les Aurès.

Sur la côte est, Bône avait plié depuis longtemps ; Bougie également, après maintes vicissitudes, bien que les chefs kabyles indépendants continuassent à venir guerroyer sous ses remparts, leurs femmes chevauchant parmi eux et comme eux se faisant tuer par bravade ou par ivresse de guerre sainte. Sur le littoral ouest, Mostaganem s'était soumise, puisque dans l'intérieur la glorieuse Tlemcen n'avait pu résister, ni Mascara elle-même, capitale capricieuse d'Abdelkader qui venait, par surcroît, de perdre sa « smala » ; peu auparavant, Cherchell les avait précédées dans la servitude, lorsque les Français, entrant dans ses ruines d'ancienne Césarée, n'y trouvaient qu'un fou et qu'une paralytique abandonnés.

Restaient les cités et les bourgs au milieu des massifs. Les envahisseurs n'y faisaient que des incursions rapides ; ils parvenaient aux hauts plateaux ouvrant aux déserts et aux oasis ombreuses... Certains des monts du Nord se dressaient inentamés : la Kabylie, pour longtemps encore imprenable, les Babors à l'extrémité orientale, également l'Atlas en barrière tourmentée où les colonnes françaises s'étaient affrontées aux réguliers de Ben Allai et du vieux Berkani.

Au centre du Dahra, promontoire du Nord, une cité secrète se tenait à l'écart. A vingt lieues de Mostaganem et de Miliana, non loin de Ténès, où, depuis un an, des colons s'installaient dans des baraques de planches, et de Cherchell, repeuplée de ses citadins désormais soumis, Mazouna la vénérable se recroquevillait derrière ses remparts. Elle avait été autrefois le siège du beylik turc de l'Ouest ; depuis cinquante ans au moins, elle s'était endormie dans une poussière de crépuscule. Elle demeurait cité autonome, à l'instar des centres préservés du Sud extrême...

Quinze années s'étaient écoulées depuis la chute d'El-Djezaïr.

L'année de la prise d'Alger, naissait la fille unique du caïd « coulougli » de la ville, Si Mohamed Ben Kadrouma. Elle fut appelée Badra, un nom de lune pleine. Dans Mazouna, on parlait maintenant de la beauté de Badra — ses yeux verts, son teint de lait, sa gorge opulente, sa taille élancée de jeune palmier, ses cheveux de jais lui tombant jusqu'aux reins — comme une preuve de la splendeur passée.

La mère de Badra, morte à la naissance de sa fille, avait été amenée de Tlemcen avec une pompe demeurée légendaire. C'était la fille du Khasnadji de cette cité orgueilleuse; lui-même avait été tué peu après au combat, lorsque les janissaires du Méchouar s'étaient déclarés contre l'Émir, et que celui-ci avait pris sa revanche, en déportant les familles turques.

Personne n'avait évoqué devant la petite Badra les malheurs de sa famille maternelle : or, ne le dit-on pas, celui qui ne bénéficie pas au berceau du sourire de l'oncle maternel ne commence pas sa vie sous de bons auspices! Badra avait toutefois gardé sa nourrice venue de l'Ouest, une mulâtresse; esclave affranchie, elle avait nourri l'imagination de l'enfant de légendes obscures, de récits magiques... On la disait originaire du centre du Maroc; les deux coépouses du caïd, toutes deux filles de chefs de la région, autant dire des paysannes, la redoutaient.

Badra, princesse isolée au cœur de la cité déchue. Depuis un an, une effervescence insidieuse court dans la ville encore raidie dans la fierté de son passé. Le caïd Ben Kadrouma se fait vieux, bien qu'il approche à peine de la soixantaine. A vingt ans, au temps du pouvoir turc — les anciens de la ville le racontent encore —, il se distingua dans les troubles qui marquèrent la terrible insurrection des campagnes contre le bey d'Oran. C'était bien avant 1830! Il fit preuve de courage autant que d'intelligence!... Le bey, sortant de Mazouna pour retourner à Oran, avait été surpris dans un défilé; il avait pu fuir, mais sa garde entière avait été massacrée par les redoutables Sbéah et les Ouled Jounes. Revenu le printemps suivant, avec des forces doubles — dont la moitié, de tout récents convertis, ne parlaient ni turc, ni arabe —, le bey s'était livré à une impitoyable répression. Le caïd, alors jeune héritier de sa charge, avait dû conduire la députation qui avait tenté d'adoucir la rigueur ottomane.

En cet avril 1845, le caïd Ben Kadrouma se retrouvait dans des conditions similaires : une délégation de notables mazounis accueillait à la porte de la ville (cette porte qu'on n'avait pas voulu ouvrir, deux ans auparavant, à Abdelkader, malgré ses cavaliers rouges et son artillerie) la colonne française qui approchait. De durs combats venaient de l'opposer aux troupes excitées du Chérif Bou Maza, le nouveau héros des montagnes, lui que les tribus saluaient avec une allégresse dangereuse. Les détails d'un combat dans la plaine de Ghris avaient été connus à Mazouna dans la journée : les Français avaient chargé, mais ils avaient eu vingt tués ! Le Chérif, sur son cheval rapide, avait disparu comme un ouragan.

Le caïd s'était donc présenté devant le chef des Français qui arrivaient fourbus ; son discours prononcé, celui de son collègue « hadri » ayant suivi, il avait écouté, les traits impassibles, les menaces du colonel, un certain Saint-Arnaud, qui venait de Miliana...

Du haut de sa monture, Saint-Arnaud déclarait, le visage rougi, la voix de plus en plus criarde, que Mazouna, à cause de la duplicité de ses gens, ne serait bientôt que ruines ; que la France n'était pas dupe, que le commerce le plus florissant de la cité était le vol et le brigandage, ou tout au moins le recel et la vente des objets volés ; que les troupeaux trop nombreux qu'on entendait bêler dans les jardins étaient ceux des réfugiés et des tribus rebelles... Tandis que ce discours se déroulait, l'officier du bureau arabe, un nommé Richard, le crâne encombré d'un large pansement, parce qu'il venait d'être blessé au précédent combat, traduisait lentement pour la dizaine de notables qui se tenaient debout, tête baissée, drapés dans leurs amples toges.

Le caïd, à la fin, répondit brièvement, le regard sec :

— Qu'il soit fait selon la volonté de Dieu ! Mazouna est une ville neutre, une ville libre !... Elle seule a résisté à l'Émir et ne lui a pas ouvert ses portes ; elle seule résistera aux maîtres comme aux bandits !

— Le Chérif est venu ici il y a moins de quarante-huit heures ! Il a enrôlé chez vous trois cents fantassins, deux khodjas ! Nous le savons, nous en avons la preuve ! répliqua de sa voix coléreuse le colonel, et Richard traduisait platement les mots véhéments.

— Je ne l'ai jamais rencontré en face ! répondit en français le caïd.

S'enveloppant la tête d'un pan de son burnous de serge brune, il recula d'un pas et s'engloutit dans la masse des députés.

Saint-Arnaud était bien informé, mais le caïd avait dit vrai. Bou Maza s'était contenté, les jours précédents, de stationner sous les remparts ; il avait reçu là ses adeptes et ses nouveaux fervents, mais le caïd, lui, jamais ne se déplaçait : ni pour un chef de la région, ni comme autrefois pour l'Émir... Ruse, disaient ses ennemis, fierté de ses ascendants coulouglis, répliquaient ses ouailles.

Le caïd pourtant vieillissait. Ce jour des insultes et des menaces de Saint-Arnaud, un goum investissait la ville, avec à sa tête l'agha de l'Ouarsenis, Si M'hamed. Celui-ci, les Français partis, était venu rendre visite à Ben Kadrouma. Il s'était incliné sur le seuil.

Les deux hommes s'étaient considérés un moment : le chef citadin, dans ses atours du matin, mais le visage durci, malgré la détente de la prière publique où il s'était montré dans la principale mosquée, le Berbère au profil d'oiseau de proie, à la toge rousse de nouveau féodal investi par les Français. Lui que tous savaient redoutable venait — avec quelle arrière-pensée — assurer le caïd de son amitié :

— Je poursuivrai sans répit le Chérif. S'il n'avait pas tué mon ami l'agha Bel Kassem, après l'avoir torturé, j'aurais peut-être cru à sa mission divine ! Les fils de la ville et des montagnes proches accourent à lui en écervelés... Malgré sa jeunesse, et paraît-il son austérité, ce dont je doute, c'est pour moi un imposteur !

— Comment percer l'imposture de nos jours ? répliqua le caïd. Notre liberté est partie, les jours de misère commencent à peine !

L'agha de l'Ouarsenis changeait brusquement de sujet ; il parlait de son fils aîné :

— Après la zaouia de Mazouna où il a été le meilleur, il a étudié à Tunis et à Kairouan !

Il vantait sa science et son courage ; il rêvait de lui comme successeur de sa charge. Le caïd ne répondit rien. « Je ne lui donnerai jamais ma fille », se disait-il, décelant l'approche. Ils se saluèrent et l'agha s'en alla. Son goum quitta le jour même la ville dépouillée et razziée, qui refermait ses portes.

C'était alors la mi-avril ; le printemps se déroula en escarmouches, en combats brefs et nombreux, en poursuites interminables. Chaque jour de marché, on ne parlait que du jeune Chérif, de sa beauté — son signe dessiné sur le front, son corps invulnérable aux balles, son cheval rapide, ses paroles de prophétie. On évoquait ses lieutenants; un jour, le plus prestigieux d'entre eux, Aïssa ben Djinn, se montra en personne sur une place.

La nourrice, sortie ce jour-là pour rapporter des herbes fraîches et des fioles de parfums rares, revint éblouie. Elle le décrivit à Badra :

— Le « fils du Diable », comme on l'appelle, sert le Chérif bien-aimé ! Il porte une cicatrice à la mâchoire, mais son visage, tout en angles et en os, paraît si beau : un vrai héros de la liberté ! Dans les débuts de l'Islam, Sid Ali devait apparaître comme cela aux yeux de Fatima, la fille de notre Prophète bien-aimé !...

Ainsi Aïssa ben Djinn était cruel, mais il était poète, ajoutait la nourrice qui rêva ensuite, et souvent tout haut; « on raconte que, dans chaque tribu, peut-être même dans chaque maison ancienne de Mazouna, chaque femme belle rêve de lui. Car il doit réjouir chacune, malgré tous les dangers, puisqu'il aime l'amour, comme il aime la Liberté !... »

Badra, assise, écoutait la description du héros.

— Si le Chérif, répliqua-t-elle, venait demander ma main à mon père, telle que je suis maintenant, je dirais que je suis prête : prête pour l'épouser sur-le-champ !

Or le soir même, les deux femmes du caïd entrèrent dans la pièce aux céramiques bleutées.

— Ton père nous charge de te dire..., annonça la première.

— Que l'agha de l'Ouarsenis, Si M'hamed, a demandé aujourd'hui ta main pour son fils aîné !

— Ton père l'a accordée. Ils viendront vendredi prochain pour la « fatiha » et pour t'emmener le lendemain !

— Ma pauvre chérie ! soupira la nourrice en prenant Badra, stupéfaite puis raidie, dans ses bras.

Sur la couche aux soieries parfumées de musc, on ne sut laquelle des deux femmes sanglotait... Les marâtres sortirent d'un même pas, leurs taffetas colorés crissant dans le silence.

L'agha de l'Ouarsenis, en ce début de juillet, triomphait. A la tête d'une escorte imposante, suivie de calèches pleines des plus belles femmes de sa tribu, il entrait dans Mazouna. Il considéra du haut de sa monture le portier qui entrouvrait les lourdes portes ; il lui tendit sa tasse de cuivre :

— Je te la donne, pour que tu te rappelles ce jour !

Le portier prit la « setla » ciselée. Toute la journée, des rumeurs avaient circulé sur la victoire — prétendue ou non — de l'agha sur le Chérif. Ainsi, c'était vrai, Bou Maza avait dû fuir et l'agha avait tué beaucoup de ses fidèles et dispersé les autres ; il avait même mis la main sur son trésor et ses drapeaux.

Il n'osa pas les apporter là, dans cette cité qu'il savait bruissante des exploits du Chérif et de ses lieutenants. S'il s'était hasardé à montrer un seul des drapeaux volés, le portier lui aurait peut-être même craché à la face :

— Vous n'êtes que des chacals et lui, un lion pour l'instant caché dans son repaire !

« La tasse de cuivre, se dit le Mazouni, il me la donne pour souligner qu'il est doublement riche désormais : des dépouilles de notre héros et, maintenant, de la plus belle de nos filles qu'il va emmener demain dans son escorte ! »

L'agha de l'Ouarsenis traversa en plein centre la vieille cité, sous les regards hostiles — quelques-uns des notables hochant toutefois la tête pour un salut de prudence. Le cortège de plus d'une centaine de cavaliers défilait en suivant le bord verdoyant du ravin qui coupait la ville en diagonale.

La chevauchée dura deux longues heures, tandis que dans les demeures du caïd, à l'ouest, contre un bosquet d'oliviers centenaires, les you-you des femmes montaient en vrilles aiguës.

La fantasia des cavaliers berbères commença sur la place du marché ; elle se prolongea dans la nuit chaude. Au milieu des invitées, mêlée aux bourgeoises de la ville, Badra fut installée en idole au visage masqué, les mains et les pieds seuls apparaissant sous la draperie de moire qui la recouvrait. Les litanies, entrecoupées de bénédictions, montaient en gerbes, tandis que la mulâtresse, la face inondée de pleurs, tendait la pâte du henné qui avait été malaxé dans une tasse de Médine.

Les bruits des galops et de la poudre secouaient la ville ; le chœur des femmes invoquait le Prophète et les saints familiers pour la noce du lendemain... Mazouna vivait sa dernière nuit de cité libre et la vierge, sous l'attente scrutatrice des invitées parées, laissa enfin couler ses larmes.

Le cortège nuptial quitta Mazouna aux premiers instants de l'aube ; le palanquin de la mariée en tête, précédé de cinq ou six cavaliers, choisis parmi les plus jeunes des cousins germains du marié absent.

Debout devant sa demeure, le caïd Ben Kadrouma fut le seul à découvrir le visage de Badra. Certains plus tard prétendirent qu'il lui parla alors de sa mère morte puis qu'en termes sibyllins, il lui demanda abruptement pardon.

La centaine de cavaliers qui étaient arrivés la veille paradait à nouveau avec la même morgue. Aux calèches qui emportaient les femmes des familles alliées à l'agha, s'étaient jointes d'autres voitures où les marâtres de la mariée, ses deux tantes paternelles et une dizaine de citadines avaient pris place. Elles allaient jusqu'à Miliana où se préparait, disait-on, une fête de sept jours.

Dans le palanquin surélevé, face à Badra dorée et fardée, la mulâtresse se tenait en robe bleue scintillante de paillettes, un foulard de soie écarlate enveloppant sa chevelure crêpelée. Près d'elle, la fille de l'agha, à peine plus jeune que Badra et presque aussi belle, était assise.

Au premier rang de l'imposant cortège, l'agha Si M'hamed chevauchait sans quitter des yeux le palanquin. Sa prochaine fête serait, songeait-il, pour marier sa fille, peut-être au fils de son nouveau collègue, l'agha des Sbéah, Si Mohamed, celui qui venait de remplacer Bel Kassem tué par Bou Maza.

Parmi les jeunes de l'avant-garde, l'un soudain se détache et accourt rapidement vers l'agha :

— Un groupe de cavaliers à la toge rouge apparaît au-delà des premiers vallons, à l'ouest !

— Des toges rouges de spahis ! répondit l'agha...

Il arrêta son cheval, fixa la direction indiquée : il n'aperçut qu'une tache lointaine, à peine mobile. D'un geste du bras levé, il fit signe au cortège d'arrêter. Les quatre chevaux qui conduisaient le palanquin firent un ou deux mouvements brusques, si bien que l'attatich s'inclina une seconde, sur la gauche... Un cri de femme perça faiblement, mais le palanquin retrouva sa stabilité.

— C'est l'escorte de l'agha Mohamed, mon ami ! s'exclama d'une voix de stentor l'agha M'hamed. Il me l'avait promis !... Il nous rejoint avec ses gardes et ses cavaliers. Il arrive pour la fantasia ! Accueillons-le dignement !

Les cavaliers de l'avant revinrent peu à peu ; les rangées du cortège s'agglutinaient et attendaient les ordres.

— Placez-vous en deux rangs ! ordonna l'agha.

Tandis que les hommes se groupaient, que seuls les gardes autour du palanquin se tenaient à leur place première, l'agha de l'Ouarsenis allait des uns aux autres, souriant, enorgueilli de cette rencontre qui lui rappelait les festivités de sa jeunesse, peut-être de ses propres noces.

— Ils approchent ! remarqua quelqu'un.

Un nuage de poussière, de plus en plus dense, couvrit l'horizon. Dans un poudroiement diffus, des masses hautes, tête baissée sur de courtes montures, taches écarlates — toges en effet de spahis se soulevant dans le vent de la vitesse —, se distinguaient nettement. Soudain, le rythme régulier, saccadé, sembla encore plus proche, comme une mécanique invisible et déjà présente, avant les hommes... A peine quelques témoins, circonspects, s'étonnèrent-ils du nombre des arrivants : vingt, trente cavaliers ou davantage, une avant-garde probablement. On se mit peu après à mieux les distinguer, à deviner leurs corps recroquevillés, leurs jambes à demi pliées, leurs longs fusils en bandoulière.

— J'aperçois mal mon collègue ! murmura l'agha, dressé entre ses compagnons, qui s'étaient immobilisés sur une centaine de mètres.

Dans les calèches, les femmes s'agitaient, voyeuses invisibles. Puisqu'on parlait de fantasia imminente, elles firent entendre un long premier cri collectif, you-you multiplié, comme un prologue de la fête. Presque au même moment, un claquement de fusil se perdit dans la forêt striée des clameurs. Quelqu'un cria qu'ils devenaient foule par-derrière. L'agha M'hamed, toujours isolé, fit faire à son cheval quelques pas sur le côté ; il se rapprochait d'instinct du palanquin. Il cherchait toujours des yeux l'agha des Sbéah qui, s'il était confondu avec ses spahis, pouvait, à cette distance, héler au moins son collègue. Si M'hamed s'inquiéta soudain, à la fois pour sa fille et sa bru.

Coups de feu, écran de poussière persistant, éclats dans le brouillard soulevé. Une voix d'homme exhala un gémissement, puis un cri de rage :

— Trahison ! Trahison !

De la vague des arrivants, une clameur, confuse et informe, se scinda en exclamation déchirée dix fois puis la foule trembla comme champ de blé couché sous l'orage :

— Mohamed ben Abdallah !

— Mohamed ben Abdallah !

L'agha Si M'hamed comprit enfin ; déjà près de lui, un premier, un second homme tombaient sous le claquement maintenant ininterrompu des carabines.

— Trahison ! Trahison ! répétèrent des voix affolées, dans le brouhaha et le désordre.

C'était hélas le Chérif Bou Maza, avec ses hommes ! Certains arrivants, dans un rire sauvage, rejetèrent théâtralement la veste de spahis dont ils s'étaient à demi vêtus, par ruse de guerre.

— Ils ont tué mon ami l'agha Mohamed et sa garde ! Ils se sont déguisés de leurs dépouilles pour s'approcher de nous. De nous trois, Bel Kassem, Mohamed et moi, il ne reste plus que moi, et je vais mourir ! pensa rapidement l'agha qui seul avait gardé son fusil chargé.

Autour de lui, la cohue ; fuite sur l'arrière. Tous les hommes avaient leurs armes chargées à blanc. Plus d'une dizaine tombèrent au premier choc ; quelques autres eurent le temps de se servir de leurs poignards... L'agha se battait au corps à corps avec un homme du Chérif — un Sbéah de la région dont il reconnut le type physique. En même temps, ses pensées se bousculaient : ne pas quitter le palanquin pour protéger les deux jeunes filles, se défendre jusqu'au bout pour les tuer tous ou presque ; aucune haine ne l'habitait, mais comme un voile de surprise blanche l'enveloppait. Son premier rival, touché, recula ; l'agha se trouva face à deux, puis trois ennemis ligués contre lui. Il ne voyait que leurs yeux luisants :

— Comment ce diable de Chérif a-t-il pu revenir de chez les Flittas, si vite et dans un tel secret ?

Il s'interrogeait machinalement, tout en se défendant avec une agilité qu'il savait, à la longue, inutile... Quand il reçut sa première blessure, au flanc droit, sous l'aisselle, il souleva la tête, dans un sursaut de tout le torse, et il aperçut enfin son rival sur une colline, silhouette claire, un nouveau drapeau écarlate tenu droit au-dessus de lui. En aigle dominateur, Bou Maza surveillait la joute.

A sa seconde blessure, l'agha sut qu'il allait mourir dans cette mêlée. Quatre ennemis le harcelaient depuis un moment ; l'un d'entre eux, en retrait, surveillait la blessure ouverte. L'agha tua l'un, blessa le second qui recula, mais revint ; le troisième hésita.

— Allah est grand ! hurla Si M'hamed en direction du palanquin. Par l'entrebâillement des soieries, la face noiraude de la nourrice épiait le terrible affrontement.

La masse du goum dérivait vers l'arrière parce que privée de chef. Certains blessés s'enfuyaient, poursuivis par Aïssa ben Djinn et ses soldats. Autour de l'agha ensanglanté et vacillant, plusieurs cadavres, à la fois d'hommes et de chevaux, formaient déjà un monticule.

L'agha pouvait encore, d'un bond agile, mettre pied à terre, tenter de trouver quelque issue. Il n'y songea pas : « Ma fille ! ma bru ! » se répétait-il. Il entendait comme de très loin des femmes crier, avec des spasmes qu'entrecoupaient les hurlements d'hommes des deux partis. Dans le palanquin, la mulâtresse, la moitié du corps hors des draperies entrouvertes, gémissait :

— O Allah ! O Allah ! O sidi Yahia, sidi Abdelkader !

A la troisième atteinte — un poignard planté au-dessus du ventre —, l'agha sentit un froid le pénétrer. « C'est la fin ! » songea-t-il sans tristesse, dans une somnolence soudaine tandis que le ciel s'élargissait devant lui, très loin, en immense grisaille bleutée.

Sur le côté, toujours éloignée, l'image du Chérif immobile lui sembla proche. Or Bou Maza riait.

— Allah est grand ! répéta l'agha qu'on désarçonna enfin et qui tomba d'un coup, du côté du palanquin dont les rideaux s'ouvrirent.

— Mon père ! hurla la fille de l'agha qui, d'un bond, se trouva projetée au-dessus de la victime.

Plaquée à terre et tout enveloppée de soie verte, la jeune fille croit protéger le père à l'agonie : quatre cavaliers du Chérif la contemplent fascinés. En retrait, Aïssa ben Djinn leva son bras armé au ciel, dans un geste grandiloquent.

— La mariée de Mazouna est libre ! s'écria-t-il, sur un ton de parodie.

Longtemps dressé au-dessus du champ de la rencontre, Bou Maza s'approcha, le visage impassible. Avant même de considérer les femmes, il demanda à Aïssa d'une voix douce :

— Combien de ces chiens sont morts ?

— Ils ont laissé vingt à trente des leurs couchés. Les femmes sont entre nos mains ; les autres soldats ont fui ! intervint quelqu'un, tout près.

— Le traître d'agha a combattu jusqu'à la fin. Il

faut lui reconnaître le courage ! déclara Aïssa ben Djinn et il désigna à ses pieds le corps.

Il fit mine de s'approcher de la fille agrippée au cadavre et qui, cheveux épars, sanglotait. Le Chérif l'arrêta d'un geste.

— Celle-ci sera pour moi ! allait-il dire.

Il leva alors la tête : Badra, éblouissante dans sa parure de noces, sortait majestueusement du palanquin.

Mohamed ben Abdallah, dit Bou Maza, dit « Moul es Saa » ou « le maître de l'heure », par les tribus Achaba, Mediouna, Beni Hadjes, Sbéah et d'autres aussi belliqueuses du Dahra, Bou Maza, idole nouvelle de ces montagnes mais aussi terreur des bourgeois de Mazouna, se tenait dressé sur un alezan ; les Flittas de l'ouest lui avaient offert ce cheval, après l'avoir enlevé deux ans auparavant au vieux Mustapha en personne, le célèbre chef des Douaïrs qu'ils avaient surpris dans un défilé et tué. Bou Maza, sur ce cheval d'un butin glorieux, admirait Badra sans s'avouer que cette proie l'éblouissait.

Elle descendit avec lenteur, le velours de la litière relevé par la mulâtresse qui, derrière, se figeait, yeux exorbités. Badra présente un visage à peine pâli sous le diadème qui domine sa coiffe de moire violette ; ses cheveux en deux longues nattes entrelacées de cordelettes de soie parent son cou découvert et tombent dans l'échancrure du corsage que recouvrent des rangées de sequins... Après deux, trois pas d'une démarche tranquille, Badra s'approche des cadavres : à peine si elle baisse le regard, pour mieux se laisser dévisager par le Chérif.

Ses mules brodées, sa robe de velours émeraude, sa ceinture d'or lui enserrant haut la taille, ses bras soulevant à peine un voile de gaze argentée flottant jusqu'à ses reins, chaque détail du costume faisait d'elle une apparition irréelle : les cavaliers, derrière Bou Maza, semblaient suspendre leurs souffles.

Aïssa ben Djinn, sur le côté, près de la fille de l'agha toujours accrochée au corps de son père, ironisa seul, à mi-voix :

— Après la hyène, voici la jeune lionne !

Son chef, silencieux, sa main blanche de clerc posée sur le pommeau de cuir damasquiné, feignit de ne pas entendre. Un moment s'écoula ; au loin, un cheval hennit ; un autre broncha. Les hommes parurent s'impatienter, mais tous restaient muets et respectueux. Aïssa ben Djin s'approcha de Bou Maza et, cette fois, bien haut :

— Les deux filles, avec la servante, nous te les amenons tout à l'heure sous la tente, Seigneur ! déclara-t-il.

Les yeux étroits et brillants du Chérif ne quittaient pas la silhouette de Badra. Il tourna enfin à demi la tête vers son lieutenant. Il ne sourit pas. A peine un léger hochement, en signe d'acquiescement.

D'un mouvement sec, il tourna bride et partit contrôler, deux lieues plus loin, si l'autre piège avait réussi : les soldats du goum qui avaient fui, par les gorges de l'oued, avaient trouvé postés là des fantassins Sbéah... Le claquement des balles s'était poursuivi jusque-là. Un messager venait d'annoncer que les hommes de l'agha avaient été décimés dans cette seconde embuscade.

Une heure après, Bou Maza se retira sous sa tente, dressée pour la nuit.

Personne ne sut, le lendemain, si les deux vierges dédaignèrent le Chérif, quand il prit place face à elles, ou si ce fut lui qui, devant ces proies révoltées ou fascinées, répugna à utiliser la force.

La fille de l'agha mort, par haine ou par vengeance, garda, le reste de la journée et toute la nuit suivante, le poignard de son père à la main. « Je me tuerai, ou je te tuerai ! » répétait-elle, avec une fièvre d'hallucinée, et elle ne se tut même pas quand Bou Maza fit mine d'avancer. A peine si les yeux du jeune chef se rétrécirent, à peine s'il manifesta un étonnement muet face à ces femelles qui, en dépit ou à cause de l'éclat de sa victoire, ne pliaient pas.

La servante, devant la haine convulsive de la fille, reçut l'ordre de la faire sortir de la tente. Elles passèrent le reste de la nuit au-dehors : c'était début juillet, quelques jours après la pleine lune. Un feu de bois d'olivier les réchauffa de sa flamme bleuâtre.

C'est ainsi que Badra demeura seule, cette nuit qui aurait dû être sa nuit de noces, seule avec le Chérif. Un chacal, de temps à autre, hurlait dans les vallons proches. Derrière les thuyas, un éclaireur tressautait. La garde était alors renforcée... Mais la lumière des torches éclaira sans faiblir la tente du chef. Serrant dans ses bras la fille de l'agha assoupie, la mulâtresse tendait l'oreille. Pas une voix, pas un bruit tout près ! « Comment un homme peut-il résister devant la beauté étincelante de ma petite Badra ?... » Elle récita machinalement des bribes du Coran. « Le Chérif est-il un homme ? »

A l'aube, l'auvent de la tente blanche fut soulevé. Bou Maza apparut dans la lueur du premier jour, mais le halo de la chandelle persistait à l'intérieur... Le Chérif cligna les yeux. La mulâtresse, sans même s'en rendre compte, se trouva près de lui. Il fit un signe de tête, puis s'éloigna. La servante entra.

Badra semblait n'avoir pas bougé de sa position, depuis la veille. Statue assise, yeux fermés, paupières encore bleuies sous le fard, une fine transpiration perlant à ses tempes, dans la moiteur de l'air... « Le poids du diadème », se dit la servante qui se glissa, les genoux à terre.

Alors seulement, éperdue de tendresse et d'émoi, elle commença d'enlever chaque bijou de la tête, des oreilles, du cou de la mariée : l'« açaba » aux pendeloques, les « chengals » en triangle des oreilles, les multiples colliers de la « bessita » de Fez, les broches alourdies d'émeraudes, les roses « trembleuses » de la coiffe. « Tous ces bijoux l'ont protégée, se dit-elle, de la convoitise du désir trop humain... Le Chérif, qu'Allah l'ait en sa garde, n'a pas daigné toucher l'or pour toucher la fille, et la fille... »

Badra, la tête et les épaules allégées, se blottit dans les bras de sa nourrice.

— Je suis morte ! soupira-t-elle, je suis morte !

La suivante, après avoir couché la pucelle, songea que Badra, mortifiée, avait pleuré... « Il a dédaigné la perle la plus rare de Mazouna ! » se répéta-t-elle.

Dans la matinée, un proche du « fils du Diable » vint annoncer qu'une délégation de Mazounis, le caïd coulougli en tête, était arrivée et que le Chérif les avait reçus.

— Combien ce chien, fils de chien et valet des Chrétiens t'a-t-il donné comme dot pour ta fille, toi qui as servi de plus glorieux maîtres ?

Le caïd Ben Kadrouma, tête inclinée en position de suppliant, avait dû avouer le chiffre :

— Tu paieras le double pour reprendre ta fille et retrouver ton honneur !

Chacun des notables avait ensuite discuté de la rançon pour chacune des femmes qui attendaient un peu plus loin. Dédaigneux, le Chérif avait laissé ses lieutenants entrer dans les palabres.

— Ce sont des perfides qui demain, à notre première chute, reviendront nous mordre et supplieront le colonel français!

— Mais comment en vouloir — dit quelqu'un — à des Maures qui de père en fils, depuis des générations, se laissent pousser seulement par la peur?

Toutes les prisonnières, excepté Badra et la fille de l'agha, regroupées près du marabout Sidi Ben Daoud où, depuis la veille, flottait le drapeau écarlate du Chérif, apprirent que la rançon serait versée dans moins d'une heure : elles allaient être libérées...

Certaines s'étaient lacéré le visage et le cou, les marquant de griffures sanguinolentes : leur époux, leur fils étaient restés sans sépulture sur le champ de bataille. D'autres, qui se trouvaient être des parentes de la mariée, ne manifestaient ni peur ni chagrin. Impassibles, elles patientaient, poussant tout au plus des soupirs de lassitude. De temps à autre, l'une d'entre elles chuchotait; la curiosité les tenait haletantes : comment savoir si le Chérif, ou l'un de ses adjoints redoutables, n'allait pas garder les deux vierges, ou au moins Badra, la plus belle?

Bientôt le chiffre de la rançon qu'avait versée le caïd circula de bouche à oreille. Et les bourgeoises, à peine fatiguées — le wali du marabout avait fait préparer un couscous acceptable, avec des morceaux de volaille —, s'étaient mises à se rengorger, comme si la vertu, la beauté préservées, plus que les bijoux, avaient un prix estimé au poids de l'or!

Le bivouac resta dressé pour la seconde nuit. Le Chérif décida qu'on quitterait le camp à l'aube suivante. Ses éclaireurs étaient revenus peu avant le crépuscule : la nouvelle de sa victoire avait terrifié, racontaient-ils, les garnisons d'El-Asnam, de Miliana, de Ténès... Déjà le colonel avait envoyé des messagers au général de Bourjolly et au chef de la colonne de Ténès. Les Français allaient s'ébranler le lendemain, ou dans deux jours au plus tard.

— Nous traverserons les Béni Hindjes ; de là, nous retournerons chez les Flittas, déclara Bou Maza.

L'or des bourgeois de Mazouna était arrivé. On avait laissé les citadins passer la nuit dans l'attente, avec leur trésor.

— Nous ne sommes ni des pillards, ni des coupeurs de route et la justice de Dieu peut attendre !

Le lieutenant Ben Henni, chef des tribus voisines de Ténès, arriva, confirmant que les Maures du vieux Ténès, comme à Mazouna, ne parlaient que de la réapparition du Chérif. Les deux mosquées importantes avaient résonné de prières vibrantes ! Tantôt la peur, tantôt l'enthousiasme retrouvé de la foi secouait ces cités déchues.

— Le saint Sid Ahmed ben Youssef avait bien eu raison de se moquer d'elles par ses dictons célèbres ! murmura quelqu'un, près du Chérif qui ne sourit pas.

Aïssa ben Djinn se pencha vers lui :

— Seigneur, voici l'heure de rendre les femmes. Mes hommes ont compté les douros de la rançon. Tout est là !... Tu as de quoi lever le double de troupes dans les tribus fidèles, jusqu'à Mostaganem ; peut-être même pourras-tu faire jonction avec l'Émir !

Le Chérif, de sa voix basse, intervint :

— On dit justement que son messager, porteur d'une lettre, approche !... Occupe-toi des femmes !

(Puis, après un silence :) Gardons la fille de l'agha ! Elle ne cesse d'insulter : que le sang de la pucelle continue celui du père !... Je te la donne !

Aïssa inclina la tête, sans autre manifestation devant le présent qui lui était ainsi fait. Puis :

— Une suggestion, commença-t-il. Rends les femmes et les filles des Mazounis sans leurs bijoux !... Ceux-ci valent autant que l'argent apporté !

Et il éclata de rire.

— On t'appelle « fils du diable », répliqua, en souriant, le Chérif. Agis avec elles comme tu l'entends. Je te laisse ce nouveau butin !

Les prisonnières sortirent l'une après l'autre, chacune enveloppée d'un voile de couleur ou d'un blanc passé. Elles se présentèrent devant Aïssa ben Djinn entouré de quatre de ses hommes. Un chaouch, dans ses habits d'apparat, attendait sans armes.

— Chacune de vous doit se dépouiller de tous ses bijoux et les remettre au chaouch ! Si l'une hésite, ou fait l'avare, ce sera ses vêtements que je lui arracherais de ma main ! annonça d'une voix de stentor Aïssa.

Il y eut des cris, un émoi à peine dominé, une piaillerie de foule jacassante. Quand l'un des hommes de Aïssa ben Djinn, levant haut son fusil, tira plusieurs coups en l'air, un silence s'abattit soudain.

Le chaouch, son turban écarlate tombant sur le front, ses moustaches vénérables encadrant son sourire, s'assit en tailleur et attendit, dans une posture caricaturale de cadi.

— Des brigands, des coupeurs de route ! siffla l'une des femmes.

Et les autres, aussitôt, de protester :

— Malheureuse, retiens ta langue, veux-tu nous assassiner ?

Chaque dame, face et corps dissimulés, s'avançait, forme lente et solennelle. Une main surgissait de dessous le pan coloré, laissait tomber un diadème, des broches, une paire de khalkhal, trois, quatre ou cinq bagues... La seconde suivait peu après; le décompte s'était organisé. Un khodja inscrivait sur une planche le nombre et la nature des bijoux.

L'opération de dépouillement dura plus d'une heure. Le Chérif, monté sur son alezan, allait et venait un peu plus loin...

Soudain, un brusque suspens, un arrêt intervint : de la tente du chef, sortait la mariée, le visage découvert. Elle portait avec ostentation tous ses bijoux. Ses mains réunies présentaient le diadème. Elle arrivait la dernière, d'une démarche raide. Elle semblait porter à elle seule tous les bijoux de la ville : « Elle, la source de nos malheurs ! » s'exclama l'une des marâtres.

Badra s'approcha les yeux baissés, comme si elle connaissait le trajet. Sa nourrice, qui suivait, pleurait : n'y aurait-il jamais de noces pour la jeune fille?... Le Chérif, qui allait s'éloigner, s'immobilisa, dominant la scène bariolée, tandis que, derrière la haie de cactus, l'aube se dissipait.

Badra hésita devant Aïssa ben Djinn qui n'osa aucun commentaire; les yeux admiratifs, il devenait, à son tour, spectateur impassible.

D'un geste ample, comme elle l'aurait fait dans sa chambre nuptiale, elle déposa son diadème, puis ses boucles trop lourdes, puis les quatre, cinq, six colliers de perles, puis les broches, une dizaine au moins, puis... « Allah ! Allah ! » soupirait le chaouch, qui demanda une autre caisse. Le scribe, les yeux éblouis autant par la splendeur des bijoux que par l'éclat de la mariée elle-même, oubliait d'inscrire le décompte.

La jeune fille n'eut plus sur elle que sa robe légère aux plis relâchés et que son gilet aux amples manches de gaze. D'un mouvement bref, elle ôta, pour le déposer avec les autres bijoux, le bonnet brodé d'or et de forme conique — libérée, son épaisse chevelure auburn ruissela dans son dos. Puis, se baissant prestement, elle retira ses mules de velours vert, également brodées d'or. Reprenant le même mouvement de ballerine, plus souplement encore, elle fit glisser sur ses hanches la ceinture de lourds sequins. Puis se pliant de nouveau, elle saisit ses anneaux de cheville pour les offrir, comme furtivement, au chaouch ébahi. On entendit alors un bruit de sabots. Bou Maza s'éloignait sur son cheval.

— Cela suffit, Allah est grand ! s'exclama Aïssa, les yeux brillants car il ne se rassasiait pas du spectacle.

— Cela suffit ! hurla une voix de femme perdue dans le groupe des captives.

— Va-t-elle se mettre nue ? ajouta une autre sur le devant. Alors, le pépiement collectif fusa, hostile.

En deux enjambées, la nourrice fut là. Elle entoura de ses bras la frêle adolescente, enveloppée de sa robe émeraude, les cheveux au vent, le visage levé au ciel et qui répétait tout bas comme pour elle seule :

— Je suis nue ! Louange à Dieu, je suis nue ! Louange...

La mulâtresse, avec des gestes de douceur maternelle, fit peu à peu entrer son enfant épuisée dans le groupe murmurant des prisonnières.

Aucune ne demanda des nouvelles de la seconde vierge, la fille de l'agha mort. La tente du Chérif avait été levée. Sa colonne partit la première, drapeau en tête, l'orchestre de flûtistes et de tambours égrenant une musique aigre. Les hommes de Aïssa ben Djinn, leurs mulets alourdis par les bijoux et par la charge de la rançon, fermaient la marche.

Quinze jours plus tard, le colonel de Saint-Arnaud, après avoir enfumé une fraction de Sbéah, non loin des grottes de Nacmaria, finit par rencontrer la troupe de Bou Maza qui tentait d'éviter, pour un temps, le combat.

Trésor et « smala » furent pris et Canrobert, adjoint de Saint-Arnaud, dispersa les partisans... La fille de l'agha, prisonnière du Chérif (partageait-elle sa tente, pour continuer à le narguer et à l'insulter, nul ne savait), disparut dans le branle-bas de la rencontre. Deux jours après, son frère qui guidait les spahis de Canrobert passa sous un arbre.

— Mon frère, Ali, mon frère ! soupira une voix craintive.

Le fils de l'agha s'arrêta sous une branche du chêne. Une forme menue sauta de l'arbre et atterrit directement sur la selle du jeune homme stupéfait.

— Je me cache là depuis deux jours ! murmura la jeune fille, après les embrassades.

La colonne française, en rentrant à Ténès, rapporta le miracle des retrouvailles du frère et de la sœur... Mais, au marché de Mazouna les meddahs racontaient au peuple comment le Sultan, annoncé par les prophéties, avait rendu « nues » les femmes et les filles des perfides et de leurs alliés. Mohamed ben Kadrouma, après avoir vendu ses biens et répudié ses deux épouses, décida d'entreprendre le pèlerinage de La Mecque, en compagnie de sa fille.

— Au retour, annonça-t-il à quelques-uns de ses proches, je ne reviendrai pas dans cette cité qui ne sera plus libre ! J'irai m'exiler, comme tant d'autres, à Tunis, à Damas, ou même à Istamboul.

L'année précédant ces événements, un ancien lieutenant de Napoléon Ier devenu plus tard agriculteur et que ruinèrent, vers 1840, deux crues successives du Rhône, vint en Algérie. Bérard — c'est son nom — choisit de s'installer comme colon dans le nouveau Ténès. L'armée de Bugeaud construisait les maisons de ce village avec des planches, remplacées plus tard par les pierres des imposantes ruines romaines.

Bérard renonce vite à l'agriculture. Il se met à vendre du papier, des crayons et des cahiers ; il ouvre même un cabinet de lecture. L'insurrection du Dahra éclate, avec toutes ses péripéties, y compris la noce de Mazouna que Bou Maza transforme en guet-apens.

Le libraire Bérard, grâce à son expérience d'ancien soldat de l'Empire, mais grâce aussi à son instruction et à ses cheveux grisonnants, est devenu un notable du Ténès européen, troublé par cette agitation si proche. Il dirige une des milices mises sur pied... Vingt ans plus tard, il écrira le récit de cette révolte : mais il n'ira jamais à Mazouna. Aucun Européen ne s'y hasarde encore ; la neutralité de la vieille cité s'est gelée en définitif sommeil.

Un des lieutenants de Bou Maza, El Gobbi, a écrit également sa relation des événements. Faisait-il partie de l'attaque contre le convoi de noces ? Admira-t-il, aux côtés de son chef, le corps « nu » de Badra ? Il est loisible de l'imaginer.

Bérard, quand il rédige ses souvenirs, affirme avoir eu connaissance de la relation d'El Gobbi. Aurait-il lu une traduction du texte arabe ou aurait-il eu entre les mains une copie de l'original ? Celui-ci, pour l'instant, est perdu.

Tout finit par dormir ; les corps des femmes écrasées de bijoux, les cités au passé trop lourd, comme les inscriptions des témoins qu'on oublie.

III

A Paris, dans le petit appartement d'un libraire en chambre, le couple emménagea pour célébrer la noce.

Jours de préparatifs quelque peu irréels. Il semblait que la fête approchait du cœur d'un insidieux désastre et l'on se demandait si les invités et les mariés eux-mêmes ne seraient pas empêchés au dernier moment...

La future épousée circulait dans les chambres obscures, aux multiples bibliothèques. Elle recevait sa mère, une femme de moins de quarante ans, svelte, une lourde tresse de cheveux noirs balançant dans le dos ; celle-ci était arrivée par un avion de nuit, accompagnée de sa dernière fille, à peine sortie de l'enfance. Les trois femmes avaient fait un ménage méthodique, puis la mère et la fiancée allèrent acheter, en une fois, dans les Grands Magasins, un semblant de trousseau ; de la lingerie, un ensemble pied-de-poule bleu ciel, une paire de chaussures.

La date du mariage avait été fixée un mois auparavant par le fiancé qui, obligé de vivre clandestinement, déménageait de logis en logis : la jeune fille, installée dans une pension d'étudiantes, s'informait chaque fois du nouveau gîte ;

la sécurité était ainsi provisoirement assurée. Ce manège dura une année environ.

L'une des précédentes demeures faisait face à un établissement de sourds-muets. Il avait fallu l'abandonner en catastrophe. La concierge était une courtaude échevelée ; chaque soir, dans la cour, elle se répandait en chapelets d'obscénités par impuissance devant la saoulerie quotidienne de son époux. Un jour, elle rabroua deux policiers venus enquêter sur le jeune étudiant. Elle les congédia sans hésitation :

— Voilà belle lurette qu'il n'est plus là, cet oiseau !

Les agents partis, elle monta prévenir en hâte le couple, parce que, « de nature, affirmait-elle, je n'aime pas les flics ! »

L'enquête policière sur le jeune homme avait commencé pour une raison banale : le sursis du service militaire, dont il bénéficiait auparavant, lui avait été supprimé. Ses vieux parents, dans leur bourg de montagne, secoué par de fréquents attentats et par les ratissages qui s'y succédaient, alertèrent leur fils : ils avaient dû donner l'adresse parisienne qu'ils espéraient périmée :

— Il ne m'écrit plus ! avait affirmé le père aux enquêteurs. Il doit travailler en France pour poursuivre ses études. Nous sommes pauvres. Je ne peux lui envoyer nul argent !

Il avait dicté ensuite à sa fillette d'une douzaine d'années :

— Écris : « ils parviendront jusqu'à toi ! Déménage ! »

Le fils n'avait pu quitter les lieux assez vite. D'où l'alarme. Cet été-là, une fraction rivale nationaliste qui disputait à l'organisation unifiée l'adhésion de vieux militants (ouvriers se retrouvant dans des cafés nord-africains d'avant-guerre) avait multiplié ses menaces de vendetta. Le premier heurt, entre réseaux rivaux et également clandestins, s'était soldé par cinq ou six morts dans un restaurant du centre de Paris. Les quotidiens à grand tirage en avaient parlé comme d'un règlement de comptes entre gangsters.

Le couple, dans les promenades qu'il se réservait encore — errances bavardes hors du temps des autres et de la « Révolution », comme si, n'ayant pas droit aux majuscules de l'histoire quand ils s'enlaçaient sous les porches, leur bonheur participait cependant de la fièvre collective —, le couple se prémunissait certes contre la filature de la police. Mais ce dernier péril ne paraissait pas le plus dangereux.

Il fallait, devant une silhouette persistante ou au contraire trop fuyante, déjouer la surveillance, repérer et décourager le guetteur : le couple savait que la lutte fratricide pointait là, grinçante, sans repères... Ces réseaux concurrents s'envoyaient, par la poste, des lettres de menace aux termes paroxystiques, aux condamnations définitives, au nom d'un droit fantôme, comme le ferait, auprès de sa rivale, par désespoir d'amour, une femme délaissée.

La jeune fille, dans ce Paris où ses yeux évitaient d'instinct, à chaque carrefour, le rouge du drapeau tricolore (qui lui rappelait le sang de ses compatriotes guillotinés dernièrement dans une prison lyonnaise), la jeune fille s'imaginait naviguer. Il lui semblait que leur couple disparaissait aux yeux des autres, invisible soudain malgré le ruissellement de lumière, en ce début de printemps.

Il fallait partir : leurs conversations s'alimentaient de ce thème. Partir ensemble ! Retourner au pays pour retrouver, dans la montagne familière, des maquisards insouciants comme eux. Or le jeune homme renâclait : « Ce n'est pas la réalité, tu rêves ! Il n'y aura pas d'étudiantes, comme tu le crois ! Nous ne pourrons combattre ensemble... Les seules femmes dans l'armée de résistance, ce sont des paysannes habituées aux forêts et aux ronces ! Peut-être, tout au plus, quelques infirmières ! » Elle ne comprenait pas pourquoi il lui refusait l'accès à ce jardin : l'aventure, pour elle, ne pouvait être que gémellée et pour cela vécue dans l'allégresse... N'avaient-ils pas « semé » la veille deux policiers, dans des couloirs de métro, avec une aisance toute sportive, un rire inextinguible les secouant ensuite ?...

A force de se mesurer dans ce désaccord, qu'elle croyait seulement de tactique, ils décidèrent d'un compromis : à défaut d'un départ immédiat vers leur pays, autant passer la frontière au plus tôt, même clandestinement ou séparément (seul le nom du jeune homme était sur la liste des suspects). Ils se retrouveraient en Tunisie, parmi des réfugiés : de là partaient, sans doute aisément, des masses de volontaires pour les maquis. Elle persistait à croire que l'enrôlement s'ouvrait aux filles, les responsables nationalistes n'affirmaient-ils pas volontiers l'égalité de tous devant la lutte ?

Les discussions, les projets à développer n'épuisaient pas le rythme des marches. Esquissant cet avenir, le fiancé décida de leur mariage : le hâter au plus vite ; partir après...

Au printemps précédent, chez eux, les représentants des deux familles s'étaient rencontrés, malgré l'absence des promis. Journée de fiançailles officielles, leur avait-on écrit ensuite : la cérémonie avait permis de rédiger l'acte de mariage « à l'avance ». L'oncle du marié avait signé par procuration ; quant à la mariée, elle aurait eu besoin, même présente, de son père comme tuteur. Mariage légalisé, en dépit de leur éloignement : ils avaient ri de ce formalisme, qui semblait un procédé de comédie.

— Écris à ta famille, demanda soudain le fiancé, dans une lancée de désir, ou d'inquiétude qu'il ne s'avouait pas. Dis-leur que nous nous marions dans un mois, jour pour jour ! Après tout, selon la loi, nous le sommes déjà !

Cet appartement de libraire — celui d'un Français détenu depuis des mois pour avoir aidé un réseau nationaliste — était vide depuis l'arrestation de son propriétaire, et pour cela, la police ne le surveillait plus. Un ami sorti de prison le leur signala.

Ils optèrent pour cette transitoire installation. Les jours précédant la noce, la future épouse s'absorbait dans la lecture de livres rares, aux reliures luxueuses, après avoir tenté d'allumer le vieux poêle à coke : ces matins d'hiver, les pièces s'emplissaient d'une fumée qui ne réchauffait même pas.

La mère et la jeune sœur de la mariée arrivèrent donc, pas tout à fait dépaysées. Le frère, encore adolescent, qui s'était fait arrêter en Lorraine comme « agitateur », amorçait une détention trop souvent déplacée de prison en prison : la mère avait appris à voyager par train, par avion, par bateau, tout comme une touriste occidentale et, chaque trimestre, elle rendait visite à son fils unique en toute ville de France et de Navarre où on le reléguait.

Les femmes se consacrèrent à la remise en état de l'appartement parisien : cirer le parquet, redonner à la cuisine un aspect propret, préparer pour les mariés une literie neuve qui fut livrée in extremis, penser enfin au repas traditionnel pour le lendemain des noces — la mère trouvait ce rite indispensable, elle invitait la dizaine d'amis et de cousins, étudiants et ouvriers immigrés à Paris...

Devant la vivacité et les déambulations de sa jeune mère, la mariée se voyait figurante d'un jeu aux règles secrètes. Elle évoquait tout haut le protocole de leur cité qui, de ce lieu d'exil, leur semblait soudain engloutie ou détruite. Le danger qui se resserrait sur le fiancé, dont les allées et venues pour les réunions politiques se multipliaient, laissait planer des doutes sur la cérémonie du lendemain. Quelle cérémonie ?

La jeune fille s'aperçut qu'elle souffrait de l'absence du père — certes, si la noce avait été célébrée dans les formes habituelles, elle aurait rassemblé une foule exclusivement féminine.

Mais la tradition exigeait que le père, au moment où les femmes du cortège nuptial emmènent la mariée, enveloppe sa fille de son burnous et lui fasse franchir le seuil dans ses bras. La mère, à cette seconde de rupture, pleure abondamment, quelquefois bruyamment ; on croirait un deuil sans liturgie. Dans ce trouble souligné par les clameurs des musiciennes et des voisines, toute mère déplore qu'on lui enlève ainsi son appui pour les lassitudes à venir. Mais elle languit aussi du souvenir ressuscité de ses rêves de femme...

Ma mère, elle, se trouvait dans un Paris d'hiver et elle n'avait pas à pleurer. Même si la noce avait eu lieu là-bas, dans la demeure aux terrasses multiples de la grand-mère morte, même si le ténor andalou avait accompagné de sa voix attendrie le chant du rebec, une nuit entière — nuit de la défloration et de son émoi lent —, mon père n'aurait emprunté aucun burnous de pure laine, tissé par les femmes de la tribu, pour m'enlacer et me faire franchir le seuil. Il n'aurait pas sacrifié au protocole : il se voulait « moderniste », dédaignait les modes récentes comme l'étau des coutumes citadines. Les vieilles auraient eu beau insister, prétendre qu'il devait se soucier de la protection divine, il aurait... Mais quoi, pourquoi chercher, aurait-il seulement fait face au fiancé qui, toutes ces années de promesses secrètes, puis officielles, s'imaginait lui avoir volé son aînée ?

C'était vérité : le mariage se déroulait hors de la protection du père, non qu'il me la refusât dans la forme souhaitée par les aïeules. C'était vérité : ces deux hommes n'auraient pu s'affronter dans cette ambiguïté, aucun d'eux ne voulant céder le pas à l'autre, probablement chacun haïssant l'autre et ne le sachant pas encore.

•

Dans un Paris où les franges de l'insoumission frôlaient ce logis provisoire des noces, je me laissais ainsi envahir par le souvenir du père : je décidai de lui envoyer, par télégramme, l'assurance cérémonieuse de mon amour. J'ai oublié l'exacte formulation du pli postal : « Je pense d'abord à toi en cette date importante. Et je t'aime. »

Peut-être me fallait-il le proclamer : « je t'aime-en-la-langue française », ouvertement et sans nécessité, avant de risquer de le clamer dans le noir et en quelle langue, durant ces heures précédant le passage nuptial ?

Ces épousailles se dépouillaient sans relâche : de la stridence des voix féminines, du brouhaha de la foule emmitouflée, de l'odeur des victuailles en excès — tumulte entretenu pour que la mariée, seule et nue au cœur de la houle, puisse s'emplir du deuil de la vie qui s'annonce...

Le mariage signifiait d'abord pour moi départ : frontières à franchir à la hâte, conspirateurs nouveaux à retrouver sur une autre terre. L'arrivée de ma mère et de ma sœur si jeune me reliait aux souvenirs lents du passé. Ces deux femmes devenaient porteuses d'une gravité sous-jacente : au creux de chaque silence partagé, nous n'avions garde, toutes trois, d'oublier l'adolescent muré dans des prisons successives, mon frère.

Et j'en viens précautionneusement au cri de la défloration, les parages de l'enfance évoqués dans ce parcours de symboles. Plus de vingt ans après, le cri semble fuser de la veille : signe ni de douleur, ni d'éblouissement... Vol de la voix désossée, présence d'yeux graves qui s'ouvrent dans un vide tournoyant et prennent le temps de comprendre.

Un cri sans la fantasia qui, dans toutes les noces, même en l'absence de chevaux caparaçonnés et de cavaliers rutilants, aurait pu s'envoler. Le cri affiné, allégé en libération hâtive, puis abruptement cassé. Long, infini premier cri du corps vivant.

Le jeune homme l'avait toujours su : lorsqu'il franchirait le seuil de la chambre — conque d'amour transcendental —, il se sentirait saisi d'une gravité silencieuse et, avant de se tourner vers la vierge immobile, il devrait se livrer à des dévotions religieuses.

Corps plié, prosterné, écrasé au sol, cœur empli d'Allah, du Prophète et du saint le plus familier à sa région ou à sa tribu, s'assouvissant de la parole sacrée, l'homme, tout homme devait se recueillir, en créature soumise et, seulement après, s'approcher de la couche qui s'ensanglanterait.

Sourire des yeux plats de la pucelle. Comment transformer ce sang en éclat d'espoir, sans qu'il se mette à souiller les deux corps ? Approche quasi mystique. Dans ces noces parisiennes, envahies de la nostalgie du sol natal, voici que, sitôt entré dans la pièce au lit neuf, à la lampe rougeâtre posée à même le sol, le marié se dirige vers celle qui l'attend, voici qu'il la regarde et qu'il oublie.

Des heures après, allongé contre celle qui frémit encore, il se souvient du cérémonial négligé. Lui qui n'avait jamais prié, il avait décidé de le faire au moins cette fois au bord des épousailles. Un pressentiment le tourmente :

— Notre union ne sera pas préservée, murmure-t-il.

L'épouse, amusée par cette tristesse superstitieuse, le rassure. Elle dépeint l'avenir de leur amour avec confiance ; il avait promis que l'initiation prendrait autant de nuits qu'il le faudrait. Or, dès le début de cette nuit hâtive, il pénétrait la pucelle.

Le cri, douleur pure, s'est chargé de surprise en son tréfonds. Sa courbe se développe. Trace d'un dard écorché, il se dresse dans l'espace ; il emmagasine en son nadir les nappes d'un « non » intérieur.

Ai-je réussi un jour, dans une houle, à atteindre cette crête ? Ai-je retrouvé la vibration de ce refus ? Dans cette orée, le corps se cabre, il coule son ardeur dans le cours du fleuve qui passe. Qu'importe si l'âme fuse alors, irrépressiblement ?

Dire aussi ma victoire, son goût de douceur évanouie, dans les lames de l'instant. Victoire sur la pudeur, sur la retenue. Rougissante mais volontaire, j'ai réussi à dire devant la jeune mère, et la sœur, à la tendresse qui rassure :

— Laissez-moi la maison seule pour cette nuit, s'il vous plaît !... « Il » vous emmènera dormir à l'hôtel !

J'ai formulé ce souhait sur un ton conventionnel... Puisque le destin ne me réservait pas des noces de bruits, de foule et de victuailles, que me fût offert un désert des lieux où la nuit s'étalerait assez vaste, assez vide, pour me retrouver face à « lui » — j'évoquai soudain l'homme à la manière traditionnelle.

Ce cri, dans la maison de la clandestinité. Je goûtai ma victoire, puisque la demeure ne s'emplit pas de curieuses, de voyeuses, puisqu'une femme et une fillette s'éloignant momentanément, le cri déroula les volutes du refus et parvint jusqu'aux linteaux du plafond.

La lampe ne s'éteint pas... Le marié, que la police recherche, s'embourbe dans sa déception : il s'était promis de faire sa prière avant.

— Avant quoi ? pensé-je en titubant dans le couloir, algazelle atteinte tandis que j'évite les miroirs.

Avant le cri, bien sûr. Non, me dis-je, ni Dieu, ni quelque formule magique ne protégeront cet amour que l'homme espère « jusqu'à la mort ». Circulant dans le métro, les jours suivants, je dévisage d'un regard avide les femmes, toutes les femmes. Une curiosité de primitive me dévore :

— Pourquoi ne disent-elles pas, pourquoi pas une ne le dira, pourquoi chacune le cache : l'amour, c'est le cri, la douleur qui persiste et qui s'alimente, tandis que s'entrevoit l'horizon de bonheur. Le sang une fois écoulé, s'installe une pâleur des choses, une glaire, un silence.

Il n'y a pas eu les yeux des voyeuses rêvant de viol renouvelé.

Il n'y a pas eu la danse de la mégère parée du drap maculé, ses rires, son grognement, sa gesticulation de Garaguz de foire — signes de la mort gelée dans l'amour, corps fiché là-bas sur des monceaux de matelas... L'épousée d'ordinaire ni ne crie, ni ne pleure : paupières ouvertes, elle gît en victime sur la couche, après le départ du mâle qui fuit l'odeur du sperme et les parfums de l'idole ; et les cuisses refermées enserrent la clameur.

Il n'y a pas eu le sang exposé les jours suivants.

SISTRE

Long silence, nuits chevauchées, spirales dans la gorge. Râles, ruisseaux de sons précipices, sources d'échos entrecroisés, cataractes de murmures, chuchotements en taillis tressés, surgeons susurrant sous la langue, chuintements, et souque la voix courbe qui, dans la soute de sa mémoire, retrouve souffles souillés de soûlerie ancienne.

Râles de cymbale qui renâcle, cirse ou ciseaux de cette tessiture, tessons de soupirs naufragés, clapotis qui glissent contre les courtines du lit, rires épars striant l'ombre claustrale, plaintes tiédies puis diffractées sous les paupières closes dont le rêve s'égare dans quelque cyprière, et le navire des désirs cule, avant que craille l'oiseau de volupté.

Mots coulis, tisons délités, diorites expulsés des lèvres béantes, brandons de caresses quand s'éboule le plomb d'une mutité brutale, et le corps recherche sa voix, comme une plie remontant l'estuaire.

De nouveau râles, escaliers d'eau jusqu'au larynx, éclaboussures, aspersion lustrale, sourd la plainte puis le chant long, le chant lent de la voix femelle luxuriante enveloppe l'accouplement, en suit le rythme et les figures, s'exhale en oxygène, dans la chambre et le noir, torsade tumescente de « forte » restés suspendus.

Soufflerie souffreteuse ou solennelle du temps d'amour, soufrière de quelle attente, fièvre des staccato.

Silence rempart autour de la fortification du plaisir, et de sa digraphie.

Création chaque nuit. Or broché du silence.

TROISIÈME PARTIE

LES VOIX ENSEVELIES

« *Sur ce, me voici en la mémoire, en ses terrains, en ses vastes entrepôts* »...
Saint Augustin
Confessions, X. 8.

« *Quasi una fantasia...* »
Ludwig van Beethoven
opus 27
sonates 1 et 2.

PREMIER MOUVEMENT

LES DEUX INCONNUS

Deux étrangers se sont approchés de moi au plus près, jusqu'à me sembler, durant quelques secondes, de mon sang : ce ne fut ni au cours d'un échange d'idées, ni dans un dialogue de respect ou d'amitié. Deux inconnus m'ont frôlée, chaque fois dans l'éclat d'un cri, peu importe que ce fût l'un ou l'autre, ou que ce fût moi qui le poussai.

J'ai dix-sept ans. Ce matin-là, il fait soleil sur la ville bourdonnante. Je surgis dans une rue qui dégringole jusqu'à l'horizon; partout, au bout des artères comme au fond des venelles, c'est la mer qui attend, spectatrice. Je me précipite.

Après une querelle banale d'amoureux que je transforme en défi, que je lance en révolte dans l'espace, une secrète déchirure s'étire, la première... Mes yeux cherchent au loin; une poussée étrange propulse mon corps, je crois tout quitter, je cours, je désire m'envoler. Il fait soleil sur la ville bourdonnante, la ville des autres...

Fièvre, impatience, délire d'absolu; je dévale la rue. Alors que je n'ai rien formulé, sans doute rien projeté, sinon cet élan dans sa pureté seule, mon corps se jette sous un tramway qui a débouché dans un virage brusque de l'avenue.

Suis-je dans un quartier du port ? Quand je m'anéantis dans cet envol vers la mer, cette plongée dans l'oubli, une image ultime se dresse : des mâts de navire, entr'aperçus comme dans une immense aquarelle, trouant l'azur. Juste avant le noir, la double raie des rails au sol devient mon lit.

Lorsqu'on me releva, quelques minutes plus tard, de l'ombre de la tragédie d'où lentement je resurgis, j'entendis, dans le brouhaha de la foule des badauds assemblés, une voix isolée, celle du conducteur qui avait pu freiner de justesse la machine. Dans le vide délavé de cette nouvelle naissance, un détail prit une importance exceptionnelle. Me frappa l'accent de « petit Blanc » de l'homme qui, bouleversé, répétait :

— Ma main en tremble encore, regardez ! et il cria.

Il redit la phrase, la clamant presque, et sa voix derechef vibra. J'ai ouvert grand les yeux. Encore étendue sur la chaussée, j'ai aperçu la masse de l'homme, puis son visage penché vers moi : la foule avait dû le laisser s'avancer pour qu'il se rassure. Sans doute scruta-t-il la jeune fille gisante, mais vivante.

Depuis, j'ai tout oublié de l'inconnu, mais le timbre de sa voix, au creux de cette houle, résonne encore en moi. Émoi définitivement présent :

— Ma main en tremble encore, disait-il, regardez !

Aux témoins agglutinés, il devait montrer sa main qui, en domptant la vitesse du tramway, me sauva.

On sortit la jeune fille de dessous la machine ; l'ambulance transporta son corps à peine contusionné jusqu'à l'hôpital le plus proche. Plutôt étonnée elle-même, comme somnolente d'être allée, elle le pensa emphatiquement, « jusqu'au bout » — au bout de quoi, tout au plus de l'adolescence qui vrille. Elle se réveilla donc à la voix du conducteur de tramway, sombra ensuite dans le marasme des jours incertains, reprit enfin le cours de l'histoire d'amour. Ne parla à personne de sa chute — crise de lyrisme ou de révolte sans objet. Découvrit-elle seulement le désespoir ?

Seul cet accent des quartiers populaires européens de la ville, ce parler qui avait fait la voix du conducteur plus présente lui resta tellement proche : parure de la mort dont l'aile traîne, un instant, sur le sol.

Longue histoire d'amour convulsif ; trop longue. Quinze années s'écoulent, peu importe l'anecdote. Les années d'engorgement se bousculent, le bonheur se vit plat et compact. Longue durée de la plénitude ; trop longue.

Deux, trois années suivirent ; le malheur se vit plat et compact, failles du temps aride que le silence hachure...

Une femme sort seule, une nuit, dans Paris. Pour marcher, pour comprendre... Chercher les mots pour ne plus rêver, pour ne plus attendre.

Rue Richelieu, dix heures, onze heures du soir ; la nuit d'automne est humide. Comprendre... Où aboutir au bout du tunnel de silence intérieur ? A force d'avancer, de sentir la nervosité des jambes, le balancement des hanches, la légèreté du corps en mouvement, la vie s'éclaire et les murs, tous les murs, disparaissent...

Quelqu'un, un inconnu, marche depuis un moment derrière moi. J'entends le pas. Qu'importe ? Je suis seule. Je me sens bien seule, je me perçois complète, intacte, comment dire, « au commencement », mais de quoi, au moins de cette pérégrination. L'espace est nu, la rue longue et déserte m'appartient, ma démarche libre laisse monter le rythme mien, sous le regard des pierres.

Tandis que la solitude de ces derniers mois se dissout dans l'éclat des teintes froides du paysage nocturne, soudain la voix explose. Libère en flux toutes les scories du passé. Quelle voix, est-ce ma voix, je la reconnais à peine.

Comme un magma, un tourteau sonore, un poussier m'encombre d'abord le palais, puis s'écoule en fleuve rêche, hors de ma bouche et, pour ainsi dire, me devance.

Un long, un unique et interminable pleur informe, un précipité agglutiné dans le corps même de ma voix d'autrefois, de mon organe gelé ; cette coulée s'exhale, glu anonyme, traînée de décombres non identifiés... Je perçois, en témoin quasi indifférent, cette écharpe écœurante de sons : mélasse de râles morts, guano de hoquets et de suffocations, senteurs d'azote de quel cadavre asphyxié en moi et pourrissant. La voix, ma voix (ou plutôt ce qui sort de ma bouche ouverte, bâillant comme pour vomir ou chanter quelque opéra funèbre) ne peut s'interrompre. Peut-être faut-il lever le bras, mettre la main devant la face, suspendre ainsi la perte de ce sang invisible ?

Amoindrir au moins l'intensité ! Les étrangers, derrière leurs murs, se recueillent et je ne suis, moi, qu'une exilée errante, échappée d'autres rivages où les femmes se meuvent fantômes blancs, formes ensevelies à la verticale, justement pour ne pas faire ce que je fais là maintenant, pour ne pas hurler ainsi continûment : son de barbare, son de sauvage, résidu macabre d'un autre siècle !... Atténuer quelque peu ce râle, le scander en mélopée inopportune. Incantation dans l'exil qui s'étire.

La rue Richelieu se déroule longue, étroite, désertée. Parvenir au bout et arrêter mon pas ; du même coup couper cette voix de l'étrange, ce lamento qui m'appartient malgré moi.

Derrière, l'inconnu que j'ai oublié suit toujours ; ralentit quand je ralentis, et, lorsque ma voix oppressée va pour s'adoucir, ou mourir :

— Je vous en prie, madame, ne criez pas comme cela ! proteste-t-il.

Le cri s'est arrêté net. Dans le halo d'un réverbère, je me retourne, le visage figé : que croit cet importun, que je souffre ?

— Laissez-moi seule, s'il vous plaît !

J'ai parlé d'un ton presque doux, étonnée de l'émotion qu'a manifestée l'inconnu. Je ne me souviens plus de son visage, à peine de sa silhouette, mais sa voix, dans l'urgence de sa demande, me parvient encore aujourd'hui, chaude, avec une vibration qui en fait palpiter le grain imperceptiblement. Son émoi a dérivé parce que, dit-il, « je crie ». Est-ce là que finit le bourdonnement souterrain de ma révolte entravée ?... La réaction de cet inconnu, je la perçois soudain en révélateur, je la reçois en couverture tendue. Aucune écoute ne peut plus m'écharner.

— S'il vous plaît ! répété-je plus bas.

Je recule instinctivement. Une lueur gicle sur la silhouette longue, sur le regard brillant de l'homme qui me dévisage. Je baisse les yeux. Il s'éloigne. Deux corps à peine tendus, proches une seconde l'un de l'autre, dans le bouleversement fugace d'une tristesse entrecroisée. Rêve d'enlacement.

D'avoir entendu l'homme supplier, tel un ami, tel un amant, m'exhuma peu après de l'enfouissement. Je me libérai de l'amour vorace et de sa nécrose. Rire, danser, marcher chaque jour. Seul le soleil peut me manquer.

Deux messagers se dressent donc à l'entrée et à la sortie d'une histoire d'amour obscure. Aucun étranger ne m'aura, de si près, touchée.

VOIX

Mon frère aîné, Abdelkader, était monté au maquis, cela faisait quelque temps déjà. La France arriva jusqu'à nous, nous habitions à la zaouia Sidi M'hamed Aberkane... La France est venue et elle nous a brûlés. Nous sommes restés tels quels, parmi les pierres noircies...

Le second de mes frères, Ahmed, partit à son tour. J'avais treize ans. De nouveau, les soldats revinrent ; de nouveau, ils nous brûlèrent. La population nous aida à reconstruire. Le temps passa ; une année peut-être.

Puis les soldats eurent un accrochage avec des maquisards, sur la route qui traversait la forêt voisine. Ils firent irruption chez nous, le même jour. Ils cherchaient « la preuve » et ils la trouvèrent : nous gardions en effet quelques vêtements des Frères, et même des balles. Ils emmenèrent ma mère, ainsi que la femme de mon frère. Ils nous brûlèrent la maison une troisième fois.

Alors les Frères sont venus, le soir même. Ils nous conduisirent plus haut, vers Sidi bou Amrane. Nous parvînmes dans le douar, avant l'aube. Les maquisards nous cherchaient un logis et nous tous, nous les suivions : les femmes, mon vieux père, mes petits frères.

Le peuple de là-bas ne nous accepta pas tout d'abord :

— Les soldats vont venir nous brûler à notre tour ! Que ceux-ci ne restent pas chez nous ! La zaouia a brûlé ; notre douar aussi va brûler !

Ils protestèrent longtemps. Mais Si Slimane et Si Hamid (Si Boualem avait été arrêté) tinrent bon :

— Ces gens entreront parmi vous ! Tant pis !... Certains d'entre vous ont-ils peur des conséquences ? Qu'ils aillent se rendre à l'ennemi, s'ils préfèrent... Ces gens resteront là !

Nous nous sommes donc installés là. Nous avons gardé le contact avec les Frères. Tous, nous avons travaillé. De nouveau, la France est montée et a tout brûlé. C'est alors que le fils de Hamoud s'est rendu.

La France décida de faire descendre tout le peuple jusqu'à la plaine. Nous, nous sommes restés sur place, avec notre mère qui avait été libérée. Mon frère Ahmed, que Dieu ait son âme, partit de nuit pour nous chercher un autre abri.

Il n'eut pas le temps de revenir et de nous guider. Peu avant l'aube, l'ennemi nous encerclait. Ils proclamèrent :

— Vous descendrez de force, comme les autres !

Quand des hommes s'approchèrent pour me forcer à me lever :

— Je n'irai pas ! criai-je.

Un soldat me prit par le bras, un second par l'autre ; moi, je continuai de crier. Ils m'ont sortie ainsi de la maison.

Ils nous ont donc emmenés. Sur le trajet, il fallait franchir un oued. Or, il avait plu la veille. L'eau tourbillonnait dans le torrent. Un homme souleva ma jeune sœur pour traverser. Elle se débattit de toutes ses forces :

— Ne me porte pas !

L'homme était un goumier.

— Comment cela, nous vous aidons ! s'exclama-t-il, car il croyait rendre service.

J'intervins :

— Elle t'a dit de ne pas la toucher, ne la touche pas !

Nous voici ensuite au village, à Marceau. Ils nous ont installés dans une sorte de réduit : ciment sur ciment, des murs aussi gris que le sol... Nous avons dû passer la nuit là, dans le froid et l'urine des enfants.

Le matin, une vieille qui semblait habiter tout près vint jusqu'à la porte pour nous prévenir :

— Moi, je vais travailler aux champs ! chuchota-t-elle. Demandez à sortir, ne restez pas ici !

Nous sommes sortis. Ils nous ont regroupés, femmes et enfants d'un côté, les quelques vieux de l'autre. Ils nous conduisirent aux abords du village où ils nous installèrent des tentes. Là, pensaient-ils, ils nous surveilleraient mieux.

Quelques jours passèrent. Nous guettions la garde, nous repérions l'espacement des rondes. Il nous fallait bien, pour subsister, aller et venir pour de menus travaux. Quelques femmes allaient glaner, mais sur la lisière. Les bébés pleuraient chaque jour. Le peu de bétail et de poules fut vite égorgé.

Ceux de la montagne me firent parvenir un message :

« Toi, avec l'une de tes sœurs, reviens ; nous avons besoin de toi, là-haut ! » J'ai presque dansé de joie ; je serrais les lèvres pour retenir les « youyou ».

Car j'appris aussi que mon jeune frère se cachait non loin de là. Je réussis à m'éclipser; toute une journée, je cherchai comment me guider, mais je ne retrouvais plus la route. Je dus revenir au soir, épuisée, décidée à repartir, à chercher encore... Deux jours après, je repartis : en vain encore, cette fois. A mon retour, je me trouvai face à ma mère en pleurs : elle sécha en silence son visage en larmes, mais ne me questionna pas.

La troisième fois, j'eus enfin le contact. Ma sœur, plus jeune que moi d'un an, m'accompagnait. Mais je me ravisai :

— Toi, retourne ! Tu dois retourner !

Je me dis soudain que ma mère allait demeurer seule, avec les tout petits. Qui l'aiderait ?... Je ne compris cela qu'à ce moment du vrai départ. Ma sœur m'obéit de mauvais gré. Peut-être m'en voulut-elle par la suite.

J'arrivai, après une marche de plusieurs heures avec le guide, chez les maquisards. Mon frère Ahmed se trouvait parmi eux. Il m'enlaça et il me dit exactement ces mots :

— Ô ma sœur, puisque je te vois, toi, ma sœur, c'est comme si je voyais ma mère !

Je me mis à pleurer, je ne sais pourquoi. Je le touchai, heureuse de le sentir en bonne forme, mais je pleurais...

Nous sommes dès lors restés ensemble, Ahmed et moi. Il y avait, dans ce groupe de maquisards, d'autres filles un peu plus âgées que moi ; deux de Cherchell, Nacéra et Malika, et quelques autres des environs.

Quelque temps après, l'un des maquisards se rendit. Il nous ramena l'ennemi. Pas la première nuit, mais la seconde. Les soldats nous encerclèrent à l'aube.

Hélas ! nos veilleurs s'étaient endormis, je ne sais comment. Cette même nuit, mon frère Ahmed et un autre étaient partis rapporter du ravitaillement. En revenant, ils se rendirent compte de l'approche ennemie. Les voilà qui se précipitent en courant et qui crient :

— Sortez ! Sortez vite !

A peine quittions-nous nos abris que les coups de feu s'échangèrent. Ce matin-là, je me sentais très fatiguée : je n'ai pu courir aussitôt ; mes jambes étaient comme paralysées, peut-être parce que c'était pour moi la première alerte...

— Cours, mais cours donc ! s'exclamait mon frère derrière, qui me poussait presque.

— Je ne peux pas ! Cours en avant toi le premier ! Va devant !

— Cours, ma sœur ! suppliait-il en s'en allant et j'ai encore l'accent de sa voix dans l'oreille. S'ils te tiennent, ils te tortureront !

Il courait devant moi quand il est tombé : une balle l'atteignit à l'oreille. Il est tombé devant moi... Il est tombé sur la face et, dans sa chute, il a même renversé un garçon qui s'est blessé sur la pierre. Mais le garçon s'est relevé.

Lui et moi, nous avons repris la course ; je suivais l'enfant, je connaissais mal encore la région. Les balles volaient autour de nous, notre fuite dura longtemps, je ne voyais que l'enfant devant moi... Puis je me suis retrouvée seule ; je continuai le long d'un oued, jusque vers un bois, audelà des collines. Je me rendis compte alors du silence autour : je m'arrêtai.

Je cherchai à me situer. De là où je me trouvais, j'apercevais quelques cabanes. Je me dis : « Cela doit être Trékech. » Je savais que, dans ce douar, les hommes étaient avec la France. Je pris une autre direction, traversai un champ. Je m'abritai dans un bosquet. J'entendis au loin comme un bruit d'avion. Je me recroquevillai et ne bougeai plus de mon trou.

De part et d'autre, un peu au-delà, deux routes se croisaient. Je vis un moment quelques uniformes ; ils disparurent. La toux me prit soudain. J'eus peur qu'on ne me surprît. J'arrachai des feuilles d'un chêne (on dit que c'est bon pour la toux), je les mâchai en silence. Je ne bougeais toujours pas, je dus même m'assoupir.

La nuit arriva. Éveillée et angoissée, j'entendis un chacal. Le chacal criait... Je sortis, me mis à marcher jusqu'à l'une des deux routes, très prudemment. Au loin, j'apercevais le feu d'un incendie, puis, dans un pré désert, deux ou trois vaches abandonnées. Je me réchauffai un instant près d'elles, puis j'eus peur que quelqu'un ne vienne pour les bêtes et ne me dénonce. J'ai préféré continuer le long de la route... D'autres bêtes, plus loin, semblaient avoir fui un autre incendie... Comme j'avais froid ! C'était une nuit d'hiver : il ne pleuvait pas, mais il restait de la neige dans les fossés, en plaques irrégulières sur les pierres.

Que faire ? Dormir par terre, malgré le froid ? Mais je serais à la merci des sangliers et des chacals. Grimper sur un arbre ? Je craignais, en m'endormant, de tomber... Finalement, je trouvai un chêne robuste, au tronc puissant. Je m'installai là, m'agrippai à une branche. Je parvins à rester ainsi à demi endormie, jusqu'au matin. Je me suis fiée à la protection de Dieu !

Le jour suivant, je me cachai jusqu'au nouveau crépuscule. Les combats qui avaient repris se continuaient un peu plus loin. Il me semblait être devenue un fantôme, j'entendais les gens s'agiter comme dans un autre monde !

J'eus peur que n'arrivent les hélicoptères et

qu'ils ne me surprennent. Tout cessa peu à peu ; la guerre s'éloigna tel un songe.

Je dus m'endormir d'un coup, de fatigue. Avant la fin de la nuit, peu avant l'aube, j'aperçus des chèvres qui sortaient en file, avec un berger derrière, tranquille, comme si rien ne s'était passé, comme si j'avais rêvé cette longue poursuite. « Mon frère, mon frère Ahmed ? » me dis-je avec angoisse.

Je sautai de mon arbre. Le berger s'arrêta, fit un signe derrière lui. Quatre hommes surgirent au loin, qui me parurent des maquisards ; un cinquième, en arrière, me fit des gestes. Je me dis :

« J'ai assez perdu de temps ! Je vais aller voir où est tombé mon frère ! »

Les hommes m'appelaient, une voix cria mon nom. Mais je courais déjà droit devant moi, en me répétant : « Je vais aller voir où est tombé mon frère ! »

— C'est ton frère, ton frère Abdelkader ! s'exclama quelqu'un dans ma direction.

Je compris que c'était mon autre frère, mais moi, je voulais voir mon cadet, celui qui était tombé... Je m'élançai, je courais le plus vite possible. Dieu voulut que je me repère aussitôt et que je trouve l'endroit la première.

Ahmed était là, couché : l'ennemi l'avait dépouillé de ses papiers, des photos qu'il portait sur lui. On lui avait enlevé ses meilleurs habits. De son uniforme de maquisard, ne restait que son pantalon. Sa vieille chemise en laine, déchirée, était toute maculée de sang...

Je vis l'oued pas très loin. Je tentai de le porter ; je ne pus que le traîner, ses pieds sans bottillons laissant un sillon derrière lui... Je voulais le laver, lui mouiller au moins le visage. J'ai pris de l'eau dans mes paumes : j'ai commencé à l'en asperger, comme pour des ablutions, sans me rendre compte qu'en même temps je pleurais, je sanglotais...

Derrière, mon frère aîné Abdelkader s'approcha, et dit soudain aux autres, d'une voix coléreuse :

— Mais pourquoi lui avoir montré le corps ? Ne voyez-vous pas que c'est une enfant ?

— Il est tombé devant moi ! dis-je en me retournant d'un coup. Devant moi !

Et ma voix chavira.

CLAMEUR...

Les longs cheveux jaunâtres de la fillette ont dû virer d'un coup au rouge flamboyant, autrefois. Les commères soupçonneuses avaient qualifié ses yeux verts de « yeux de chatte rôdeuse ». Larges yeux verts aux prunelles tachetées d'or... Comme la mère avait été fière de celle qui lui était venue après trois garçons !

C'est elle, la bergère de treize ans, la première fille des Amroune, elle que les cousins, les voisins, les alliés, les oncles paternels accusent de se prendre pour un quatrième mâle, en fuyant le douar et les soldats français, au lieu de se terrer comme les autres femelles ! Elle a donc erré, elle s'est accrochée aux arbres durant la poursuite interminable.

La voici orpheline du frère tombé, dans cette aube de l'été immobile; nouvelle Antigone pour l'adolescent étendu sur l'herbe, elle palpe, de ses doigts rougis au henné, le cadavre à demi dénudé.

L'oued, pas tout à fait à sec, circule dans un creux de ronces et de mousses parfumées. En contrebas, la source fait entendre son bruissement. A quelques pas, en un cercle irrégulier, quatre hommes circonspects sont tournés vers un cinquième, plus trapu, raidi dans son uniforme : c'est le second frère Amroune. Il halète, il esquisse un geste vers la fille.

Le cadavre dort, face contre terre... La fillette l'a traîné elle-même, peu avant l'arrivée des hommes. Croyant l'amener jusqu'à la source, elle a fait halte à la première dénivellation... Le visage éclaboussé d'eau ne s'est pas réveillé : elle l'a posé de profil contre une pierre.

Ensuite elle s'est tournée, pour protester, ou se convaincre.

— Mais il est tombé devant moi ! devant moi !

Elle a répété sa plainte, la deuxième fois sur un mode plus aigu. Son accent se déchire, comme si elle dépliait derrière elle le linceul.

Elle a caressé lentement la face morte; elle l'a reposée contre la pierre du ruisseau. Elle s'est redressée.

Tout alors a fait silence : la nature, les arbres, les oiseaux (scansion d'un merle proche qui s'envole). Le vent, dont on devinait la brise à ras du sol, s'asphyxie; les cinq hommes se voient devenir témoins inutiles, dans le gel de l'attente. Elle seule...

Bergère sortie des franges du songe et de son poudroiement, elle se sent habitée d'une gravité acérée, telle une faux en suspens dans l'étincellement de l'attente.

Elle a entonné un long premier cri, la fillette. Son corps se relève, tache plus claire dans la clarté aveugle; la voix jaillit, hésitante aux premières notes, une voile à peine dépliée qui frémirait, au bas d'un mât de misaine. Puis le vol démarre précautionneusement, la voix prend du corps dans l'espace, quelle voix ? Celle de la mère que les soldats ont torturée sans qu'elle gémisse, des sœurs trop jeunes, parquées mais porteuses de l'angoisse aux yeux fous, la voix des vieilles du douar qui, bouches béantes, mains décharnées, paumes en avant, font face à l'horreur du glas qui approche ? Quel murmure inextinguible, quelle clameur ample, grenelée de stridence ?... Est-ce la voix de la fillette aux doigts rougis de henné et de sang fraternel ?

Le sang qui fuse a fait reculer, d'un même pas, les maquisards derrière. Ils savent quoi accompagner désormais : le hululement rythmé des morts non ensevelis qui reviennent, l'appel des lionnes disparues, que nul chasseur n'a atteintes... Le thrène de l'informe révolte dessine son arabesque dans l'azur.

La complainte se fait houle : soubresauts suivis d'un frémissement; un ruisseau d'absence creuse l'air. Des barbelés se tendent au-dessus de supplices invisibles... Le corps de la fillette de treize ans se meut alors par soudaine nécessité, va et vient pour scander la douleur; la bergère prend connaissance du cercle rituel. Du premier cercle autour du premier mort...

Au-dessus de l'abîme, les hommes rivés la regardent : faire face à la durée du cri qui tangue, tel le balancement d'un drap de sang s'égouttant au soleil. Le cadavre, lui, s'en enveloppe, semble retrouver sa mémoire : miasmes, odeurs, gargouillis. Il s'inonde de touffeur sonore. La vibration de la stridulation, le rythme de la déclamation langent ses chairs pour parer à leur décomposition. Voix-cuirasse qui enveloppe le gisant contre la terre, qui lui redonne regard au bord de la fosse...

Épuisé, le cri revient en peau qui se ratatine sur le sol. Il déserte la fillette qui se dresse, interrogative. Elle ne paraît pas prostrée; peut-être est-elle plus forte.

Raidi dans son uniforme, le maquisard s'approche; enlace sa sœur, lui frôle les cheveux.

Elle s'appelle Chérifa. Quand elle entame le récit, vingt ans après, elle n'évoque ni l'inhumation, ni un autre ensevelissement pour le frère gisant dans la rivière.

L'APHASIE AMOUREUSE

J'ai passé chacun de mes étés d'enfance dans la vieille cité maritime, encombrée de ruines romaines qui attirent les touristes. Jeunes filles et femmes de la famille, des maisons voisines et alliées, rendent régulièrement visite à quelque sanctuaire... Des groupes piailleurs se répandent, dès lors, dans la campagne proche.

Un ou deux garçonnets font office de guetteurs vigilants, tandis que nous, les fillettes, nous nous mêlons aux parentes voilées. Soudain, c'est l'alarme :

— Un homme approche !

Sous le figuier ou l'olivier, ou contre le bosquet de lentisques, les voiles qui ont glissé sur l'épaule sont remontés vivement sur les chevelures. L'une se réemmitoufle, alors qu'elle arborait ses bijoux sur sa poitrine découverte, une autre se relève et veut voir sans être vue, une troisième étouffe ses rires, agacée à chaque approche d'un mâle.

Le danger se révèle quelquefois sans fondement :

— Voyons, remarque l'une, c'est un Français !

La pudeur habituelle n'est plus nécessaire. Le passant, puisqu'il est Français, Européen, chrétien, s'il regarde, a-t-il vraiment un regard ? Face à elles, qui ont mission, leur vie entière, de préserver leur image, de considérer ce devoir comme le legs le plus sacré, face à elles toutes, mes tantes, mes cousines, mes semblables, l'étranger, en s'arrêtant, en les dévisageant, les voit-il lorsqu'il croit les surprendre ? Non, il s'imagine les voir...

« Le pauvre », commente l'une, quand l'inconnu, tout près, a levé les yeux, a aperçu l'éclat de jais d'une tresse trop longue, la lueur d'yeux fardés et moqueurs :

— Le pauvre, il s'est troublé !

Car il ne sait pas. Son regard, de l'autre côté de la haie, au-delà de l'interdit, ne peut toucher. Aucune stratégie de séduction ne risque de s'exercer ; dès lors, pour ces promeneuses d'un entracte furtif, pourquoi se cacher ?

Ainsi de la parole française pour moi. La langue étrangère me servait, dès l'enfance, d'embrasure pour le spectacle du monde et de ses richesses. Voici qu'en certaines circonstances, elle devenait dard pointé sur ma personne. Qu'un homme se hasardât à qualifier, tout haut et devant moi, mes yeux, mon rire ou mes mains, qu'il me nommât ainsi et que je l'entendisse, apparaissait le risque d'être désarçonnée ; je n'avais d'abord hâte que de le masquer. Faire sentir par un sursaut, une raideur soudaine, une fermeture du regard, qu'il y avait maldonne, plus, intrusion. Le jeu du compliment banal ou galant ne pouvait se dérouler parce que sans prise.

Dans un second mouvement, je souffrais de l'équivoque : me préserver de la flatterie, ou faire sentir qu'elle tombait dans le vide, ne relevait ni de la vertu, ni de la réserve pudibonde. Je découvrais que j'étais, moi aussi, femme voilée, moins déguisée qu'anonyme. Mon corps, pourtant pareil à celui d'une jeune Occidentale, je l'avais cru, malgré l'évidence, invisible ; je souffrais que cette illusion ne se révélât point partagée.

Le commentaire, anodin ou respectueux, véhiculé par la langue étrangère, traversait une zone neutralisante de silence... Comment avouer à l'étranger, adopté quelquefois en camarade ou en allié, que les mots ainsi chargés se désamorçaient d'eux-mêmes, ne m'atteignaient pas de par leur nature même, et qu'il ne s'agissait dans ce cas ni de moi, ni de lui ? Verbe englouti, avant toute destination...

Je redevenais à ma façon une Vestale égarée dans un dehors dépouillé de magie. Invisible, je ne percevais, du discours flatteur, que le ton, quelquefois le don. Ma réponse s'atténuait d'une indulgence vers ce que je jugeais à cette époque, dans mon expérience limitée et naïve, comme un défaut propre à l'éducation européenne : la prolixité verbale, la logorrhée si peu discrète dans ces préambules de la séduction. Sûre pour ma part, et tout à fait *a priori*, que la surabondance du dire amoureux survient en couronnement, en feu d'artifice pour la fête qui scelle la double jouissance et le rassasiement.

Je ne m'apercevais pas que ma présomption signifiait une reprise du voile symbolique. Ayant dépassé l'âge pubère sans m'être immergée, à l'instar de mes cousines, dans le harem, demeurant, lors d'une adolescence rêveuse, sur ses marges, ni en dehors tout à fait, ni en son cœur, je parlais, j'étudiais donc le français, et mon corps, durant cette formation, s'occidentalisait à sa manière.

Dans les cérémonies familiales les plus ordinaires, j'éprouvais du mal à m'asseoir en tailleur : la posture ne signifiait plus se mêler aux autres femmes pour partager leur chaleur, tout au plus s'accroupir, d'ailleurs malcommodément.

Fêtes nocturnes sur les terrasses d'où, parquées en peuple d'invisibles, nous regardions l'orchestre andalou avec son ténor vénérable. Celui-ci trônait au milieu des hommes parés de leurs atours et qui se savaient observés par les femmes plongées dans le noir. Elles rythmaient la rencontre par leurs clameurs vrillées qui s'élançaient en gerbes. Ce cri ancestral de déchirement — que la glotte fait vibrer de spasmes allègres — ne sortait du fond de ma gorge que peu harmonieusement. Au lieu de fuser hors de moi, il me déchirait. Je préférais écouter la longue vocifération de ma mère, mi-roucoulement, mi-hululement qui se fondait d'abord dans le chœur profus, puis le terminait en une vocalise triomphale, en long solo de soprano.

De l'agglutinement de ces formes tassées, mon corps de jeune fille, imperceptiblement, se sépare. A la danse des convulsions collectives, il participe encore, mais dès le lendemain, il connaît la joie plus pure de s'élancer au milieu d'un stade ensoleillé, dans des compétitions d'athlétisme ou de basket-ball. Ce corps n'est cependant pas encore armé pour affronter les mots des autres.

Dans cette communication avec le sexe doublement opposé, puisque du clan opposé, a pu me toucher, quelquefois, la réserve d'un soupirant venu d'ailleurs. Seule éloquence possible, seule arme qui pouvait m'atteindre : le silence, non pas tant par respect ou par timidité, de celui qui risquait, à tout moment, de se déclarer ; le silence, parce qu'ainsi seulement il se déclare. Entre l'homme et moi, un refus de langue se coagulait, devenait point de départ et point d'arrivée à la fois.

A dire vrai, quand au XVIIe siècle, le chevalier d'Aranda, esclave à Alger pendant deux années, remarquait à propos des Algériennes d'alors :

« Les femmes ne sont pas scrupuleuses devant les esclaves chrétiens, car elles disent qu'ils sont aveugles », je ne me cache pas que, d'une illusion identique, l'effet aurait pu être exactement l'inverse; que, devant le regard ou le mot de l'homme-tabou, la femme dévoilée éprouve sans doute jouissance avivée de se rendre nue, vulnérable, conquise... Justement « conquise ». Les femmes qu'a connues d'Aranda acceptaient l'amour d'un étranger « aveugle » peut-être, mais en tout cas esclave.

Je vivais, moi, dans une époque où, depuis plus d'un siècle, le dernier des hommes de la société dominante s'imaginait maître, face à nous. Lui était alors ôtée toute chance d'endosser, devant nos yeux féminins, l'habit du séducteur. Après tout Lucifer lui-même partage avec Ève un royaume identique.

Jamais le harem, c'est-à-dire l'interdit, qu'il soit d'habitation ou de symbole, parce qu'il empêcha le métissage de deux mondes opposés, jamais le harem ne joua mieux son rôle de garde-fou; comme si les miens décimés, puis déracinés, comme si mes frères et par là mes geôliers, avaient risqué une perte de leur identité : étrange déréliction qui fit dériver jusqu'à leur figure sexuelle...

Cette impossibilité en amour, la mémoire de la conquête la renforça. Lorsque, enfant, je fréquentai l'école, les mots français commençaient à peine à attaquer ce rempart. J'héritai de cette étanchéité; dès mon adolescence, j'expérimentai une sorte d'aphasie amoureuse : les mots écrits, les mots appris, faisaient retrait devant moi, dès que tentait de s'exprimer le moindre élan de mon cœur.

Lorsqu'un homme de ma langue d'origine pouvait, me parlant en français, se permettre une approche, les mots se transformaient en un masque que, dans les préliminaires du jeu esquissé, l'interlocuteur se résignait à prendre. C'était lui, en somme, qui se voilait, pour oser avancer vers ma personne.

Si je désirais soudain, par caprice, diminuer la distance entre l'homme et moi, il ne m'était pas nécessaire de montrer, par quelque mimique, mon affabilité. Il suffisait d'opérer le passage à la langue maternelle : revenir, pour un détail, au son de l'enfance, c'était envisager que sûrement la camaraderie complice, peut-être l'amitié, et pourquoi pas, par miracle, l'amour pouvait surgir entre nous comme risque mutuel de connaissance.

S'agit-il d'ami ou d'amoureux issu de ma terre, expulsé d'une enfance identique, langé des mêmes bruits originels, oint par la même chaleur des aïeules, écorché à l'identique arête de la frustration des cousins, des voisins, des ennemis intimes, plongé encore dans le même jardin des interdits, dans le même enfouissement de la léthargie, oui s'agit-il pour moi de frères ou de frères-amants, je peux enfin parler, partager des litotes, entrecroiser des allusions de tons et d'accents, laisser les courbures, les chuintements de la prononciation présager des étreintes... Enfin, la voix renvoie à la voix et le corps peut s'approcher du corps.

VOIX

Abdelkader et les maquisards se mirent à me réprimander :

— Ton frère Ahmed est mort en martyr ! Bienheureux si nous finissons comme lui !

Ils m'emmenèrent. Je retrouvai les autres filles. Elles me proposèrent :

— Reste avec nous ici !

— Non, répondis-je. Où va mon frère, je vais !

Nous sommes partis de là. A Bou Harb, nous avons rencontré Nourredine. Ce chef leur dit, en me désignant :

— Qu'elle mette une kachabia ! Qu'elle n'aille pas ainsi, avec les soldats !

Nous avons rencontré Abdelkrim, un commissaire politique. Nous sommes restés avec lui, environ trois mois. Puis nous sommes allés à Bou Athmane où j'ai retrouvé deux filles : la compagnie des Frères allait et venait ; nous nous sommes mises, toutes les trois, à nous occuper de la nourriture. Finalement, on m'a envoyée, moi, la plus jeune, à l'hôpital du maquis pour y être utile.

Là, j'ai connu Ferhat, le médecin.

— Tu vas apprendre à donner les premiers soins aux blessés, me dit-il.

Je restai avec lui et ses malades ; j'ai appris à faire des piqûres (or maintenant, je ne peux plus à cause de ma santé : mes mains tremblent).

Je passai la première nuit dans la salle commune. Au matin, un blessé, tout fiévreux, se réveilla et m'aperçut : j'avais alors les cheveux très longs, je les avais répandus sur mes épaules pour les peigner. Alors celui qui délirait s'écria :

— Regardez ! C'est une ogresse !

Et les autres de rire... Je restai donc parmi eux. Plusieurs infirmiers arrivèrent ensuite. Moi, je lavais les malades et leur linge ; je commençais à faire les piqûres. Je vécus là toute une année.

A la fin, brusquement, je n'eus plus envie de rester. Mon frère aîné vint une seule fois me voir. Les autres s'étaient mis à me dire :

— Pourquoi partir ? Personne ne sait aussi bien que toi s'occuper des blessés !

— Je ne reste plus ! répondis-je. Cela fait une année entière que je n'ai pas vu une femme, ni même un enfant ! Que des maquisards blessés ! Et mon frère m'a rendu visite une seule fois !

— Est-ce là la raison ? me demandèrent-ils.

— La seule raison, rétorquai-je, c'est Dieu ! C'est comme s'il m'avait mis soudain de l'ombre sur cet endroit !

J'aimais pourtant les malades. Je me disais même : « Si ma mère me voyait, comme elle serait fière ! Voilà, je suis laveuse de blessés ! » Une partie de l'hôpital était construite sous terre ; on y mettait les malades complètement immobilisés ; on aménageait des couches aux autres sous les branchages, dans la forêt.

Les chefs sont venus pour inspection, Slimane, Si Djelloul de Cherchell, Si Mahmoud (tous sont tombés ensuite en martyrs). Ils me dirent :

— Reste ! Tu fais bien ton travail, tu es bien là !

Et moi, je m'entêtais, je disais toujours non.
— Quelqu'un t'aurait-il dit quelque chose ? me demandèrent-ils. Ils sous-entendaient : « t'a manqué de respect ».
— Personne ne m'a dit quelque chose ! répondis-je. Mais je ne reste pas ! Mon cœur n'est plus là.
— Où veux-tu aller ?
— Où vous voulez m'envoyer, mais plus ici ! Je ne veux plus de cet endroit !
Ils m'ont donc changée de lieu d'affectation. Le jour de mon départ, les malades et moi, nous pleurions tous !
Ils m'ont conduite à l'hôpital de Mimoun, où Si Omar soignait. J'ai mis quelque temps à m'habituer. Or voilà que soudain, ils me disent :
— Tu te maries !
— Non, je ne me marie pas, répliquai-je. Même si vous voulez me tuer, allez-y, mais je ne me marie pas !
Ils ont eu beau faire ! Le médecin qui m'avait tout appris, avait protesté, pour moi et pour Omar :
— Ce sont comme des enfants ! Laissez-les tranquilles !
A la fin, paraît-il, ce médecin a quitté le maquis à cause de cet incident. Il n'a rien fait, il n'a pas trahi, mais il a préféré se constituer prisonnier !...
Dans cette histoire de mariage, ils pensaient me donner à un « chef » ! Un chef de Mouzaïa. J'ai persisté dans mon refus. Ils m'ont dit alors :
— Si ce n'est pas avec celui-ci, marie-toi avec un autre, celui que tu veux ! Choisis !
J'ai répondu :
— Est-ce pour le mariage que je suis venue chez vous ? Non, je ne me marierai avec personne ! Ces hommes sont tous mes frères !

Ils m'ont enfin laissée tranquille. Je suis restée à ce second hôpital. Une femme est venue, qui avait travaillé en ville, « dans les complots ». Elle arriva en compagnie de son mari. Pour le suivre, elle avait dit qu'elle savait coudre les uniformes, alors qu'elle ne savait pas vraiment... Mais nous sommes restées ensemble. Je passais la nuit avec elle. Par la suite, une autre arriva, mariée également.

Quelques mois plus tard, de Cherchell vinrent Si Djelloul et d'autres, ses adjoints. Ils dirent à mon sujet :

— Cette fille est de chez nous ! Nous ne la laisserons pas ici ! Nous la remettons dans notre secteur !

Ils avaient appris mon opposition au projet de mariage ; ils ne me dirent rien, mais ils m'ont ramenée vers Bou Hillal, avec des maquisards de ma région. Nous restions au poste. La nuit, les hommes s'installaient d'un côté ; les femmes, même celles qui avaient épousé des maquisards et qui ne portaient pas l'uniforme, restaient de l'autre... Je me souviens que l'une d'elles, la plus âgée, se prit d'affection pour moi. Je l'appelai « Djedda ».

Quelques mois plus tard, un maquisard trahit. A l'aube, les Français nous encerclèrent. Djedda et moi, nous nous étions levées les premières, pour faire les ablutions de la prière. J'entendis non loin parler français. Je m'étonnai :

— Qui parle français ?

La vieille me dit :

— Un maquisard, sans doute !

— Non, répondis-je, tu sais bien que c'est défendu maintenant de parler français.

Je me retournai pour épier quand j'aperçus les

soldats de la France. J'alertai aussitôt tout le monde :

— Les soldats ! Les soldats !

A peine avais-je commencé à courir et à crier que la fusillade commença. Un enfant (certaines des épouses avaient des enfants) venait de se lever et de sortir le premier, en trébuchant : une balle l'atteignit en plein front et l'étendit mort sur le sol devant moi. Le pauvre : du sommeil à la mort, en un seul pas ! Djedda et moi, nous nous mîmes à courir. Les autres femmes, qui ne s'habillaient pas en soldats, renoncèrent à fuir.

L'ennemi nous poursuivait. Je réussis à me cacher. Le soir et toute la nuit, je ne quittai pas ma cachette. Mais cette fois, l'ennemi resta sur place, même la nuit. Nous continuions à être encerclés. Ils ont fini par me trouver, recroquevillée parmi des figuiers de Barbarie !

Quand ils me sortirent, un commis, originaire de Ménacer, leur rapporta (je ne le connaissais pas, mais il jouait de la musique dans les mariages, me dirent les autres, par la suite) :

— Celle-là, c'est la sœur des Amroune ! Un de ses frères est mort au combat, l'autre est toujours maquisard !

Ils me demandèrent si c'était vrai. J'acquiesçai.

— Où est ton frère vivant ?

— Je ne l'ai pas vu !

Comme j'étais habillée en maquisarde, un officier leur ordonna :

— Fouillez-la ! Elle peut cacher une arme !

Le Français dit cela, mais le goumier qui me surveillait répondit :

— Non, si elle cache quelque chose, tant pis !... Si elle veut tuer, qu'elle tue !

Un autre goumier s'approcha et m'accusa :

— Je te reconnais ! J'étais présent quand toi,

ton frère et Arbouz, vous avez tué vingt-huit personnes ! Vous tuez vos semblables ! C'est pourquoi je vous ai quittés et je me suis rendu !

— Traître parmi les traîtres, lui rétorquai-je, tu oses parler ainsi ! C'est toi qui tues et qui égorges les tiens, puis qui vas trahir ! Nous, nous ne nous tuons pas entre nous !... C'est toi qui vas vendre les tiens, toi qui t'engages pour la gamelle et pour la soupe !

Furieux, il dirigea son fusil sur moi. Il me menaça :

— Je vais te tuer !

— Tue-moi, lui dis-je, si tu es un homme ! Mais tu n'es pas un homme, tu es un goumier ! Moi qui ne suis qu'une fille, vas-y, tue-moi ! Je ne suis pas une femme complète, mais c'est tout comme ! Tue-moi, car tu aimes tuer !

Ils m'ont fait passer la nuit sur place. Les soldats avaient auparavant décidé :

— On va te ficeler !

— Jamais, répondis-je, aucun de vous ne me touchera ! Gardez-moi à plusieurs, si vous voulez ! Personne ne me ficellera !

Ils sont restés plusieurs de garde. Le matin, ils m'ont apporté du café.

— Je ne bois pas avant de m'être lavé la figure !

Ils m'ont apporté de l'eau. J'ai fait mes ablutions. Ils m'ont représenté le café.

— Je ne bois pas ! ai-je dit.

Ils ont voulu me donner des biscuits.

— Je ne mange pas !

J'ai pris les biscuits et je les ai posés à terre.

— Tu les as mis là pour tes frères ? ironisa l'un d'entre eux.

— Mes frères, répliquai-je, ne sont pas comme vous, poussés seulement par la faim !

— Qui vous apportait la nourriture ?

— Nous-mêmes !
— Qui vous apportait des vêtements ?
— Nous-mêmes !
Ils m'ont ensuite présenté des ossements humains : ceux de certains qui avaient « travaillé » avec la France.
— Qui les a tués ?
— Je n'ai rien vu !
— Montre-nous les chemins que vous preniez à partir d'ici !
— Je ne sais pas, je restais ici !
— Dis-nous comment ils sont ! Décris-les-nous !
— Des soldats comme vous ! Moi, je ne regarde pas les visages !
— Comment se fait-il que, toi si jeune, tu sois arrivée jusque-là et que tu aies abandonné père et mère ?
— Les maquisards sont mes frères et, en même temps, ils me tiennent lieu de père et de mère !
Puis, sans qu'ils m'aient demandé autre chose, j'ajoutai :
— Je ne reconnais pas la France ! J'ai été élevée selon la parole arabe ! Les « Frères », ce sont eux mes frères !
Ils m'ont emmenée. Près d'un oued, un goumier me donna en cachette une cartouchière. Mais l'officier surgit ; l'autre reprit aussitôt les cartouches... Un peu plus loin, celui qui m'avait accusée et insultée s'approcha et se remit à me menacer : « Je vais la tuer ! » Je le narguai à nouveau, je lui répétai ce que je pensais de lui, « qu'il n'était qu'un vendu, pour la gamelle et pour la soupe ! »
Un autre goumier, du nom de Chérif, intervint et dit à l'autre :
— Laisse-la donc ! Regarde les Français ; à peine s'ils osent lui parler, malgré son âge, et toi,

alors qu'elle est ta compatriote, tu cherches à l'exciter !

Un troisième, tourné vers moi, proposa :

— Tiens, prends ce fusil et tire, toi aussi !

Naturellement, je savais qu'il se moquait. Mais je répondis :

— Crois-tu que je ne sache pas tirer ? Donne et tu verras !

La dispute continua, mais on nous emmena dans des camions. A Cherchell, ils s'arrêtèrent à une caserne. Ils me mirent dans un réduit au sol dallé. Je m'étendis et m'endormis. Un surveillant arriva plus tard :

— Tu veux te laver ?

Il m'emmena à une fontaine, me donna du savon et une serviette. Je me lavai et retournai à la cellule. Ils vinrent ensuite me chercher pour l'interrogatoire, qui commença tout au début de l'après-midi. Cela dura des heures... Je me contentais de répondre à toutes leurs questions :

— Je ne vous reconnais pas ! Je ne reconnais pas la France !

Ils essayèrent de me faire dire où marchaient les « khatibas », ainsi que les noms des chefs. Je répondais invariablement :

— Je n'en sais rien !

Ils m'emmenèrent d'un bureau à l'autre. Puis ils me demandèrent :

— La khatiba « hamdaniya » (nommée ainsi parce que le chef en était Hamdane) s'est fractionnée, n'est-ce pas ?

Moi, je savais que c'était vrai, mais je les narguais :

— Non, elle est toujours entière ! Vous n'avez qu'à voir : l'autre jour, quand vous avez subi notre accrochage et qu'on a rempli l'hôpital des vôtres, c'était bien elle ! Elle qui va du djebel Chenoua à Bou Hilal !

Un officier s'énerva et me frappa, par deux fois, au visage. Puis ils amenèrent une mitraillette.

— Avoue, donne les renseignements, ou l'on te tire dessus !

— Tirez ! ai-je dit. Cela m'importe peu ! Je suis une fille, je ne suis pas une femme complète, mais je laisserai derrière moi des hommes !... Chacun d'eux tuera cent d'entre vous ! Tuez-moi !

Ils apportèrent une cravache. Ils me frappèrent. Ils branchèrent l'électricité de leurs appareils. Ils me torturèrent.

— Je ne vous reconnais pas !

Je ne ressentais aucune peur : Dieu me rendait ces Français comme des ombres devant mes yeux ! Et c'était vrai, j'aurais préféré être morte !

Soudain quelqu'un m'interrogea :

— Est-ce que tu es vierge ?... On nous a dit que tel... (et il dit le nom du chef de Mouzaia) t'a demandée en mariage !

Je compris qu'ils avaient appris l'histoire par l'ex-maquisard devenu goumier.

— Je ne suis pas mariée ! répondis-je.

Ils ont fini par me ramener en cellule. Ils me donnèrent un lit, une couverture. Ils m'apportèrent une assiette de nourriture avec même de la viande, du pain et une cuillère. Or une fois seule, je me mis brusquement à pleurer : mes larmes ne s'arrêtaient pas ! « Comment se fait-il, me disais-je avec désespoir, que Dieu a voulu que je tombe aux mains des Français ? »

Un goumier vint entrouvrir la porte.

— Allons, allons, ne pleure pas ! me dit-il. Tu n'es pas la première fille qu'ils attrapent. Au début, quand ils t'interrogent, c'est dur, mais après, ils finiront par te libérer !

Je ne voulus pas lui répondre. Il referma la porte. Je m'approchai de la nourriture. Je touchai à la viande : deux ou trois bouchées seulement, car j'avais si faim, mais je me méfiais. Je laissai le reste intact. Le matin, ils m'apportèrent le café. Je demandai à me laver d'abord : ils me firent sortir dans une cour, jusqu'à la fontaine. Je me lavai sous leurs yeux : je m'aspergeai le visage, les bras jusqu'aux coudes, les pieds puis les jambes jusqu'aux genoux : comme pour les ablutions. Je libérai mes cheveux qui n'étaient plus aussi longs, je me peignai et j'arrangeai ma coiffure. Et eux tous qui restaient là à me regarder !

— As-tu fini ?

— J'ai fini !

Dans ma cellule, je goûtai une gorgée de café, pas plus ! Même si la faim me tenaillait, je voulais leur montrer, montrer devant la France, que j'étais rassasiée !

— Tu as bu, c'est fini ? dit quelqu'un.

— C'est fini, je remercie Dieu !

Ils me firent monter en voiture. Vint l'officier ventru qui, la veille, m'avait frappée au visage. Il me parla en arabe :

— Sais-tu où tu vas maintenant ?

— Comment le saurais-je ?

— Est-ce que tu connais Gouraya ?

— Je ne connais pas !

— Vous, les Arabes, vous ne savez que dire : « Je ne connais pas » !

— Quand on marche dans une forêt, dis-je, pourquoi connaître forcément le nom de cette forêt ?

Un autre Français, un officier également, s'interposa :

— Elle est jeune. C'est normal, si elle ne connaît pas !

Ce dernier monta dans la voiture, ainsi que le chauffeur et un goumier. Une jeep suivait. A chaque village que nous traversions, l'officier qui croyait vraiment que je ne reconnaissais pas les lieux, me précisait les noms arabes des villages. A Gouraya, Bérardi, le chef de la SAS, bien connu dans la région sortit et vint saluer l'officier. Celui-ci me murmura :

— C'est Bérardi !

Après Gouraya, nous sommes arrivés au lieu-dit « le bois sacré ». Je savais que se trouvait là la plus grande prison de la région. Un officier, un lieutenant nommé Coste, nous accueillit ; il m'examina sans me parler, il hocha la tête :

— Emmenez-la en cellule ! dit-il. Une cellule en plein soleil !

Quand il partit, l'officier de la voiture demanda une autre cellule pour moi. Un maquisard prisonnier, sans doute en cours d'interrogatoire, réussit à s'approcher de moi peu après :

— O ma sœur, où t'a-t-on prise ?

Je l'examinai sans rien répondre. Lui, il continuait avec hâte : « tu connais un tel, et un tel... ? » Je dis oui, car ma méfiance disparut. On me ramena à l'interrogatoire. Je répondis de la même façon qu'à Cherchell. Ils utilisèrent à nouveau l'électricité. Une fois, cela dura de l'aube jusqu'à deux heures de l'après-midi. Ce fut particulièrement éprouvant.

Ils me confrontèrent avec le goumier qui m'avait reconnue lors de mon arrestation et ils me menacèrent. Je ne me laissai pas intimider :

— Mettez-moi vingt ans de prison, si vous voulez, je ne suis pas perdante ! Quelle guerre a duré vingt ans ? La nôtre ne va pas durer autant !... Faites de moi ce que vous voulez !

Finalement, ils me laissèrent dans ma cellule. De nuit comme de jour, la porte restait fermée sur moi. Un jour vint le lieutenant Coste. Il me demanda :

— Tu es bien ?

— Non, je ne suis pas bien ! J'éclate à cause de la chaleur !... Nous, quand nous avions les vôtres prisonniers chez nous, nous ne les enfermions pas ainsi, jour et nuit !... Nous, nous n'agissons pas injustement comme vous !

Ils me permirent alors de garder la porte ouverte sur la cour. Si je voulais sortir un moment, je le pouvais. La nuit, ils refermaient la porte sur moi. Je suis restée ainsi sept mois ou davantage !

Par la suite, je pus circuler dans les cours du camp. Quand arrivaient de nouveaux prisonniers et que commençait leur interrogatoire, j'allais les réconforter, je leur apportais à boire. Cette situation ne dura pas, à cause d'un goumier, originaire de Constantine. Une nuit, je ne sais comment, il fit ouvrir la porte de ma cellule, puis il m'appela par deux fois, tout doucement, dans le noir. Je sortis et j'appelai bien fort la garde. Il disparut.

Au matin, il vint me demander pardon. « Je ne pardonne pas », dis-je et je protestai ; ils lui infligèrent huit jours de cachot, pour avoir ouvert ma porte ainsi.

A sa sortie, il revint, mais pour me faire des reproches. Il s'avança dans la cour au-devant de moi, avec un chien. Je ne dis rien, j'allais ouvrir les portes des frères arrêtés, comme je le faisais quand je leur distribuais eau et nourriture. Le goumier me menaça :

— Pourquoi es-tu allée te plaindre au lieutenant Coste ? Pour qui te prends-tu ?... Et les fellagha, tes frères, qu'est-ce qu'ils sont, sinon des rats cachés dans des trous !

Devant cette insulte, je ne pus me contenir :

— Approche donc si tu veux ! Puisque tu nous

traites de rats, on va voir si nous sommes des rats ou des lions !

La dispute s'envenima. Le lieutenant Coste arriva, avec son adjoint, le spécialiste de l'électricité dans les interrogatoires, qui parlait arabe. Il traduisit pour le lieutenant. Je leur rapportai les insultes du goumier. Le lieutenant lui interdit de m'adresser la parole.

Deux ou trois mois après environ, ce même goumier réapparut. C'était le matin ; je servais le café à des détenus en cours d'interrogatoire. Je le vis s'approcher de moi ; je signalai le fait à un autre garde. Ce dernier, pour prévenir tout incident, me demanda de rentrer dans ma cellule. Ce n'était pas à moi à céder la place !

— Je ne rentre pas ! décidai-je. Arrive ce qui arrivera ! Aujourd'hui ce sera ou lui, ou moi !

— Tu n'as qu'à rester dans ton trou ! ricana le goumier — Sans rien voir de la clémence de Dieu !

— Je ne rentre pas ! répétai-je.

Je m'échappai vers une deuxième cour. Il se mit à m'insulter tout haut, devant tous :

— Vous, les fellagha, vous vivez dans les forêts en bêtes sauvages, et vous voulez ici vous conduire en sauvages !

— D'où sortez-vous, vous, les goumiers ? rétorquai-je. Vous avez vendu votre foi ! Quant à moi, l'étendard auquel je crois ne flotte pas ici au-dessus de ces lieux ! Il est là-bas, dans les forêts et sur les monts !

La dispute s'alimentait devant tous. Cela dura quelque temps. A la fin, je m'emparai d'une grosse cafetière et, quand il s'approcha de trop près, je le frappai de toutes mes forces sur l'épaule.

— Maudite ! s'écria-t-il. Elle m'a fracturé l'épaule !

En fait, j'avais un couteau en poche : un détenu me l'avait fait parvenir, dès le début de la dispute. Et je venais de ramasser une barre de fer qui traînait près d'un grillage. Je m'étais dit : « S'il revient, je vais le frapper avec le fer, puis je l'achèverai avec le couteau ! » Je me sentais tout à fait décidée !... Certes, à l'époque, j'étais éclatante de santé ! La France, quand elle m'avait arrêtée dans les montagnes, était étonnée ! A la vue seulement de mes poignets, on voyait ma force... Hélas, si un des frères de ces jours-là me rencontrait aujourd'hui, il jurerait que je ne suis pas la même !

Un sergent-chef et un autre sont arrivés. Ils m'ont reproché d'avoir frappé le goumier. Je reconnus les faits. Ils voulurent me faire rentrer dans ma cellule.

— Je ne rentre pas !

— Tu rentres !

Ils se mirent à trois ; je résistai tout entière : mes jambes, mes bras, ma tête, tout mon corps frappait sur le sol. Ils cessèrent et me laissèrent là, gisante, en pleine crise nerveuse... Vint l'adjoint du lieutenant Coste. Il me parla tout doucement et me pria :

— Allons, rentre dans ta cellule ! Le lieutenant Coste va venir et tu verras avec lui !

Je rentrai dans ma cellule. Ils me condamnèrent ensuite au cachot : trois jours et trois nuits, sans manger ni boire. Après ces trois jours, quand ils m'apportèrent de la nourriture, je décidai à mon tour de ne pas y toucher, et cela pendant vingt jours ! Comme si je n'attendais qu'après eux !... Les frères détenus me faisaient parvenir un peu de pain, quelquefois une pomme (qui me durait trois jours) ; par une lucarne, ils faisaient passer un fil de fer avec des petits bouts d'aliments... Un soldat originaire d'Oran, qu'ils avaient rallié à nous, ouvrait quelquefois ma porte pour me glisser le pain. L'essentiel, pour moi, vis-à-vis des Français, était de leur montrer que je n'avais pas besoin d'eux !

A la fin, ils me laissèrent tranquille et je ne revis plus le goumier.

Longtemps après, un groupe de la Croix-Rouge vint au camp. Une dizaine d'hommes en civil entrèrent dans ma cellule et me saluèrent respectueusement. Mais le lieutenant Coste s'interposa :

— Elle ne comprend pas le français ! leur dit-il.

Ils partirent. Des mois passèrent. Vint une fois un officier important. Il me dit en entrant :

— C'est de Gaulle qui m'envoie dans les prisons comme celle-ci !

Deux goumiers qui l'accompagnaient traduisaient :

— Puisque tu es là, où as-tu été arrêtée ?

Je dis que j'avais été arrêtée « dans les montagnes ».

— Que faisais-tu dans les montagnes ?

— Je combattais !

— Et pourquoi ?

— Pour ma foi et mes idées !

— Et maintenant, puisque tu te retrouves prisonnière ?

— Je suis prisonnière, et après ?

— Qu'as-tu gagné ?

— J'ai gagné le bien de mes compatriotes et le bien pour moi-même ! M'avez-vous arrêtée en train de voler ou de tuer ? Je ne volais pas ! Ma conscience est avec moi !

Il partit. Je restai au camp mais, grâce à cet homme, sans doute, je pus voir mes parents. Ils vinrent du village jusque-là. En me voyant, mon vieux père a pleuré.

Six mois avant le cessez-le-feu, ils ont pu obtenir mon transfert tout près d'eux. Ils venaient de perdre Abdelkader, mon frère aîné...

CORPS ENLACÉS

La voix de Chérifa enlace les jours d'hier. Trace la peur, le défi, l'ivresse dans l'espace d'oubli. Sursauts de prisonnière rétive dans le camp béant au soleil.

La voix raconte ? Même pas. Elle débusque la révolte ancienne. La courbe des collines brûlées tant de fois se déploie, le récit déroule la chevauchée à travers les étendues rousses de ces monts appauvris, où je circule aujourd'hui.

Petite sœur étrange qu'en langue étrangère j'inscris désormais, ou que je voile. La trame de son histoire murmurée, tandis que l'ombre réengloutit son corps et son visage, s'étire comme papillon fiché, poussière d'aile écrasée maculant le doigt.

La conteuse demeure assise au centre d'une chambre obscure, peuplée d'enfants accroupis, aux yeux luisants : nous nous trouvons au cœur d'une orangeraie du Tell... La voix lance ses filets loin de tant d'années escaladées, la paix soudain comme un plomb. Elle hésite, continue, source égarée sous les haies de cactus.

Les mots s'évaporent... Chérifa se retrouve à présent mariée à un veuf taciturne, un ouvrier que j'ai vu partir peu avant sur un tracteur ; il est le responsable du matériel dans cette coopérative agricole. Elle élève les cinq enfants de l'homme.

Elle parle lentement. Sa voix déleste la mémoire; s'échappe le souvenir à tire-d'aile vers la fillette de cet été 56, l'été de la dévastation... Est-ce que ses mots l'expulsent? Elle brave la belle-mère soupçonneuse qui rôde autour de nous, qui tente de surprendre quelle nécessité du récit, quel secret, quel péché, ou simplement quelle échappée se décèle dans l'histoire qui tressaille.

Chérifa vieillie, à la santé déclinante, est immobilisée. Libérant pour moi sa voix, elle se libère à nouveau; de quelle nostalgie son accent fléchira-t-il tout à l'heure?...

Je ne m'avance ni en diseuse, ni en scripteuse. Sur l'aire de la dépossession, je voudrais pouvoir chanter.

Corps nu — puisque je me dépouille des souvenirs d'enfance —, je me veux porteuse d'offrandes, mains tendues vers qui, vers les Seigneurs de la guerre d'hier, ou vers les fillettes rôdeuses qui habitent le silence succédant aux batailles... Et j'offre quoi, sinon nœuds d'écorce de la mémoire griffée, je cherche quoi, peut-être la douve où se noient les mots de meurtrissure...

Chérifa! Je désirais recréer ta course: dans le champ isolé, l'arbre se dresse tragiquement devant toi qui crains les chacals. Tu traverses ensuite les villages, entre des gardes, amenée jusqu'au camp de prisonniers qui grossit chaque année... Ta voix s'est prise au piège; mon parler français la déguise sans l'habiller. A peine si je frôle l'ombre de ton pas!

Les mots que j'ai cru te donner s'enveloppent de la même serge de deuil que ceux de Bosquet ou de

Saint-Arnaud. En vérité, ils s'écrivent à travers ma main, puisque je consens à cette bâtardise, au seul métissage que la foi ancestrale ne condamne pas : celui de la langue et non celui du sang.

Mots torches qui éclairent mes compagnes, mes complices; d'elles, définitivement, ils me séparent. Et sous leur poids, je m'expatrie.

Saint-Arnaud. En outre, ils s'écrivent à travers ma main puisque je consigne à cette date-ci, au seul métissage que la loi ancestrale ne condamne pas : celui de la langue et non celui du sang.

Mais les paroles qui éclairent mes compagnes, mes complices d'elles, définitivement, ils me séparent. Et sous leur poids je m'expatrie.

[illegible]

[illegible]

DEUXIÈME MOUVEMENT

TRANSES

Ma grand-mère maternelle dresse en moi son souvenir de halètement sombre, son impuissance de lionne.

Régulièrement, tous les deux ou trois mois environ, l'aïeule convoquait les musiciennes de la cité : trois ou quatre femmes d'âge vénérable, dont l'une était presque aveugle. Elles arrivaient dans leurs toges usées et leurs dentelles sous le haïk défraîchi, leurs tambours emmaillotés dans des foulards.

On apportait en hâte les kanouns emplis de braises. Visages écarlates des femmes au milieu des premières fumées... Les servantes, les jeunes filles disposaient les braseros dans la pièce obscurcie de ma grand-mère ; celle-ci restait invisible depuis l'aube.

Les parfums d'encens montaient peu à peu ; les musiciennes laissaient chauffer les peaux des tambours, tandis que l'aveugle, dans un coin du lit haut, entonnait une litanie funèbre.

Cette voix chevrotante de la nuit nous faisait accourir, mon cousin et moi, à demi troublés, pareillement fascinés... Je devais être à la première enfance ; ce garçon, un peu plus âgé, se parait alors d'un prestige certain à mes yeux : turbulent, effronté, il provoquait sa mère qui, en proie à de véritables crises nerveuses, poursuivait le gamin sur les multiples terrasses. Je la revois courant désespérément pour lui administrer une correction... On avait surnommé l'enfant le « medjnoun »...

Ces jours étranges débutaient par les chants liturgiques du petit orchestre; la relation entre ce cousin et moi s'inversait alors. Il s'effrayait, se crispait; il se serrait contre moi la plus jeune, dans l'attente du spectacle qu'il redoutait. Moi, par contre, je jouissais avec intensité de mon rôle de témoin. Assis côte à côte, près d'une fenêtre, nous attendions.

Les doigts bagués des « chikhats » se mettaient à frapper les tambours; l'insidieuse litanie du chœur montait dans la chambre enveloppée de fumées, tandis que femmes et enfants s'agglutinaient.

Ma grand-mère arrivait enfin, en comédienne à l'art consommé. Droite, la tête enturbannée de foulards bariolés, le corps allégé dans une tunique étroite, elle se mettait à danser lentement. Nous toutes, spectatrices, nous le pressentions : malgré les apparences, ce n'était pas une fête qui commençait.

Une heure, deux heures durant, le corps osseux de l'aïeule tanguait, tandis que ses cheveux se dénouaient, que sa voix, par instants, faisait entendre un halètement rauque. Le chant de l'aveugle intervenait pour l'aiguillonner, tandis que le chœur s'interrompait :

— Laisse sortir le malheur! Que les dents de l'envie et de la convoitise t'épargnent, ô ma dame!... Mets au jour ta force et tes armes, ô ma reine!

La mélopée des autres reprenait son antienne,

dans la torpeur chaude. Les femmes s'activaient, de la chambre aux cuisines, pour entretenir le feu des kanouns et préparer le moment ultime. Mon cousin et moi, raidis par l'attente, puis par la musique qui s'emballait, nous devinions que nous assistions à un préambule solennel.

Enfin la crise intervenait : ma grand-mère, inconsciente, secouée par les tressaillements de son corps qui se balançait, entrait en transes. Le rythme s'était précipité jusqu'à la frénésie. L'aveugle entonnait son chant en solo continu et lyrique ; à elle seule, elle tenait ferme les rênes de l'émotion collective. Les ménagères abandonnaient leurs préparatifs culinaires pour accourir : l'une ou l'autre des tantes, des cousines aidaient l'aïeule, soutenant de chaque côté son buste affaibli. L'aveugle adoucissait le thrène, le rendait murmure, râle imperceptible ; s'approchant de la danseuse, elle chuchotait, pour finir, des bribes du Coran.

Un tambour scandant la crise, les cris arrivaient : du fond du ventre, peut-être même des jambes, ils montaient, ils déchiraient la poitrine creuse, sortaient enfin en gerbes d'arêtes hors de la gorge de la vieille. On la portait presque, tandis que, transformant en rythmique ses plaintes quasi animales, elle ne dansait plus que de la tête, la chevelure dénouée, les foulards de couleurs violentes, éparpillés sur l'épaule.

Les cris se bousculaient d'abord, se chevauchaient, à demi étouffés, puis ils s'exhalaient gonflés en volutes enchevêtrées, en courbes tressées, en aiguilles. Obéissant au martèlement du tambour de l'aveugle, la vieille ne luttait plus : toutes les voix du passé bondissaient loin d'elle, expulsées hors de la prison de ses jours.

Une demi-heure ou une heure après, elle gisait

au fond de son lit, en une masse qu'on apercevait à peine, tandis que, parmi les odeurs d'encens, les musiciennes mangeaient et devisaient. Leur magie de prêtresses païennes avait disparu pour laisser place, dans le jour qui, à midi, semblait seulement commencer, à la laideur des visages exagérément fardés.

Durant la crise, le cousin « medjnoun » était resté agrippé à mes épaules, cherchant une protection frileuse, alors que je n'avais pas détaché mes yeux du corps en transes de ma grand-mère — elle que nous tous, enfants, nous redoutions d'ordinaire. J'imaginais entrer, à la suite de la danseuse, dans un royaume de fureurs.

Je sentais le mystère : l'aïeule, habituellement, était la seule des femmes à ne jamais se plaindre ; elle ne prononçait les formules de soumission que du bout des lèvres, avec un dédain condescendant ; or, par cette liturgie somptueuse ou dérisoire, qu'elle déclenchait régulièrement, elle semblait protester à sa manière... Contre qui, contre les autres ou contre le sort, je me le demandais. Mais quand elle dansait, elle redevenait reine de la ville, indubitablement. Dans cet antre de musiques et de sauvagerie, elle puisait, sous les yeux de nous tous rassemblés, sa force quotidienne.

La voix et le corps de la matrone hautaine m'ont fait entrevoir la source de toute douleur : comme un arasement de signes que nous tentons de déchiffrer, pour le restant de notre vie.

VOIX

La « révolution » a commencé chez moi, elle a fini chez moi, comme peuvent en témoigner les douars de ces montagnes !

Au début, les maquisards mangeaient de mon bien. Jusqu'à une petite pension que je recevais et que je leur apportais. Quant au blé, avant que la France nous brûle, nous le donnions au moulin, puis nous pétrissions la farine. Je possédais deux fours à pain. Ils existent encore à présent car ils avaient été construits en ciment. Ma ferme, après avoir été brûlée plusieurs fois, est restée sans toit, les murs sont encore là... Quand j'y habitais, j'avais alors bien du bétail !

Au début donc, ils ne venaient que pour manger... Ensuite Sid Ali est arrivé et m'a dit :

— On va installer le refuge chez toi, ô tante ! (c'est le neveu de ma mère).

— Non, lui répondis-je. Vois le Kabyle sur la route, Mohand Oumous, voici à peine quinze jours que vous avez établi le refuge chez lui, et ils lui ont tout brûlé !

Mais il ajouta :

— Ma tante, ne raisonne pas ainsi ! Ne dis pas « j'ai » ou c'est « mon bien », dis plutôt « je ne possède pas ! » Remets-toi à Dieu et laisse, s'il le faut, tout ce feu courir et tout manger.

C'est ainsi qu'ils établirent le refuge dans ma ferme...

A partir de ce moment, je ne leur assurais plus moi-même la nourriture. Des gens se sont mis à donner. Peut-être avaient-ils peur, du moins certains ; peu après, ils donnaient tellement que nous mangions tous et qu'il restait du surplus ! Il nous arriva quelquefois de jeter... Vers la fin, à nouveau, tout se raréfia. A nouveau, nous avons connu la faim et la misère !...

Quant au nombre des « moudjahidine », pouvais-tu les compter ? Tu ne pouvais pas ! Même quand à deux ils entraient dans une demeure, ils semblaient remplir le patio !... Et pouvais-tu parler ? Tu ne pouvais pas ! Seulement retrousser les manches, pétrir la pâte, préparer la marmite, contrôler la cuisson, ainsi, toute la journée ; car ils venaient, ils partaient, par petits groupes... La surveillance du refuge s'était organisée. Moi, je travaillais devant les marmites tout le temps, je servais à manger, puis je m'asseyais dehors et j'attendais, volontaire pour la mort... Oui, à la porte du verger ! J'avais si peur ! Je faisais le guet, le temps qu'ils mangeaient. Supposons que quelqu'un soit monté et les eût surpris, nous y serions passés tous sur-le-champ !

Ce refuge a servi chez moi cinq ans. Oui, cinq ans, jusqu'à ce que la « révolution » arrivât à son terme !...

Une fois, je fus trahie ; ce fut à cause d'un tout jeune garçon qui se trouvait être de ma tribu, par son père.

Il était trop jeune pour savoir ! Il devait avoir quinze ans. Sa mère, une voisine, était allée au

Djebel Chenoua, chez sa fille mariée là-bas. Elle me recommanda :

— Veille sur lui ! Ce garçon est si jeune, si naïf. S'il circule trop, il va se faire attraper dans un contrôle !

Il est donc resté caché chez moi, en l'absence de sa mère. Un jour, il sortit, pour aller irriguer le verger. Sa mère lui avait répété : « Veille à irriguer le jardin chaque nuit ! » Or, cette nuit-là, il ne s'était pas réveillé ; il y est allé à son lever, mais le soleil était déjà bien haut...

Les soldats français l'ont arrêté. On me l'emmena : moi, je ne l'avais pas reconnu d'abord. Il portait un pantalon européen, à la place de la culotte bouffante de son père. Ils lui avaient maculé le visage de je ne sais quelle poudre. Et il portait un chapeau sur le crâne !... Je n'ai nullement pensé à lui. Mais à peine se mit-il à parler que je reconnus sa voix. Il leur dit :

— C'est ainsi... ainsi...

Alors, pour la première fois, ils me brûlèrent la maison.

Quand sa mère revint, je ne me suis pas gênée : je lui ai tout raconté de ce qu'avait fait son fils. Elle me répondit sans se démonter :

— Et alors ? Puisque la France l'avait attrapé, que voulais-tu qu'il fasse ? Fallait-il qu'il meure ?...

Quand ma ferme fut la proie des flammes, un homme dont la maison ne se trouvait pas loin, sur la route, s'écria :

— Eh bien, Dieu a bien fait !... Cette femme, lorsque les maquisards ont installé le refuge chez elle, je l'ai conseillée : « N'accepte pas ! » Elle m'a répondu : « J'accepte d'aller jusqu'à la mort ! » Puisqu'elle prétendait aller jusqu'à la mort, nous allons voir !

Ce même paysan, quand quelqu'un passait devant chez lui, il le harcelait de questions :

— Ne sont-ils pas en train de nourrir les maquisards ?

Son fils vint d'ailleurs pour se rendre compte des dégâts : même les marmites, ils me les avaient brisées !... Les jours suivants, je m'entêtai : je décidai d'aller allumer mon feu entre des pierres et je réussissais quand même à donner à manger aux Partisans ! « Jusqu'à l'extrême, me disais-je, j'irai jusqu'à l'extrême ! Le reste est dans la main de Dieu ! »

Le voisin passait donc son temps à m'épier. Il se mit à aller donner des renseignements : « Telle compagnie est venue chez Sahraoui Zohra !... Telle autre « katiba »...

Hélas ! nous sommes des analphabètes. Nous ne laissons pas de récits de ce que nous avons enduré et vécu !... Tu en vois d'autres qui ont passé leur temps accroupis dans des trous, et qui, ensuite, ont raconté ce qu'ils ont raconté !

Ils ne nous ont rien laissé : ni le bétail, ni les réserves des silos, rien. Même pas une chèvre ! Ils ne nous ont rien laissé...

Auprès des gens qui m'avaient loué de petites parcelles, les soldats allaient et demandaient :

— Ce sont les vaches de Sahraoui Zohra ?... Ah, ce bien est à elle ?

Et ils brûlaient, jusqu'à ce que nous soyons restés démunis ! Alors, j'ai décidé : « Je descends au village ! » Les Frères m'ont dit :

— Ne te rends pas !

— Je ne vais pas me rendre, dis-je. Je descends seulement au village, puisque je n'ai plus de bien ici !

— Non, reste là !

Je suis allée au village. Les maquisards descendaient pour me contacter. Un garde-forestier m'a trahie : il les vit une fois traverser la forêt, là-bas. « Où vont-ils ? » Il comprit ensuite qu'ils venaient chez moi.

Un matin, à l'aube, les gendarmes furent chez moi et me ficelèrent.

— Toi, c'est toi qui renies la France ! Pour qui te prends-tu ?... A la montagne, tu voulais nous en faire voir, et là aussi c'est pareil !

Ils me menaçaient, croyant me faire peur. Je m'étais dit ce jour-là : « Cette fois, ils vont me tuer ! » et je me sentais calme. Or, grâce à la clémence de Dieu, parmi eux se trouva un nommé Ali, un parent par alliance de ma mère. Il s'exclama :

— Comment, ce serait cette vieille qui aurait tout brûlé dans toutes ces montagnes ? Une vieille comme celle-là ?... Ou vous la libérez, ou sinon, moi, je remonte combattre au maquis !

Oui, il leur a dit ces paroles : car cet homme avait été maquisard, puis, il s'était « rendu ». Certes, depuis qu'il travaillait avec la France, j'avais peur de lui. Me voyant au village, il lui arrivait de venir chez moi : j'acceptais de lui laver son linge et je lui préparais à manger... N'était-il pas un parent de ma mère ?

Cette fois-là, quand ils m'ont arrêtée, je ne suis pas restée longtemps en prison !

Ma maison se trouvait presque à la lisière de la forêt... Les Frères avaient fait évacuer cette cabane, en décidant : « Cette femme entrera là ! » Le propriétaire du logement est encore vivant : nous ne lui avons pas payé de loyer. Cela représentait sa forme de participation.

J'ai tant habité en ce temps-là de demeures, tant et tant !... Finalement, en sortant de prison, j'ai préféré retourner à ma ferme. Comment aurais-je su que, en redescendant la fois suivante au village, je me trouverais sous une tente, telle une nomade!

Au début, je possédais trente et une vaches... A la fin, je ne gardai pas une seule tête! Les soldats m'ont tout pris!

Ma ferme fut brûlée trois fois. Quand ils remontaient et qu'ils la trouvaient de nouveau en bon état, ils savaient qu'entre-temps, les Frères nous avaient reconstruit la maison! Ils rapportaient des tuiles du toit des fermes des colons. De nouveau, les soldats français détruisaient. De nouveau, les Frères ramenaient des tuiles des toits des Français et nous recouvraient l'abri... La France revint. Nous avons alors décidé de préparer la nourriture en plein air, entre les murs sans toit et même dans la forêt.

La troisième fois, ils nous descendirent au village. Ils nous descendirent et nous mirent sous des tentes. Et l'oued fut en crue. Ils ne nous ont rien donné : ni couverture ni nourriture. Ils nous ont laissés tels quels. Ils croyaient que nous allions mourir. Mais nous ne sommes pas morts... Nous nous sommes éparpillés, là où nous avons pu, qui chez son frère, qui chez son cousin. Moi, je suis allée à Hadjout, chez Djennet. J'ai fui chez elle et je lui ai fait maintes recommandations :

— Attention, Djennet! Si on te dit que ta tante se trouve chez toi, n'avoue pas! Dis qu'elle n'y est pas!

Quand j'entendais du bruit, ou quand quelqu'un lui parlait à la porte, je me cachais, je me glissais sous son matelas, comme un serpent!... Après, quand ils étaient partis, je demandais :

— Ils sont partis?

— Oui !

Car j'avais peur ! Je savais que ces gens venaient « pour Dieu et son Prophète », en toute bonne foi, mais malgré tout, s'ils me voyaient, en partant, ils parleraient ! Ils diraient : « Lla Zohra de Bou Semmam est là ! Elle est venue pour que Hadjout brûle à son tour ! » Je devais me cacher !

Tout ce qui est passé sur moi ! Mon Dieu, tout ce qui est passé !

MURMURES...

Djennet est assise sur le seuil, à même le carrelage, ou sur une peau de mouton immaculée.

Un rayon de soleil éclaire de biais son corps ample, noyé sous la toge de coton bariolé. Ses cheveux noirs sont relevés en natte lourde qui auréole son visage aux traits fins. Elle attend : l'époux a été pris à la suite d'un contrôle militaire qui a arrêté le car sur la route; l'homme a disparu depuis une année; où demeure-t-il maintenant, dans quelle prison, dans quel camp ou dans quel précipice? Djennet rêve aux fils, aux filles qu'elle n'a pas eus durant vingt années de noces stériles...

Au fond de la pièce, la vieille tante Aïcha, descendue des montagnes, se tasse dans une encoignure. Mais elle exhale sa plainte volubile :

— Qu'ils ne viennent pas, ô fille de ma sœur! Que les voisins qui jasent ne doutent pas cette fois, eux les maudits, les cœurs froids, les rejetons de hyènes écorchées!

La voix monte, rauque ou chantante, par strophes régulières avec des malédictions rimées en gerbes finales. Après un silence, sa prière rituelle intervient... Djennet assise ne prie pas, même si les lamentos des muezzins, en arabesque apaisée, parviennent jusqu'à elle.

Elle fait le guet par habitude : un enfant peut frapper à la porte, il faudra l'arrêter dès le vestibule. A tout propos, les curieuses des terrasses voisines envoient demander un œuf qui leur manque, une cuillerée de paprika, une tasse pleine de pois chiches, ou du sucre en semoule. Djennet sait qu'elles savent, elles, les espionnes, les jalouses, les cancanières. Elles disent sans doute que la vieille est venue pour un autre complot, comme marieuse ou faiseuse de médecine magique... Elles s'imaginent que la solitude de la couche désertée taraude la veuve d'hier, la stérile sans couvée, la silencieuse des cités...

Là-haut, la « France » entretient l'incendie chaque jour. Elle disperse femmes et enfants sur les routes et dans la boue. Les rafles se multiplient dans les marchés du bourg. Djennet se dit que l'époux pourrit dans une prison : un messager viendra-t-il, un parent par alliance ou un mendiant de Dieu portant un signe de bon augure ?...

Assise sur le seuil, Djennet attend, tandis que, dans la pénombre, la vieille Aïcha fait enfler ses râles.

Djennet se saisit du pilon de cuivre posé devant ses pieds nus, près de ses mules abandonnées :

— Occuper mes mains, ô prophète aux yeux doux, ô Lla Khadidja sa bien-aimée ! Occuper mes doigts pour desserrer les dents de l'angoisse !...

Commencent les bruits réguliers du pilon qui écrase gousses d'ail, puis herbes fraîches. Malgré le rythme lourd, Djennet entend la voix de la réfugiée hagarde : « Depuis trois jours, elle palpite, elle tente, la malheureuse, d'écarter d'elle le souffle de la tempête qui l'éclabousse », se dit-elle et elle pèse de tout son torse sur ses poignets qui font sonner le métal...

Elle se lève lentement, elle va et vient, mains soudain trop actives ; elle se rassoit. Elle recale le pilon entre ses pieds nus aux orteils teintés par le henné cramoisi. La soirée se poursuit, la voix de la vieille couchée au fond, corps écrasé sur le matelas de crin et sous un drap blanc (« blanc comme un linceul ! » a-t-elle gémi), la voix de la réfugiée reprend, antienne incohérente ou monologue de magicienne.

Les lueurs du crépuscule s'éteignent au-dessus de la terrasse au jasmin frêle. Djennet continue son travail de percussion : l'ail est écrasé, le coriandre est réduit en poudre, le cumin est devenu poussière, mais Djennet, dans l'odeur des épices et des herbes embaumant la pièce assombrie, décide de ne cesser qu'avec le délire de la voix de pénombre...

Les voisines peuvent entendre, les curieuses des terrasses risquent de comprendre, l'enfant envoyé qui soulèvera le heurtoir de la porte aura le temps de franchir le vestibule, d'arriver jusque-là et de les surprendre ; il faut veiller, il faut épier, heure après heure, tous les jours.

Que la fugitive calme son effroi, retrouve sa force et qu'elle puisse repartir, voilée, protégée, vers les transes de l'aventure...

LA MISE À SAC

Dans les réunions d'autrefois, les matrones font cercle selon un rite convenu. L'âge, tout d'abord, a priorité avant la fortune ou la notoriété. Chaque vieille pénètre, la première, dans le vestibule coudé, débouche dans le patio aux céramiques bleuies ; elle précède sa bru, qu'elle appelle « sa mariée », même dix ans après la noce (comme si son fils s'était contenté de convoler par procuration), puis viennent ses filles veuves, divorcées, ou encore vierges...

Et chacune de s'asseoir ; les divans du centre sont réservés à chaque dame en tête de la procession : seule elle parle haut, interroge, félicite, distribue les bénédictions, tandis qu'elle se dévêt du voile de laine immaculée, que « sa mariée » enlève son haïk de soie raidie, que chaque visiteuse s'installe dans des touffes de bruissement.

La mariée de chaque famille doit exposer, pendant deux ou trois heures, son visage, ses bijoux anciens, ses soieries brodées ; la belle-mère, tout en participant au dialogue, garde l'œil posé sur sa bru pour vérifier qu'elle suscite compliments et envie.

J'observe ce protocole du couloir ou d'un coin du patio ; nous, les fillettes, nous pouvons circuler tout en restant attentives aux éclats, aux silences creusés par instants, dans le brouhaha collectif.

Les jeunes femmes, mariées ou veuves, sont installées le plus souvent sur des chaises; elles s'immobilisent mal à l'aise. J'imagine alors qu'elles doivent souffrir.

— Pourquoi ne parlent-elles donc pas? demandé-je quelquefois.

A peine si elles murmurent un remerciement, un compliment pour le café ou la pâtisserie; à peine si elles échangent, d'une voix imperceptible, quelques salutations avec leurs voisines. Les questions sont formulées selon des termes convenus, avec des remerciements à Dieu et au Prophète. Quelquefois, l'ordre des politesses est si peu inchangé que, d'un bout à l'autre de la pièce, une visiteuse se contentera de remuer ses lèvres à l'intention d'une autre :

— Comment va le maître de ta maison? Comment va ta couvée? Et le Cheikh, que Dieu lui accorde pèlerinage!

Et de même, dans l'autre sens; salutations et bénédictions s'entrecroisent dans un échange presque mimé.

Les voix hautes des plus âgées, un éclat joyeux, quelquefois un rire gras ou une ébauche d'obscénité gouailleuse, résonnent inopinément dans le lieu écrasé de parfums, par-dessus les criailleries des enfants qui s'impatientent sur le seuil ou sur le tapis. Les matrones, une fois café, thé et gâteaux distribués, peuvent se détendre. Sous forme d'allusions, de dictons ou de paraboles, elles s'adonnent aux commérages sur telle ou telle famille absente.

Puis le retour se fait sur soi-même, ou tout au moins sur l'époux, évoqué par un « il » trop présent — plutôt que de se plaindre d'un malheur domestique, d'un chagrin trop connu (une répudiation, une séparation momentanée, une dispute d'héritage), la diseuse, évoquant son propre sort, conclura à la résignation envers Allah et envers les saints de la région. Quelquefois ses filles reprendront, en commentaires chuchotés mais prolixes, le thème autobiographique de la mère. En traits rapides, en images incisives, elles esquisseront le déroulé du malheur : l'homme rentré ivre et qui a frappé, ou au contraire « lui » victime de la ruine, de la maladie, entraînant le cortège des pleurs, des dettes, de la misère irrépressible... Ainsi se déroule le théâtre des citadines assises qui se font témoins, tant bien que mal, de leur propre vie.

Dans ces réunions, peu importe, le spectacle des corps et le folklore des costumes : le calicot et les sérouals des vieilles datent du début du siècle, les roses d'or trembleuses au-dessus du front, les tatouages au « harkous » entre les sourcils peints des brus figées ne changent pas depuis deux ou trois générations...

Chaque rassemblement, au cours des semaines et des mois, transporte son tissu d'impossible révolte; chaque parleuse — celle qui clame trop haut ou celle qui chuchote trop vite — s'est libérée. Jamais le « je » de la première personne ne sera utilisé : la voix a déposé, en formules stéréotypées, sa charge de rancune et de râles échardant la gorge. Chaque femme, écorchée au-dedans, s'est apaisée dans l'écoute collective.

De même pour la gaieté, ou le bonheur — qu'il s'agit de faire deviner; la litote, le proverbe, jusqu'aux énigmes ou à la fable transmise, toutes les mises en scène verbales se déroulent pour égrener le sort, ou le conjurer, mais jamais le mettre à nu.

La Seconde Guerre mondiale se termina, dans mon pays épargné mais qui avait livré son important contingent de soldats tués au front, par un flambée nationaliste. Un enchaînement de violences marqua le jour même de l'Armistice.

Dans ma ville natale, on parla d'un complot déjoué de justesse : des armes volées à l'arsenal, une bombe éclatée à l'hôpital militaire. Les auteurs de ces troubles furent arrêtés peu après.

Aux vacances d'été qui suivirent, je participai à une cérémonie inaccoutumée, qui rappelait les enterrements. Le neveu de ma grand-mère, arrêté parmi les comploteurs, avait été condamné aux travaux forcés, comme un brigand.

Afflux des voiles blancs des visiteuses ; la liturgie du deuil ennoblissait la maison modeste, où habitait la jeune sœur de ma grand-mère. Était-ce une mort sans cadavre ? Nous stationnions, grappes d'enfants interloqués, dans le vestibule : les matrones entraient, s'installaient sur les matelas, dodelinaient de la tête pour partager le lamento de la mère qui, le front serré d'un bandeau blanc, se laissait aller, par convulsions suraiguës, au déroulé de sa douleur.

Nous qui regardions, nous nous sentions fascinés du manque étrange : l'absence de cadavre altérait la cérémonie. Du rite habituel, ne se conservaient que les paroles, que la solidarité et la soumission féminines, réaffirmées durant la psalmodie de la mère... Au retour, nous entendîmes parler, par bribes, de « travaux forcés » (condamnation inattendue pour ce fils qu'on n'enterrait point, mais qu'on pleurait), d'une bombe, d'un vol d'armes : tout un roman était évoqué à mi-voix par les bourgeoises, sur le ton de la commisération ou de la fatalité.

Je fus frappée par le verdict formulé par ma

grand-mère : non sur le neveu qu'elle s'abstint de juger en héros ou en voleur de grand chemin, ni sur le malheur qui touchait sa famille dont elle se voulait le porte-parole. Mais elle condamna sa sœur parce qu'au cours de ce rassemblement, celle-ci avait exposé son chagrin avec un excès d'emphase. L'essentiel, pour l'aïeule, était de se maintenir à la hauteur du rôle que heur ou malheur vous imposait.

Le neveu fut gracié l'année suivante : je ne me souviens pas que ma grand-mère revînt, elle, sur son jugement à l'égard de sa cadette qui avait déshabillé trop lyriquement sa peine.

Dans les lieux à peine changés aujourd'hui de la demeure familiale, c'est ce tribunal qu'incarne, pour moi, le fantôme de l'aïeule morte.

Comment une femme pourrait parler haut, même en langue arabe, autrement que dans l'attente du grand âge ? Comment dire « je », puisque ce serait dédaigner les formules-couvertures qui maintiennent le trajet individuel dans la résignation collective ?... Comment entreprendre de regarder son enfance, même si elle se déroule différente ? La différence, à force de la taire, disparaît. Ne parler que de la conformité, pourrait me tancer ma grand-mère : le malheur intervient, inventif, avec une variabilité dangereuse. Ne dire de lui que sa banalité, par prudence plutôt que par pudeur, et pour le conjurer... Quant au bonheur, trop court toujours, mais dense et pulpeux, concentrer ses forces à en jouir, yeux fermés, voix en dedans...

Laminage de ma culture orale en perdition : expulsée à onze, douze ans de ce théâtre des aveux féminins, ai-je par là même été épargnée du silence de la mortification ? Écrire les plus anodins des souvenirs d'enfance renvoie donc au corps dépouillé de voix. Tenter l'autobiographie par les seuls mots français, c'est, sous le lent scalpel de l'autopsie à vif, montrer plus que sa peau. Sa chair se desquame, semble-t-il, en lambeaux du parler d'enfance qui ne s'écrit plus. Les blessures s'ouvrent, les veines pleurent, coule le sang de soi et des autres, qui n'a jamais séché.

Sous les projecteurs des mots voraces ou déformants, la nuit ancestrale se déploie. Avale le corps dans sa grâce d'éphémère. Nie les gestes dans leur spécificité. Ne laisse subsister que les sons.

Parler de soi-même hors de la langue des aïeules, c'est se dévoiler certes, mais pas seulement pour sortir de l'enfance, pour s'en exiler définitivement. Le dévoilement, aussi contingent, devient, comme le souligne mon arabe dialectal du quotidien, vraiment « se mettre à nu ».

Or cette mise à nu, déployée dans la langue de l'ancien conquérant, lui qui, plus d'un siècle durant, a pu s'emparer de tout, sauf précisément des corps féminins, cette mise à nu renvoie étrangement à la mise à sac du siècle précédent.

Le corps, hors de l'embaumement des plaintes rituelles, se retrouve comme fagoté de hardes. Reviennent en écho les clameurs des ancêtres désarçonnés lors des combats oubliés ; et les hymnes des pleureuses, le thrène des spectatrices de la mort les accompagnent.

VOIX

Mes fils sont montés au maquis tous les quatre. Le jour où l'on a arrêté sept maquisards d'un coup, deux de mes fils s'y trouvaient. Ils les ont enchaînés ensemble. Quelqu'un d'ici, un chef des goumiers a dit :

— Tout ce complot, c'est sous l'organisation de votre mère... ô Ahmed!

Ce fils n'avoua rien. Ses autres frères lui avaient envoyé un message de là-haut : « Si nous entendons dire que tu as lâché un mot, nous viendrons nous-même t'abattre! »

Ils me laissèrent finalement ce dernier; il resta avec moi... Pour que je puisse voir les autres, il me fallait faire des voyages! Pendant longtemps je restai sans nouvelles de l'un d'eux, Malek. Je me disais : « Il doit être mort! » Un parent vint me voir de la ville :

— Tu as des nouvelles de tes fils? me demanda-t-il.

— De tous, sauf de Malek, soupirai-je. Il est mort sans doute!

Il eut comme une ombre de sourire, mais il se taisait.

— Puisque je vois ton sourire, dis-je, peut-être as-tu des nouvelles?

Il se baissa alors pour me baiser la tête :

— Il se trouve en ville, chez Kaddour, mais tiens ta langue, chuchota-t-il en partant.

Malek avait passé beaucoup de temps au maquis. Il était tailleur de profession. Il m'avait pris ma machine à coudre Singer et il travaillait pour les Frères... Au début, j'avais piqué moi-même les uniformes. Mais comme il fallut s'occuper des marmites, je ne pouvais tout faire ! Alors Malek avait emporté la machine à la montagne... A l'époque, la ferme me rapportait encore un peu de bien. Je pus en acheter une autre. Mais les soldats de la France me l'ont cassée en morceaux, par la suite.

Comme j'étais fière des uniformes que je confectionnais ! Sans vanité, les miens étaient les mieux coupés ! Tu en dépliais un, tu le suspendais : tu arrivais à peine à croire qu'il n'était pas acheté au magasin !

Tout le monde parle encore de l'avion que les maquisards ont abattu. On a trouvé chez moi une des pièces de l'avion et les gens ont su que cet exploit revenait à « celui de Koléa ». C'est le surnom donné à mon fils aîné, dans la région.

Bien avant la guerre, il aimait la musique, il aimait la poudre et la noce. Quand les gens allaient à la fête de Sidi Mhamed Ben Youcef, le marabout, ils lui disaient :

— Viens avec nous à la fête avec poudre et musique, pour accueillir le préfet et le sous-préfet !

— Moi, je n'aime pas les fêtes ainsi ! répondait-il. J'irai me distraire à Koléa, là-bas, je ne suis pas connu, je m'amuserai d'une bien autre façon !

C'est pourquoi on l'appela « l'ami de Koléa »,

alors qu'il s'appelle Sahraoui comme moi ! Il vit à Hadjout à présent. Il a son ventre tout déformé et cela me désole !

Dans un accrochage il s'est battu au corps à corps. Un combat à l'arme blanche ! Ses intestins sont sortis de son ventre entrouvert ! Un paysan lui donna le tissu de sa coiffe pour ficeler son ventre et maintenir tout, à peu près. Deux jours plus tard, un médecin du maquis l'examina et lui cousit l'abdomen. Il n'en est pas mort certes, mais le voilà infirme !

Il reste aussi vaniteux qu'il l'était avant guerre. Et aussi entêté ! En outre, depuis l'enfance, il garde une mauvaise habitude : il n'a pas peur, il ne sait pas avoir peur ! Le voilà désormais avec un ventre tout déformé, lui qui était un si bel homme ! Même quand il porte une belle veste, et je sais combien il est coquet, les gens doivent se demander ce qu'il tient sur sa hanche !...

La seconde fois où les soldats me brûlèrent la demeure, le feu se développait, le feu « mangeait » et le toit partait en morceaux... Moi, j'entrai dans ce feu en me disant : « même si je ne sauve qu'un matelas, ce sera toujours cela, pour dormir dessus ! »

J'en sortis donc un matelas ; le feu le mordait par le coin. Je le plongeai dans l'eau de l'oued ; j'éteignis le feu. Les soldats me dirent, pour se moquer :

— Tu le réserves aux fellagha ?

Ils revinrent incendier une nouvelle fois. Ils nous ôtèrent même les vêtements que nous portions... Ma sœur, que Dieu ait son âme, plus vieille que moi, mourut de cette peine ! Ils nous enlevèrent les habits et nous laissèrent tels quels, tels que notre mère nous a faits !... Je fis parvenir un message à une parente du village. Elle nous envoya du linge. De nouveau, ils revinrent et nous laissèrent démunis... Quelles épreuves raconter et lesquelles laisser à l'oubli ?...

A la petite fille que j'avais adoptée, je répétais :

— Quand ils t'interrogent, mets-toi aussitôt à pleurer ! S'ils te disent : « Ta mère, qui vient chez elle ? Que fait-elle ? », il faut te mettre à pleurer aussitôt... Si tu dis un mot, ils t'interrogeront davantage ! Pleure, ne fais que cela !

Elle agissait ainsi. Elle pleurait, elle se roulait dans le sable, elle s'enfuyait tout en pleurs. Quand elle arrivait chez moi, je m'inquiétai :

— T'ont-ils frappée ?

— Non, me disait-elle, ils m'ont interrogée, j'ai pleuré, ils ont voulu me donner de l'argent. J'ai refusé et j'ai fui !

Ils croyaient qu'elle savait ce qu'était l'argent. Or, de l'argent en billets, elle n'en voyait jamais : certes elle était petite, mais c'était surtout parce qu'elle vivait à la montagne. En montagne, qui voit un billet ?

Quand je suis venue au village, je l'ai mise à l'école ; mais cela dura si peu de temps...

Au village, un garçon nous a « vendues ». Il est allé leur dire :

— La mère des Moudjahidine est allée à Izzar ! Tante Zohra de Ben Semmam est partie là-bas !

Je dormais quand ils sont venus frapper à ma porte :

— Qu'y a-t-il ?

— L'officier te demande : il veut te dire un ou deux mots !

Je décidai d'y aller. Ma fillette et ma sœur (c'était donc avant la mort de celle-ci) se sont mises à me suivre ; elles pleuraient.

— Ne pleurez pas, leur ai-je ordonné. Ne pleurez pas sur moi ! J'interdis qu'on pleure sur moi !

Le garçon leur avait tout rapporté : que j'avais rencontré les Frères, ce qu'ils avaient mangé, combien ils étaient. Les Frères m'avaient demandé : « Es-tu au courant des mouvements prochains des Français ? » Je leur avais répondu : « Je ne sais pas, pour l'instant, mais envoyez-moi quelqu'un demain à l'aube. Vous aurez le renseignement ! » Toutes ces paroles, le garçon était allé les dire !...

A mon retour de chez les Frères, je m'étais renseignée au village; j'avais su que les Français allaient monter là-bas. J'avais transmis le renseignement... Voilà que je me trouvais maintenant devant l'officier français !

C'est là que j'ai rencontré une nommée Khadidja. C'était une femme riche : bien avant la guerre déjà, elle avait pas mal de bien, puis elle s'était mise à acheter, à acheter ! Elle dirigeait, que Dieu éloigne de nous le mal, une maison, la « mauvaise », une maison de tolérance... Malgré cela, elle était allée au pèlerinage à La Mecque. Puis elle s'était dit : « Je vais donner du bien aux Moudjahidines. Peut-être alors que Dieu me pardonnera ! » Elle leur avait donné trois cents pièces d'or !... Après quoi, quelqu'un l'a « vendue » : un homme qui livrait, paraît-il, des médicaments aux Frères.

Je rencontrai donc cette femme dans cette antichambre :

— Qui t'a amenée là, ô Khadidja ? demandai-je.

— Il en est de moi comme de toi ! répondit-elle. Sur toi a sévi la trahison; sur moi, de même !... Dieu a voulu notre rencontre dans ce lieu et en ces circonstances !

Cette fois, je fus interrogée à l'électricité

jusqu'à... jusqu'à croire en mourir! J'avais dit: « Je ne veux pas qu'on pleure sur moi! » Si j'avais su qu'ils allaient m'interroger à l'électricité, je ne serais pas allée, à n'importe quel prix! Autant mourir sur place.

Je revins de nouveau à la montagne avec ma fille. Nous allions apporter la semoule aux Frères. Nous cherchions dans la forêt où l'entreposer. Il fallait aussi trouver où la pétrir, où la préparer. Une fois, sur le retour, nous avons aperçu les soldats au loin.

Nous avons fui vers l'oued. Nous sommes entrées dans une « guelta » un peu profonde. La maison était en feu. De ce foyer, se projetaient d'énormes braises, ainsi que des morceaux de poutre enflammées... Nous nous cachions, mais ces projectiles de feu tombaient sur nous. J'en reçus sur la tête.

La fillette, menue, était couverte entièrement par l'eau de la « guelta ». Moi, seulement à moitié. Le feu prit à mes cheveux. Et la petite qui pleurait d'effroi :

— Mère, le feu te mange! Le feu te mange!

C'est ainsi que j'ai perdu tous mes cheveux. Je me jetai dans l'eau. Mais d'autres braises me tombaient dessus. Nous ne pouvions quitter l'endroit. Je garde depuis ces cicatrices sur le front et le cou...

Toute une journée nous nous sommes cachées dans la mare. Elle et moi, toutes seules! Les Frères avaient fui dans la forêt. Les soldats ont commencé à partir. J'entendais leur martèlement. Ils ont rejoint la « route romaine » et sont montés dans leurs camions; le crépuscule approchait... Un silence se fit un certain temps.

— O Fatiha, tu es toute petite, dis-je. De loin on

te prendrait pour un poussin ou pour une petite chèvre... Grimpe jusqu'à la colline et regarde !

Ce qu'elle fit ; elle revint me dire :

— Ils sont montés dans leurs camions qui s'éloignent. Sors !

Je suis sortie. Nous étions libres. Nous nous sommes mises à marcher. Où aller maintenant, c'est la nuit ! Nous avons marché, marché... Nous avons trouvé un « ouali ». Nous avons passé la nuit là, au-dehors, près du tombeau du Saint. Nous avons eu honte d'aller frapper chez les gens. Nous sommes restées là jusqu'au moment où le jour a point. Alors seulement, nous avons frappé chez la dame, la fille de Sid Ahmed Tahar.

— Où étiez-vous, petite mère ? m'a-t-elle demandé.

— C'est maintenant que nous arrivons, ai-je répondu.

Je n'ai pas voulu dire que nous avions passé la nuit dehors. Je craignais qu'on ne se moque de nous... Car ils rient ! Ils rient, ceux à qui rien n'arrive !

Je n'ai pas voulu parler de l'incendie. Peut-être même qu'ils se réjouissent, ceux qui ne connaissent pas le malheur ? Je lui répétai :

— Nous errions dans la forêt... C'est maintenant que nous arrivons à ta porte !

Je dois convenir qu'elle nous accueillit avec égards. Elle nous fit du pain. Nous avons mangé et bu le nécessaire. Puis nous sommes parties. Nous n'avons pas passé la nuit chez elle. Elle ne nous a rien dit, et nous, nous ne sommes pas restées. Les gens n'aiment pas abriter ceux qui comme nous, font arriver derrière eux, la France !

Nous sommes parties. Nous avons erré ici et là...

Après tous ces malheurs, j'en suis arrivée à ce

qu'on me traite de « folle ». Les gens se sont mis à me considérer ainsi, me dire que j'étais « folle ». En fait, ils avaient peur :

— Voici venir la folle, fermez la porte !

C'est vrai qu'après que mes cheveux eurent brûlé, j'ai dû être malade plusieurs mois... Mes fils se sont occupés de moi. Ils ont fait des démarches. On m'a soignée. J'allais mieux. J'ai dû avoir un choc à la tête ; même maintenant, j'ai des pertes de mémoire...

Les Frères aussi se sont occupés de moi. Grâce à eux, je suis guérie. Mais les gens continuaient à fermer leur porte à « la folle ». Ils avaient peur : c'était cela la vérité ; surtout ceux du village. Ils disaient :

— Qu'est-ce qu'ils viennent faire ici, ceux-là ? Ils nous apportent le malheur !

Je suis allée à nouveau chez Djennet, à Hadjout ; je n'avais plus rien à me mettre. Je cherchais un pantalon bouffant pour le desserrer à la taille et m'en couvrir la tête, m'en servir comme un voile ; je n'ai pas trouvé. Qui m'aurait donné un voile ?

J'ai donc décidé d'aller chez Djennet. Il fallait prendre le car. J'ai emporté un couffin de légumes et... Quand Dieu veut t'aider... Un homme cherchait justement à acheter des oignons. Je l'ai rencontré, je lui ai procuré ce qu'il voulait, ainsi, j'ai pu prendre le car ! J'arrivai chez Djennet, sans voile, ni burnous !...

CORPS ENLACÉS

Lla Zohra, de Bou Semmam, est âgée de plus de quatre-vingts ans. Je franchis le seuil de sa demeure actuelle, à la sortie du village de Ménaceur. Je m'engage dans l'allée qui traverse son potager qu'elle entretient elle-même, sous un noyer et un abricotier qu'elle me fera admirer.

Seconde porte, bruit léger du heurtoir qui fait suspendre la berceuse de la machine à coudre. Les chambres peintes à la chaux donnent sur un modeste patio ; de là, on aperçoit les flancs de la montagne, le Pic Marceau avec ses miradors désaffectés.

Une jeune femme, la couturière, sort la première. Puis vient la vieille hôtesse. Nous nous embrassons, nous nous touchons, nous nous admirons. Je m'assois. Je rappelle la mort de l'aïeule, survenue au lendemain de l'indépendance. Depuis, je n'avais plus rencontré Lla Zohra.

— Nous étions cousines, ta grand-mère et moi, dit-elle. Je te suis certes plus proche par le père de ta mère ; nous sommes de la même fraction, de la même tribu. Elle, elle m'est liée par une autre alliance, par les femmes !

J'écoute l'écheveau de la généalogie se dévider :

de telle montagne à telle colline, en passant par la « zaouia », par le hameau, puis enserrant le cœur de la ville. Je bois le café. Je finis par dire :

— Je suis venue pour rester une nuit !... Nous avons le temps !...

Sa voix creuse dans les braises d'hier. Au fond du patio, pendant que les versants de la montagne changent de nuances au cours de l'après-midi, la machine à coudre reprend son antienne. La couturière, fille adoptive de la conteuse, n'écoute pas ; elle ne veut pas s'engloutir. Plus tard, elle me demandera comment faire pour travailler à la cité voisine, à la poste ou dans une école maternelle...

J'ai accepté, petite mère, de te conduire jusqu'à ta ferme, en pleine montagne. Après deux heures de marche sur des sentiers épineux, nous avons trouvé le sanctuaire, tu l'appelles « le refuge », empruntant le mot français à peine déformé : des murs encore debout se dressent dans des décombres. Leur pied noirci est souillé par des traînées de feux éteints, ceux qu'allument les rôdeurs d'aujourd'hui.

Là, ta voix a poursuivi le récit. Le soleil demeurait haut. Tu t'es assise, le voile rabaissé à la taille, parmi les ajoncs et les herbes de printemps. Ton visage finement ridé mais austère — une rêverie fermant légèrement ses traits —, je le photographiai parmi les coquelicots... Le soleil baissa peu à peu. Nous sommes revenues dans le silence du soir.

Dire à mon tour. Transmettre ce qui a été dit, puis écrit. Propos d'il y a plus de un siècle, comme ceux que nous échangeons aujourd'hui, nous, femmes de la même tribu.

Tessons de sons qui résonnent dans la halte de l'apaisement...

Laghouat, été 1853. Le peintre Eugène Fromentin a séjourné, l'automne et le printemps précédents, dans un Sahel endormi, tel le nôtre aujourd'hui, petite mère.

L'été commence. Cédant à une pulsion, il se précipite vers le Sud. Six mois auparavant, Laghouat a vécu un terrible siège. Oasis prise par les Français, maison après maison. Les charniers sous les palmiers se devinent encore, tandis que Fromentin (comme moi qui t'écoute tous ces jours) entend son ami raconter :

« Tenez, me dit le lieutenant en s'arrêtant devant une maison de la plus pauvre apparence... Voilà une méchante masure que je voudrais bien voir par terre.

« Et chemin faisant, il me raconta l'histoire suivante en quelques mots brefs empreints d'un triste retour sur les hasards cruels de la guerre.

« Dans cette maison qui, depuis la prise de la ville, a changé de maître, habitaient deux Naylettes fort jolies [1]... »

Fatma et Mériem, les « naylettes », vivent en danseuses-prostituées à l'oasis. Elles ont tout au plus vingt ans. Quinze ans auparavant, l'émir Abdelkader a attaqué El-Mahdi, près de Laghouat, pour tenter de soumettre les seigneurs du Sud et unifier sa résistance contre le Chrétien... Ont-elles, dans cette guerre civile, perdu leur père, certains de leurs frères ? Supposons-le ; lorsque nous rencontrons ces deux femmes dans cette embardée du passé, elles tirent commerce de leur beauté en fleurs...

1. Eugène Fromentin, *Un été au Sahara.*

Si elles devaient vivre jusqu'à quarante ans, petite mère, peut-être deviendraient-elles des Khadidja, comme celle que tu accompagnas dans le corridor des tortures : des pécheresses avec du bien, cherchant à aller en pèlerinage « pour se faire pardonner et apporter de l'or aux Partisans ! »

Quelques mois, ou quelques semaines avant le siège de Laghouat, Fatma et Mériem reçoivent en secret deux officiers d'une colonne française qui patrouille dans les parages : non pour trahir, simplement pour une nuit d'amour, « que Dieu éloigne de nous le péché ! »

— Après le combat de rues des 4 et 5 décembre, les cadavres furent si nombreux que les puits de l'oasis se remplissent ! expliquai-je.

— Et Fatma ? Et Mériem ? interrompt Lla Zohra qui se surprend à suivre cette histoire comme une légende d'aède.

— Où as-tu entendu raconter cela ? reprend-elle avec impatience.

— Je l'ai lu ! rétorqué-je. Un témoin le raconta à un ami qui l'écrivit.

Le lieutenant, l'un de ceux qui furent reçus par les Naylettes, fait partie de la première compagnie d'attaque. Il combat tout le jour. Dans une accalmie — « on se battait jusqu'au cœur de la ville », précise-t-il —, reconnaissant soudain certains des lieux, il se dirige, avec son sergent, jusqu'à la demeure des danseuses.

Un soldat en sort : sa baïonnette rougie de sang s'égoutte dans le canon. Deux complices, les mains pleines de bijoux de femmes, le suivent et se sauvent.

— Trop tard ! se dit le lieutenant qui pénètre dans la maison autrefois amie.

Et c'est le crépuscule.

« Fatma était morte, Mériem expirait. L'une sur le pavé de la cour, l'autre au bas de l'escalier d'où elle avait roulé la tête en bas » : le témoin parle, le peintre écrit.

Deux corps de jeunes danseuses quasiment nues jusqu'à la ceinture, les hanches visibles à travers la déchirure du tissu, sans coiffe ni diadème, ni pendeloques, ni anneaux de cheville, ni collier de corail, de pièces d'or, ni agrafes de verroterie... Dans la cour, le fourneau est resté allumé ; un plat de couscous vient d'être servi. Le fuseau chargé de laine, du métier à tisser, est posé, immuable ; seul le coffre en bois d'olivier, parce que vidé, penche sur le côté, ses charnières arrachées.

« — Mériem, en expirant dans mes bras, laissa tomber de sa main un bouton d'uniforme arraché à son meurtrier ! » soupire le lieutenant arrivé trop tard.

Six mois après, l'officier donne ce trophée à Fromentin qui le garde. Fromentin ne dessinera jamais le tableau de cette mort des danseuses. Est-ce cet objet palpé qui transforme le peintre des chasses algériennes en écrivain du deuil ?... Comme si la main de Fromentin avait précédé son pinceau, comme si la transmission s'était coagulée dans les seuls vocables...

La main de Mériem agonisante tend encore le bouton d'uniforme : à l'amant, à l'ami de l'amant qui ne peut plus qu'écrire. Et le temps s'annihile. Je traduis la relation dans la langue maternelle et je te la rapporte, moi, ta cousine. Ainsi je m'essaie, en éphémère diseuse, près de toi, petite mère assise devant ton potager.

Ces nuits de Ménacer, j'ai dormi dans ton lit, comme autrefois je me blottissais, enfant, contre la mère de mon père.

[illegible]

Deux corps de jeunes [illegible] quasiment [illegible] la bouche, les bouches visibles à [illegible]

[illegible] est resté allumé, au plus [illegible]

[illegible]

TROISIÈME MOUVEMENT

LA COMPLAINTE D'ABRAHAM

Chaque réunion, pour un enterrement, une noce, est soumise à d'implacables lois : respecter rigoureusement la séparation des sexes, craindre que tel proche ne vous voie, que tel cousin, mêlé à la foule masculine massée dehors, ne risque de vous reconnaître quand, voilée parmi les voilées, vous sortez, ou vous rentrez, perdue dans la cohue des invitées masquées.

L'initiation religieuse elle-même ne peut être que sonore, jamais visuelle : nul office où l'ordonnance des personnes, le code des costumes et des postures, le déroulé hiérarchique du rite frapperaient la sensibilité de la fillette. L'émotion, quand elle jaillit, n'est provoquée que par la musique, que par la voix corrodée des dévotes invoquant la divinité. A la mosquée, dans le coin réservé aux femmes, ne s'accroupissent que les vieilles, qui n'ont plus de voix.

Dans la transmission islamique, une érosion a fait agir son acide : entrer par soumission, semble décider la Tradition, et non par amour. L'amour qu'allumerait la plus simple des mises en scène apparaît dangereux.

Reste la musique. J'écoute le chant des dévotes

quand, enfants en vacances, nous accompagnions nos parentes, chaque vendredi, à la tombe du saint protecteur de la ville.

Dans l'ombre de la masure fruste, aux murs de pisé, au sol tapissé de nattes, des dizaines d'anonymes, venues des hameaux et des fermes voisines, se lamentent, psalmodient dans ce lieu écrasé d'odeurs. Par ses miasmes de transpiration et de moiteur, l'atmosphère me rappelle l'antichambre d'un hammam où le ruissellement lointain des fontaines serait remplacé par le murmure des voix écorchées.

Mais, sur ce seuil d'émotions criardes, je ne me sens pas saisie d'exaltation mystique ; de ces récriminations des fidèles voilées (à peine si elles ouvrent l'échancrure du drap sur leur face tuméfiée), je sentais l'âcreté des plaintes, l'air de victime des chanteuses... Je les plains ou je les trouve étranges, ou effrayantes. Les bourgeoises, qui m'environnent et qui se sont faites belles pour cette visite, ne se laissent pas ainsi aller. Ma mère, les cousines de ma mère s'approchent ; quelques formules coraniques prononcées en hâte au-dessus du catafalque du saint, un baiser esquissé de la main, elles sortent : notre groupe reste à l'écart de la religiosité populaire exacerbée.

Par un sentier, nous descendons jusqu'à une crique abritée où les femmes peuvent prendre des bains de mer à l'abri des regards.

« Aller au marabout », c'est visiter le saint qui console par sa présence mortuaire. Pour mes parentes, le mort semble secourable, et même bénéfique, parce qu'il a eu la politesse, il y a deux ou trois siècles, de venir trépasser tout près de la plage. Or, ce prétexte du pèlerinage ne pouvait abuser mon oncle qui voyait, en été, son autorité s'élargir à toute la parentèle. Il voulait bien feindre d'ignorer que nous nous livrions aux plaisirs profanes des bains de mer plutôt qu'aux dévotions annoncées.

Mon premier émoi religieux remonte à plus loin : dans le village, trois ou quatre années de suite, le jour de la « fête du mouton » débute par la « complainte d'Abraham ».

Aubes d'hiver frileuses, où ma mère, levée plus tôt que d'habitude, allumait le poste de radio. Le programme arabe comportait invariablement, en l'honneur de la fête, le même disque : un ténor célèbre chantait une mélopée dont une dizaine de couplets mettait en scène Abraham et son fils.

Cette écoute, dont la régularité annuelle a scandé mon jeune âge, modela, je crois, en moi une sensibilité islamique.

Dans la pénombre de l'aurore, je me réveille sous la tendresse de la voix du chanteur, un ténor que Saint-Saëns finissant sa vie à Alger, avait encouragé, alors qu'il débutait comme muezzin. L'artiste, déroulant les couplets, interprétait tous les personnages : Abraham qui, dans un rêve lancinant ses nuits, voyait l'ange Gabriel exiger, au nom de Dieu, le sacrifice du fils ; l'épouse d'Abraham ignorant que son garçon, paré de sa djellaba de fête, était emmené à la mort ; Isaac lui-même qui avance dans la montagne avec innocence, étonné que le corbeau sur la branche lui parle de trépas...

Suspendue au drame biblique qui commençait, je ne sais pourquoi ce chant me plongeait dans une émotion si riche : la progression du récit à la fin miraculeuse, chaque personnage dont la parole rendait la présence immédiate, le poids de la fatalité et de son horreur qui pesait sur Abraham, contraint de voiler sa peine... Autant que la tristesse du timbre (mon corps, entre les draps, se recroquevillait davantage), la texture même du chant, sa diaprure me transportaient : termes rares, pudiques, palpitants d'images du dialecte arabe. Cette langue que le ténor savait rendre simple, frissonnait de gravité primitive.

La femme d'Abraham, Sarah, intervenait dans le couplet, comme ma mère, quand elle nous décrivait ses joies ou ses craintes, ses pressentiments. Abraham aurait pu être mon père, qui, lui, ne parlait jamais pour livrer son émotion, mais qui, me semblait-il, aurait pu... L'émoi me saisissait aussi devant la soumission du fils ; sa vénération, sa délicatesse dans le poids de la peine et cette perfection même me plongeaient dans un autre âge, à la fois plus naïf et plus grand :

« Puisque tu devais me tuer, ô mon père,
Pourquoi ne me l'as-tu pas dit ?
J'aurais pu étreindre ma mère
à satiété !...
Prends garde, en te baissant pour me sacrifier,
de ne pas tacher, de mon sang, le pan de ta toge !
Ma mère, quand tu lui reviendras, risquerait
de comprendre trop vite ! »

J'aimais la fraîcheur du chant d'Isaac qui déroulait en strophes lentes la dramaturgie du récit. Palpitation de cette musique...

A la même époque, le récit d'une tante qui débitait en multiples variations une biographie du Prophète, me rapprocha de cette émotion...

Le Prophète, au début de ses visions, revenait de la grotte tellement troublé qu'il « en pleurait », affirmait-elle, troublée elle-même. Lalla Khadidja, son épouse, pour le réconforter, le mettait

« sur ses genoux », précisait la tante, comme si elle y avait assisté. Ainsi, concluait-elle toujours de la même manière, la première des musulmanes et des musulmans était une femme, peut-être même avant le Prophète lui-même, qu'Allah l'ait en sa sauvegarde ! Une femme avait adhéré à la foi islamique, historiquement la première, « par amour conjugal », affirmait ma parente.

D'une voix triomphante elle faisait revivre maintes fois cette scène ; j'avais dix, onze ans peut-être. Auditrice réticente soudain, car je n'avais vu de manifestation d'amour conjugal que dans la société européenne :

— Est-ce donc cela un Prophète ? m'offusquais-je. Un homme que sa femme met sur ses genoux ?

La tante avait un sourire discrètement attendri... Des années plus tard, je m'attendris à mon tour : pour un autre détail qu'elle rapportait. Bien après la mort de Khadidja, Mohamed ne pouvait dominer son trouble en une circonstance particulière : quand la sœur de sa femme morte approchait de la tente, le Prophète, bouleversé, disait que la sœur avait le même bruit de pas que la défunte. A ce son qui ressuscitait Khadidja, le Prophète se retenait mal de pleurer...

L'évocation de ce bruit de sandales me donnerait par bouffées un désir d'Islam. Y entrer comme en amour, un bruissement griffant le cœur : avec ferveur et tous les risques du blasphème.

[illegible] paroles, prennent la forme [illegible] [illegible] de la [illegible], la première des [illegible] [illegible] le Prophète [illegible] [illegible] elle [illegible]

[illegible]

[illegible] le Prophète [illegible]

[illegible] de [illegible]

VOIX

Nous terminions le repas du soir. J'ai donné à mon jeune fils une coupe à confiture, avec une petite cuillère en argent. Je tenais celle-ci de mon père.

Mariée de quelques jours — je n'avais pas quinze ans —, j'étais allée voir mon père et je buvais avec lui du café. Soudain :

— Père, je voudrais prendre cette petite cuillère ! lui demandai-je.

— Prends-la, répondit-il. Prends les tasses, regarde autour de toi et prends ce que tu veux d'ici, ma fille !

— Père, lui dis-je, je ne veux que cette cuillère, parce que tu l'utilises toujours pour ton café ! Elle est si chère à mon cœur !

Je la gardai depuis ce temps, et cela dura trente ans au moins, ou peut-être quarante... Or cette nuit dont je parlais, les maquisards étaient chez nous. Ils avaient bu et mangé. D'autres surveillaient les environs. Au café, je tends le confiturier à mon fils pour qu'il leur en serve et j'y mets, je ne sais pourquoi, la cuillère en argent. A peine était-il sorti de la pièce que la France fit faire une poussée en avant à ses troupes. Les balles se mirent à tomber de partout !

C'est ainsi que mon garçon partit avec eux : le confiturier jeté, mais cette cuillère à la main... Comme s'il emportait la bénédiction de mon père, que Dieu garde celui-ci dans son salut !

Ainsi mon dernier partit avec les maquisards. Il était si jeune : à peine quatorze ans ! Certes, il avait l'esprit vif, et pétillant d'intelligence. Plus tard, un autre de mes fils, plus âgé et déjà marié, vint me voir :

— Tu devrais, dit-il, demander aux maquisards de te le rendre, il est trop jeune !

— Écoute, lui répondis-je, s'il revient et si l'ennemi l'interroge, suppose qu'il flanche et qu'il dise tout ce qu'il sait ?... Nous serions déshonorés ! Laisse-le : s'il doit mourir, il mourra en héros et s'il est destiné à vivre, il vivra la conscience fière !

Kaddour resta donc au maquis. Il était jeune certes, mais il avait de l'instruction. De tous ses frères, c'était lui qui avait le plus d'allant...

Une fois, Mustapha, un autre de mes fils, vint de Marceau :

— Mère, me dit-il, père vient d'être emmené chez l'officier français qui va l'interroger sur Kaddour. Ils ont remarqué qu'il n'était plus là.

Quand Dieu veut assurer son salut à quelqu'un, il le fait ! Avant son départ au maquis, Kaddour n'aidait en rien pour tout ce qui était tâche manuelle : il n'aurait pas porté un bidon, pour le remplir !... Mais il y eut la grève des écoliers : des petits et des grands. Il dut rester à la ferme sans rien faire. On cherchait des saisonniers pour la cueillette du raisin en plaine. Une Française, la fille Moulios, donnait les autorisations de travail pour la cueillette. Kaddour alla la voir :

— Donne-moi une autorisation — lui dit-il — pour que j'aille travailler comme saisonnier en plaine ! Avec cette grève, je ne supporte pas de rester sans rien faire...

Lui, c'était juste pour avoir un permis de circuler. Il n'avait nullement l'intention d'aller travailler chez les autres : il était trop fier pour cela et, comme je l'ai dit, question travail manuel, il était paresseux !

La fille Moulios lui donna cette autorisation. Il me la montra :

— Eh bien, va travailler ! lui dis-je.

J'avais si peur, quand il circulait à cette époque, que les goumiers se saisissent de lui et le frappent, ou le provoquent... Il y eut alors cette nuit d'alerte chez nous ; il partit avec les Moudjahidine. Quelques semaines après, les Français interrogeaient son père :

— Où est le petit ?

— Il a demandé une permission pour aller travailler en plaine ! répondit le père et il cita la Française. Interrogée, elle reconnut avoir donné cette autorisation. Il paraît que l'officier téléphona à toutes les fermes voisines, jusqu'à Marengo. En vain ! Ils finirent par conclure qu'il était mort quelque part.

Bien avant ces événements, j'entends frapper à la porte, en pleine nuit et à plusieurs reprises. Je me trouvais seule à la ferme, avec mes brus et les enfants. Je n'ouvris pas.

Or, à peine avais-je posé la tête sur l'oreiller que je sombrai dans un profond sommeil. Je fis un rêve qui me réveilla : deux êtres, comme des ombres mais tout éclairées, se dressaient devant moi et s'adressaient ainsi à moi :

— O Lla Hadja (je n'étais pourtant pas encore allée à La Mecque), certes tu as eu peur et nous te comprenons :

tu nous croyais bande de goumiers
or nous sommes, du Prophète, les héritiers !...
Ils parlèrent ainsi, en prose rimée et ils répétèrent cette dernière affirmation qui me réveilla et me plongea dans le remords ; c'était vrai, par méfiance, cette nuit-là, je n'avais pas ouvert la porte aux maquisards !

Ils prirent l'habitude de venir, de dîner, de veiller, puis de repartir dans la nuit. Je les faisais entrer toujours dans la même chambre. Dans la journée, je gardais cette pièce vide. Il m'arrivait de me dresser sur son seuil et de me dire : « Cette chambre où entrent les fils de la Révolution deviendra verte, verte, verte, comme une pastèque fermée, et ses murs, un jour, ruisselleront tout entiers de vapeur de rosée ! » Voici que moi aussi, comme les ombres du rêve, je m'exprime en prose rimée !

Une nuit où les Moudjahidinė étaient venus, leurs souliers transportèrent la boue des chemins jusque dans cette chambre.

— Non, non, ne vous gênez pas ! Nous nettoierons demain !

Je me sentais le cœur léger ; je voulais qu'ils s'asseyent partout, qu'ils aient un peu d'aise. Je leur fis apporter tous les coussins. Je demandai qu'on leur présente des brocs d'eau et du savon, puis des aiguières ! Le lendemain... il fallut enlever la boue séchée du seuil à coups de pioche ! Pourtant, Dieu nous a gardés toujours dans son salut !

CHUCHOTEMENTS...

En avril 1842, la zaouia des Berkani est brûlée; femmes et enfants errent sur les neiges des pentes montagneuses — cette année-là, l'hiver fut rigoureux. Les cadavres nourriront les chacals.

Les Français repartent; leur chef, le commandant de Saint-Arnaud qui a succédé au sombre Cavaignac, a rejoint, par Miliana, sa base d'Orléansville. De son bivouac de la zaouia détruite, il n'a pas interrompu sa correspondance avec son frère.

L'année suivante, les mêmes guerriers reviennent. Puisque destructions et morts n'ont amené aucune soumission définitive, puisque le vieux khalifat Berkani continue, plus à l'ouest, d'animer, comme lieutenant de l'Émir, la résistance, Saint-Arnaud décide une répression plus efficace : il prendra des otages dans la famille même du khalifat :

« Huit des chefs des trois principales fractions des Beni-Ménacer », précise-t-il donc à son frère.

Chuchotements des aïeules aux enfants dans le noir, aux enfants des enfants accroupis sur la natte, aux filles qui deviendront aïeules, le temps d'enfanter s'écoulant pour elles en parenthèses dérisoires (de quinze à trente-cinq ou quarante ans).

Ne subsiste du corps ni le ventre qui enfante, ni les bras qui étreignent, qui s'ouvrent dans la rupture de l'accouchement. Ne subsiste du corps que ouïe et yeux d'enfance attentifs, dans le corridor, à la conteuse ridée qui égrène la transmission, qui psalmodie la geste des pères, des grands-pères, des grands-oncles paternels. Voix basse qui assure la navigation des mots, qui rame dans les eaux charriant les morts, à jamais prisonniers...

Chuchotements des femmes : dans les couches, une fois la chandelle éteinte, pendant les nuits de l'alerte, une fois les braises des braseros refroidies... De quinze à trente-cinq ou quarante ans, le corps fléchit, le corps gonfle, le corps s'éventre, enfin il traverse les années de plomb, il triomphe de la pénombre aux bouches bâillonnées, aux visages masqués, au regard invariablement baissé... La voix attend dans les entrailles de la mutité, les râles sont avalés, les plaintes transmuées.

Temps des asphyxiées du désir, tranchées de la jeunesse où le chœur des spectatrices de la mort vrille par spasmes suraigus jusqu'au ciel noirci... Se maintenir en diseuse dressée, figure de proue de la mémoire. L'héritage va chavirer — vague après vague, nuit après nuit, les murmures reprennent avant même que l'enfant comprenne, avant même qu'il trouve ses mots de lumière, avant de parler à son tour et pour ne point parler seul...

« Huit des chefs des trois principales fractions », écrit le commandant français qui évoque les otages. « Quarante-huit prisonniers pour l'île Sainte-Marguerite : hommes, femmes, enfants, parmi eux une femme enceinte », rectifient les chuchotements qui se tissent aujourd'hui à l'endroit où la zaouia a brûlé, au milieu des vergers plus rares. Les figuiers s'élèvent désormais en plus grand nombre que les

orangers, que les mandariniers : comme si l'eau nourrissait d'abord les mémoires, et que le ravinement s'accélérât sur les roches !

Cuillère de confiturier que « la sainte » — on l'appelle ainsi parce qu'elle jeûne toute l'année, par piété ardente — tendait à son jeune fils, dans l'alarme. La compassion d'autrefois, du vieux père envers sa fille partant pour ses noces, s'inverse, trente ans après, dans le don de celle-ci à son cadet qui disparaît, une nuit de la guerre. Il reviendra sain et sauf, quelques années plus tard !... Cette cuillère de confiturier, objet de luxe dans ces monts appauvris, m'apparaît comme un emblème héraldique à choisir pour quel cimier...

Les vergers brûlés par Saint-Arnaud voient enfin leur feu s'éteindre, parce que la vieille aujourd'hui parle et que je m'apprête à transcrire son récit. Faire le décompte des menus objets passés ainsi, de main fiévreuse à main de fugueur !

Quand la « sainte » était enfant, elle écoutait sa grand-mère qui fut la bru du vieux Berkani. Les historiens perdent celui-ci de vue, juste avant que l'Émir soit contraint de se rendre. Aïssa el Berkani partit avec sa « deira » au Maroc. Au-delà d'Oudja, sa trace disparaît dans les archives — comme si « archives » signifiait empreinte de la réalité !

L'une de ses brus, longtemps après cet exode, se retrouva veuve sans enfant. Elle demanda au khalifat — ainsi que le rapporte la tradition — la permission de retourner dans sa famille, chez les Beni-Ménacer désormais soumis. Elle revint, se remaria avec un cousin qui participa à la seconde révolte, en 1871...

Bien après cette seconde flambée, elle chuchote à son tour, vieillie dans le cercle reconstitué d'enfants aux prunelles luisantes. A son tour, l'une des fil-

lettes parcourera le trajet et se retrouvera envelop-pée de satin et de moire; surnommée « la sainte », elle chuchote pareillement...

Chaîne de souvenirs: n'est-elle pas justement « chaîne » qui entrave autant qu'elle enracine? Pour chaque passant, la parleuse stationne debout, dissimulée derrière le seuil. Il n'est pas séant de soulever le rideau et de s'exposer au soleil.

Toute parole, trop éclairée, devient voix de forfanterie, et l'aphonie, résistance inentamée...

L'ÉCOLE CORANIQUE

A l'âge où le corps aurait dû se voiler, grâce à l'école française, je peux davantage circuler : le car du village m'emmène chaque lundi matin à la pension de la ville proche, me ramène chez mes parents le samedi.

A chaque sortie de week-end, une amie à demi italienne, qui rejoint un port de pêcheurs sur la côte, et moi nous sommes tentées par toutes sortes d'évasions... Le cœur battant, nous faisons une escapade au centre ville : entrer dans une pâtisserie élégante, surveiller les abords du parc, « faire le boulevard » qui ne longe que de vulgaires casernes, c'est pour nous le comble de la licence, après une semaine de pensionnat ! Excitées par la proximité des plaisirs défendus, nous finissons par prendre chacune notre car ; le suspense a résidé dans le risque de rater ce départ.

Dans ce début d'adolescence, je goûte l'ivresse des entraînements sportifs. Tous les jeudis, vivre les heures de stade en giclées éclaboussées. Une inquiétude me harcèle : je crains que mon père n'arrive en visite ! Comment lui avouer que, forcément, il me fallait me mettre en short, autrement dit montrer mes jambes ? Je ne peux confier cette peur à aucune camarade ; elles n'ont pas, comme moi, des cousines qui ne dévoilent ni leurs chevilles ni leurs bras, qui n'exposent même pas leur visage. Aussi, ma panique se mêle d'une « honte » de femme arabe. Autour de moi, les corps des Françaises virevoltent ; elles ne se doutent pas que le mien s'empêtre dans des lacs invisibles.

— Elle ne se voile donc pas encore, ta fille ? interroge telle ou telle matrone, aux yeux noircis et soupçonneux, qui questionne ma mère, lors d'une des noces de l'été. Je dois avoir treize, quatorze ans peut-être.

— Elle lit ! répond avec raideur ma mère.

Dans ce silence de gêne installée, le monde entier s'engouffre. Et mon propre silence.

« Elle lit », c'est-à-dire, en langue arabe, « elle étudie ». Maintenant je me dis que ce verbe « lire » ne fut pas par hasard l'ordre lancé par l'archange Gabriel, dans la grotte, pour la révélation coranique... « Elle lit », autant dire que l'écriture à lire, y compris celle des mécréants, est toujours source de révélation : de la mobilité du corps dans mon cas, et donc de ma future liberté.

Pour les fillettes et les jeunes filles de mon époque — peu avant que la terre natale secoue le joug colonial —, tandis que l'homme continue à avoir droit à quatre épouses légitimes, nous disposons de quatre langues pour exprimer notre désir, avant d'ahaner : le français pour l'écriture secrète, l'arabe pour nos soupirs vers Dieu étouffés, le libyco-berbère quand nous imaginons retrouver les plus anciennes de nos idoles mères. La quatrième langue, pour toutes, jeunes ou vieilles, cloîtrées ou à demi émancipées, demeure celle du corps que le regard des voisins, des cousins, prétend rendre sourd et aveugle, puisqu'ils ne peuvent plus tout à fait l'incarcérer ; le corps qui, dans les transes, les danses ou les vociférations, par accès d'espoir ou de désespoir, s'insurge, cherche en analphabète la destination, sur quel rivage, de son message d'amour.

Dans nos villes, la première réalité-femme est la voix, un dard s'envolant dans l'espace, une flèche qui s'alanguit avant la chute ; puis vient l'écriture dont les lettres lianes forment entrelacs amoureux, sous la griffure du roseau en pointe. Par contre un besoin d'effacement s'exerce sur le corps des femmes qu'il faut emmitoufler, enserrer, langer, comme un nourrisson ou comme un cadavre. Exposé, il blesserait chaque regard, agresserait le plus pâle désir, soulignerait toute séparation. La voix, elle, entre en chacun comme un parfum, une gorgée d'eau pour gosier d'assoiffé ; et lorsqu'elle se goûte, elle devient plaisir pour plusieurs, simultanément : secrète jouissance polygame...

Quand la main écrit, lente posture du bras, précautionneuse pliure du flanc en avant ou sur le côté, le corps accroupi se balance comme dans un acte d'amour. Pour lire, le regard prend son temps, aime caresser les courbes, au moment où l'inscription lève en nous le rythme de la scansion : comme si l'écriture marquait le début et le terme d'une possession.

Inscrite partout en luxe de dorures, jusqu'à nettoyer autour d'elle toute autre image animale ou végétale, l'écriture, se mirant en elle-même par ses courbes, se perçoit femme, plus encore que la voix. Elle souligne par sa seule présence où commencer et où se perdre ; elle propose, par le chant qui y couve, aire pour la danse et silice pour l'ascèse, je parle de l'écriture arabe dont je m'absente, comme d'un grand amour. Cette écriture que, pour ma part, j'ai apprivoisée seulement pour les paroles sacrées, la voici s'étalant devant moi en pelure d'innocence, en lacis murmurants — dès lors, les autres (la française, l'anglaise ou la grecque) ne peuvent me sembler que bavardes, jamais cautérisantes, carènes de vérité certes, mais d'une vérité ébréchée.

Mon corps seul, comme le coureur du pentathlon antique a besoin du starter pour démarrer, mon corps s'est trouvé en mouvement dès la pratique de l'écriture étrangère.

Comme si soudain la langue française avait des yeux, et qu'elle me les ait donnés pour voir dans la liberté, comme si la langue française aveuglait les mâles voyeurs de mon clan et qu'à ce prix, je puisse circuler, dégringoler toutes les rues, annexer le dehors pour mes compagnes cloîtrées, pour mes aïeules mortes bien avant le tombeau. Comme si... Dérision, chaque langue, je le sais, entasse dans le noir ses cimetières, ses poubelles, ses caniveaux; or devant celle de l'ancien conquérant, me voici à éclairer ses chrysanthèmes!

L'écriture est dévoilement, en public, devant des voyeurs qui ricanent... Une reine s'avance dans la rue, blanche, anonyme, drapée, mais quand le suaire de laine rêche s'arrache et tombe d'un coup à ses pieds auparavant devinés, elle se retrouve mendiante accroupie dans la poussière, sous les crachats et les quolibets.

Dans ma première enfance — de cinq à dix ans —, je vais à l'école française du village, puis en sortant, à l'école coranique.

Les leçons se donnaient dans une arrière-salle prêtée par l'épicier, un des notables du village. Je me souviens du lieu, et de sa pénombre : était-ce parce que les heures de cours étaient fixées juste avant le crépuscule, ou que l'éclairage de la salle était parcimonieux?...

L'image du maître m'est demeurée avec une singulière netteté : visage fin, au teint pâle, aux joues émaciées de lettré; une quarantaine de familles l'entretenaient. Me frappait l'élégance de sa mise et de ses vêtements traditionnels : une gaze légère immaculée flottait derrière sa nuque, enveloppait sa coiffe; la serge de sa tunique était d'un éclat irréprochable. Je n'ai vu cet homme qu'assis à la turque, auréolé de blancheur, la longue baguette du magister entre ses doigts fins.

En contraste, la masse des garçonnets accroupis sur des nattes — pour la plupart enfants de fellahs — me paraissait informe, livrée à un désordre dont je m'excluais.

Nous ne devions être que quatre ou cinq fillettes. Je suppose que notre sexe, plus que ma condescendance étonnée, nous isolait. Le « taleb », malgré son maintien quasi aristocratique, n'hésitait pas à soulever d'un trait sa baguette, à l'assener sur les doigts de tel garçon récalcitrant ou à l'esprit trop gourd. (Il me semble encore entendre le cinglement de la badine.) Nous, les filles étions préservées de ces corrections habituelles.

Je me souviens des fêtes que ma mère improvisait dans notre appartement lorsque je rapportais, comme par la suite mon frère devait le faire, la planche de noyer ornée d'arabesques. Le maître nous récompensait ainsi quand nous avions appris une longue sourate. Ma mère et la « nounou » villageoise, qui nous était une seconde mère, osaient pousser alors le « you you » presque barbare. Cri long, saccadé, par spasmes roucoulants et qui, dans cet immeuble pour familles d'enseignants, toutes européennes excepté la nôtre, devait paraître incongru, un vrai cri de sauvage. La circonstance était jugée par ma mère assez importante (l'étude du Coran entreprise par ses petits) pour que le cri ancestral s'élançât ainsi modulé, au cœur de ce village où elle se sentait pourtant exilée.

Aux distributions de prix de l'école française, tout laurier obtenu renforçait ma solidarité avec les miens; or cette clameur ostentatoire m'ennoblissait plutôt. L'école coranique, antre où, au-dessus des enfants pauvres trônait la figure hautaine du cheikh, devenait, grâce à la joie maternelle ainsi manifestée, l'îlot d'un éden retrouvé.

De retour dans la ville natale, j'appris qu'une autre école arabe s'ouvrait, pareillement alimentée de cotisations privées. L'une de mes cousines la fréquentait; elle m'y emmena. Je fus déçue. Par ses bâtiments, l'horaire de ses cours, l'allure moderniste de ses maîtres, elle ressemblait à une prosaïque école française...

Je compris plus tard que j'avais, au village, participé à la fin d'un enseignement séculaire, populaire. A la ville, grâce à un mouvement nationaliste de « musulmans modernistes », se forgeait une jeunesse nouvelle, de culture arabe.

Ces medersas ont pullulé depuis. Si j'avais fréquenté l'une d'elles (il aurait suffi que mon enfance se déroulât dans la cité d'origine), j'aurais trouvé naturel ensuite d'enturbanner ma tête, de cacher ma chevelure, de couvrir mes bras et mes mollets, bref de mouvoir mon corps au-dehors comme une nonne musulmane!

Je fus privée de l'école coranique à dix ou onze ans, peu avant l'âge nubile. Au même moment, les garçons sont exclus brutalement du bain maure des femmes — univers émollient de nudités qui suffoquent, dans un flou de vapeurs torrides... La même condamnation frappa mes compagnes, ces fillettes du village dont je veux ici évoquer au moins l'une d'elles.

La fille du boulanger kabyle avait dû fréquenter, comme moi, l'école française en même temps que le cours coranique. Mais je ne me souviens de sa présence, à mes côtés, que devant le cheikh : côte à côte accroupies, nous souriions à demi, et déjà, pour nous deux, la station en tailleur ne nous paraissait guère commode !... Je devais avoir de trop longues jambes, à cause de ma taille ; il ne m'était pas facile, ainsi installée, de les dissimuler sous ma jupe.

Pour ce détail seul, je me dis que j'aurais de toute façon été sevrée de l'enseignement coranique à cet âge : le séroual, il est certain, permet mieux la posture en tailleur ; un corps de fillette qui commence à s'épanouir dissimule aisément ses formes sous les plis amples de l'habit traditionnel. Or ma jupe, que justifiait ma fréquentation de l'école française, était peu faite pour de telles postures.

A onze ans, je partis en pension pour le cursus secondaire. Qu'est devenue la fille du boulanger ? Voilée certainement, soustraite du jour au lendemain aux chemins de l'école : son corps la trahissait. Ses seins naissants, ses jambes qui s'affinaient, bref l'apparition de sa personnalité de femme la transforma en corps incarcéré !

Je me souviens combien ce savoir coranique, dans la progression de son acquisition, se liait au corps.

La portion de verset sacré inscrite sur les deux faces de la planche de noyer, devait, au moins une fois par semaine, après la récitation de contrôle de chacun, être effacée. Nous lavions la planche à grande eau comme d'autres lavent leur linge ; le temps qu'elle sèche semblait assurer un délai à la mémoire qui venait de tout avaler...

Le savoir retournait aux doigts, aux bras, à l'effort physique. Effacer la tablette, c'était comme si, après coup, l'on ingérait une portion du texte coranique. L'écrit ne pouvait continuer à se dévider devant nous, lui-même copie d'un écrit censé immuable, qu'en s'étayant, pause après pause, sur cette absorption...

Quand la main trace l'écriture-liane, la bouche s'ouvre pour la scansion et la répétition, pour la tension mnémonique autant que musculaire... Monte la voix lancinante des enfants qui s'endorment au sein de la mélopée collective.

Anonner en se balançant, veiller à l'accent tonique, à l'observance des voyelles longues et brèves, à la rythmique du chant ; les muscles du larynx autant que du torse se meuvent et se soumettent à la fois. La respiration se maîtrise pour un oral qui s'écoule et l'intelligence chemine en position d'équilibriste. Le respect de la grammaire, par la vocalise, s'inscrit dans le chant.

Cette langue que j'apprends nécessite un corps en posture, une mémoire qui y prend appui. La main enfantine, comme dans un entraînement sportif, se met, par volonté quasi adulte, à inscrire. « Lis ! » Les doigts œuvrant sur la planche renvoient les signes au corps, à la fois lecteur et serviteur. Les lèvres ayant fini de marmonner, de nouveau la main fera sa lessive, procédera à l'effacement sur la planche — instant purificateur comme un frôlement du linge de la mort. L'écriture réintervient et le cercle se referme.

Quand j'étudie ainsi, mon corps s'enroule, retrouve quelle secrète architecture de la cité et jusqu'à sa durée. Quand j'écris et lis la langue étrangère : il voyage, il va et vient dans l'espace subversif, malgré les voisins et les matrones soupçonneuses ; pour peu, il s'envolerait !

Ces apprentissages simultanés, mais de mode si différent, m'installent, tandis que j'approche de l'âge nubile (le choix paternel tranchera pour moi : la lumière plutôt que l'ombre) dans une dichotomie de l'espace. Je ne perçois pas que se joue l'option définitive : le dehors et le risque, au lieu de la prison de mes semblables. Cette chance me propulse à la frontière d'une sournoise hystérie.

J'écris et je parle français au-dehors : mes mots ne se chargent pas de réalité charnelle. J'apprends des noms d'oiseaux que je n'ai jamais vus, des noms d'arbres que je mettrai dix ans ou davantage à identifier ensuite, des glossaires de fleurs et de plantes que je ne humerai jamais avant de voyager au nord de la Méditerranée. En ce sens, tout vocabulaire me devient absence, exotisme sans mystère, avec comme une mortification de l'œil qu'il ne sied pas d'avouer... Les scènes des livres d'enfant, leurs situations me sont purs scénarios ; dans la famille française, la mère vient chercher sa fille ou son fils à l'école ; dans la rue française, les parents marchent tout naturellement côte à côte... Ainsi, le monde de l'école est expurgé du quotidien de ma ville natale tout comme de celui de ma famille. A ce dernier est dénié tout rôle référentiel.

Et mon attention se recroqueville au plus profond de l'ombre, contre les jupes de ma mère qui ne sort pas de l'appartement. Ailleurs se trouve l'aire de l'école ; ailleurs s'ancrent ma recherche, mon regard. Je ne m'aperçois pas, nul autour de moi ne s'en aperçoit, que, dans cet écartèlement, s'introduit un début de vertige.

VOIX DE VEUVE

Mon mari avait pris l'habitude d'aller chaque dimanche jusqu'à Cherchell. Une fois, il nous ramena un invité. Il y eut le lendemain une réunion d'une quinzaine de personnes : tous étaient venus des montagnes voisines jusqu'à notre ferme.

L'invité resta la nuit suivante, et le surlendemain, il repartit à la ville. C'était alors jour de Ramadhan. Quelqu'un hélas, nous trahit et alla à Gouraya raconter la réunion.

Le matin qui suivit le départ de l'invité, les gendarmes arrivèrent. Les hommes — mon mari et ses frères — se trouvaient à la chasse. Nous possédions deux fusils et une cartouchière, mais enterrés un peu plus loin.

Le caïd, venu avec les gendarmes, demanda à ma belle-mère :

— Pourquoi ton fils va, chaque semaine, au marché de Cherchell ?

— Pour des achats, et pour voir des parents ! répliqua-t-elle.

— C'est faux ! Je vous connai bien : vous avez de la famille à Novi, pas à Cherchell !

Il demanda où se trouvaient les fusils de chasse manquants. Elle répondit que son fils les avait vendus, il y avait longtemps de cela, à la fête religieuse de Si M'hamed ben Youssef. Ils partirent sans avoir rien trouvé.

Nos hommes furent de retour peu après. Quelques jours s'écoulèrent; mais les gendarmes revinrent : cette fois, ils emmenèrent tous les hommes à la prison de Cherchell.

Après neuf mois de prison, mon mari et l'un de ses frères furent condamnés à mort : on les accusait d'avoir gardé sur eux une liste de noms, de ceux qui travaillaient avec la France et que la Révolution avait condamnés.

Dans cette prison, ils se retrouvèrent nombreux. Ils décidèrent :

— Nous, nous allons nous occuper de nous-mêmes !

Un matin, trois d'entre eux réussirent à immobiliser un gardien; ils le tuèrent. A une autre porte, ils agirent de même avec un autre. L'un des prisonniers, blessé à la jambe, leur dit :

— Sortez tous ! Moi, je reste ! Je vais mourir ! Vous, vous avez votre chance. Sortez ! Moi, je tue et je serai tué !

Ils se sauvèrent; quinze à vingt prisonniers s'enfuirent ensemble. Cela se passait à neuf heures du matin. Il y eut même une femme française tuée, mais nous n'avons pas su dans quelles circonstances.

Deux heures après, les soldats surgirent chez nous. L'un d'eux s'adressa à la vieille :

— Tes fils se sont sauvés de la prison et ont tué des gardiens ! Si les autres gardiens se décidaient à venir ici, chez vous, vous mourriez tous, petits et grands, avec vos chats !

Ils ont tout fouillé; ils ont redemandé où étaient les fusils de chasse puis ils ont fini par partir. Le lendemain matin, un parent à nous, d'une autre montagne, vint nous voir. Il nous apprit que les évadés avaient passé la nuit du côté de l'oued Messelmoun. Un neveu l'accompagna; nous décidâmes que nous, les femmes, nous allions dorénavant cuisiner des quantités de nourriture supplémentaire, en cas de besoin...

Un garçon vint nous demander des vêtements. Nous nous mîmes d'accord pour, chaque fois, enterrer la nourriture. Enfin je pus voir mon mari; il arriva avec un autre, nommé Abdoun...

La France, continuait à multiplier les gardes. Chaque fois que les évadés nous envoyaient un des leurs, Dieu a conservé sur eux et sur nous le salut!

Une nuit, tous se regroupèrent et quelqu'un les emmena plus loin, jusqu'au Zaccar. A partir de la nuit suivante, nous pûmes prendre un peu de repos!

Quelques mois après, nos hommes nous rendirent visite; ils étaient cette fois habillés en maquisards et ils portaient des armes. Nous les embrassions heureuses, fières d'eux!

— Louange à Dieu! Enfin, vous êtes sauvés de la mort!

La vie continua autrement. La France se mit à monter quasiment matin et soir chez nous. Ensuite elle brûla les maisons d'abord, puis les personnes! Emmener les bêtes, tuer les êtres humains!... Que dire quand ils arrivaient dans une maison et qu'ils trouvaient les femmes seules?...

Moi, j'ai préféré fuir: je suis allée chez mes parents qui habitaient vers une autre montagne. J'y restai. Plus tard, paraît-il, l'un des soldats demanda à ma belle-mère:

— Et la femme du lieutenant (ils avaient su

que mon mari était devenu lieutenant chez les maquisards), où se trouve-t-elle ?

— Depuis que vous avez emmené son mari en prison, elle n'a pas voulu rester ! Elle est retournée dans sa famille à elle !

Ils ne purent me trouver, pendant le reste de la guerre... De là, j'ai commencé à aller dans la montagne pour en aider d'autres ; nous emmenions du ravitaillement, nous lavions les uniformes, nous pétrissions le pain... Jusqu'au jour où, comme Dieu l'a voulu, mon mari fut tué au combat !

Je n'ai su sa mort que par des étrangers. Quelqu'un me dit, huit jours avant le cessez-le-feu :

— Ton mari est tombé du côté de Miliana, dans un accrochage !

A l'indépendance, les Frères m'envoyèrent une lettre pour m'apprendre qu'il avait été enterré à Sidi M'hamed de Belcourt, à Alger. J'ai pris cette lettre. Je suis allée chez ma belle-sœur, installée à Alger. Son mari me demanda :

— Qui te l'a dit ?

Je lui parlai de la lettre.

— Fais voir ! Donne !

Hélas ! vous rirez peut-être de moi, mais je n'ai plus revu cette lettre. Comment oser la lui réclamer ?... J'ai su que mon mari avait été enterré à Alger, parce qu'une infirmière l'avait soigné, après l'accrochage. On l'appelait « la Cherchelloise » ; en fait, c'était son mari qui était originaire de Cherchell. Elle, elle retourna vivre à Miliana.

Une ou deux années après, j'ai cherché à la voir, simplement pour qu'elle me raconte. Je décidai d'aller à la fête religieuse de Sidi M'hamed, le saint patron de Miliana. J'arrivai jusque chez l'ancienne infirmière et je me décidai à lui parler.

Je ne suis entrée chez elle qu'une minute et je suis sortie.

Elle n'a pu tout me raconter, parce que je l'ai trouvée en plein travail ménager. Elle me confirma seulement les faits : qu'elle l'avait soigné quand elle était infirmière au maquis. C'était une femme entre deux âges.

CORPS ENLACÉS

L'été 1843 commence quand les prisonniers, otages de Saint-Arnaud, sont parqués, séparés par familles et par sexes, dans les cales d'un paquebot qui quitte Bône pour la France.

Je t'imagine, toi, l'inconnue, dont on parle encore de conteuse à conteuse, au cours de ce siècle qui aboutit à mes années d'enfance. Car je prends place à mon tour dans le cercle d'écoute immuable, près des monts Ménacer... Je te recrée, toi, l'invisible, tandis que tu vas voyager avec les autres, jusqu'à l'île Sainte-Marguerite, dans des geôles rendues célèbres par « l'homme au masque de fer ». Ton masque à toi, ô aïeule d'aïeule la première expatriée, est plus lourd encore que cet acier romanesque ! Je te ressuscite, au cours de cette traversée que n'évoquera nulle lettre de guerrier français...

A Bône, tu montes sur la passerelle, mêlée à la troupe empoussiérée ; les hommes sont enchaînés, avec une même corde ; les femmes suivent, enveloppées de voiles blancs ou gris bleuâtre auxquels s'accrochent les enfants en pleurs, sous lesquels geignent les bébés. A ce départ d'exode, tu te sais femme lourde. Accoucheras-tu d'un orphelin, puisque le père n'a pas été pris ? Tu te vois seule, sans père, sans frère, sans mari, pour te conduire aux rivages des Infidèles. Au milieu de la troupe des cousins, des alliés, des parentes, il te faut aller !

Les exilés dorment comme toi à même les planches de la soute ; ils n'ont jamais vu la mer. Ils la croyaient désert et plaine, non ce précipice mouvant... La première nuit de la traversée, tu te mets à vomir ; les douleurs se sont enflées le jour suivant.

La deuxième nuit, tu te dis que la mort, dans ton ventre, avale l'espérance. Tu t'es recroquevillée au centre des cousines, vieilles, jeunes, ou moins jeunes. Elles t'entourent de leurs voiles humides, comme si elles te ficelaient de leurs prières, de leurs murmures... Sans crier, tu te délivres du fœtus : la nuit de pleine lune s'élargit, la mer est redevenue plate, rivale indifférente.

Le navire avance, chargé des quarante-huit otages. Tandis que tes compagnes somnolent, tu demeures immobile, le visage tourné vers la poupe. Une angoisse te déchire :

— Comment enterrer le fœtus, ô mon Prophète, mon doux Sauveur !

Une vieille, près de ton flanc, s'en est saisi comme d'un tas de chiffons.

— Mon oiseau mort, ô mon œil ouvert malgré la nuit !

Tu sanglotes, tu t'apprêtes à te lacérer les joues, tandis que la vieille marmonne des bénédictions.

— Notre terre est à eux ! Cette mer est à eux ! Où abriter mon fils mort ? N'y aura-t-il plus jamais un coin d'Islam pour nous, les malheureux ?

Dans le cercle des dormeuses, une véhémence fouette les femmes réveillées par tes pleurs : leur chœur se met à dévider une sourate, ruissellement continu. Mélopée inlassable. Tu as fini par t'endormir, le fœtus enveloppé dans un linge se trouve dans tes bras. Tu somnoles, l'idée ne te quitte pas que tu portes, ainsi, ta jeunesse... Le chœur des prisonnières s'élève un peu plus haut...

Plus tard, quelqu'un te secoue dans le noir. Une voix t'interpelle :

— Fille de ma tribu maternelle, lève-toi ! Tu ne peux garder ainsi, dans tes bras, l'agneau de Dieu plus longtemps !

Tu regardes, sans comprendre, le visage ridé d'une tante qui te parle. Derrière elle, un rose mêlé de gris fait scintiller le ciel de la première aube ; il auréole la vieille.

— Que faire ? Dans quelle terre de croyants l'enterrer ?

Le désespoir, à nouveau, t'envahit.

— Montons jusqu'au pont ! Les hommes dorment ! Toi et moi, nous jetterons l'enfant dans la mer !

— L'océan des Chrétiens ! protestes-tu timidement.

— L'océan de Dieu ! rétorque la vieille. Tout est pâturage de Dieu et de son Prophète !... Et ton fils palpite, j'en suis sûre, comme un angelot dans notre Paradis !

Deux formes voilées franchissent les masses de dormeurs. Un moment après, tes bras, par-dessus la rambarde, lancent le paquet.

— Au moins que ce soit en regardant vers notre patrie ! gémis-tu.

— Que Dieu nous assiste partout où nous sommes jetées ! reprend ta compagne qui te guide jusqu'à ta place...

Tu ne pleures plus, tu ne pleureras jamais plus ! Est-ce que tu seras du nombre des rescapés qui, dix années plus tard, referont le trajet inverse et rejoindront leur tribu soumise ?

dans les bras. [illegible]
[illegible]
[illegible] un peu plus tard.

Plus tard, [illegible]
[illegible]

[illegible]

[illegible] et [illegible]

[illegible]

[illegible] un peu plus tard [illegible]

[illegible]

QUATRIÈME MOUVEMENT

LE CRI DANS LE RÊVE

Un rêve, par intermittence, me revient après une journée qu'a lancinée, sous un prétexte banal ou exceptionnel, l'éclair d'une souffrance. Je rêve à ma grand-mère paternelle ; je revis le jour de sa mort. Je suis à la fois la fillette de six ans qui a vécu ce deuil et la femme qui rêve et souffre, chaque fois, de ce rêve.

Je ne vois ni le cadavre de ma grand-mère ni la liturgie des obsèques. Mon corps dégringole la ruelle, car j'ai surgi de la demeure paternelle où la mort a frappé. Je cours, je dévale la rue cernée de murs hostiles, de maisons désertées. Je me précipite près de l'église et des beaux quartiers où se trouve la maison de ma mère. Tout au long de ma course, ma bouche s'élargit, béante... Rêve pourtant au son coupé.

Propulsion interminable. S'étirant dans mes membres, se gonflant dans ma poitrine, écorchant mon larynx et emplissant mon palais, un cri enraciné s'exhale dans un silence compact ; une poussée anime mes jambes. Tout mon être est habité par ces mots : « Mamma est morte, est morte, est morte ! » ; je porte ma douleur, je la devance même, j'appelle ou je fuis je ne sais, mais je crie et ce cri ne signifie plus rien, sinon l'élan d'un corps de fillette en avant...

Je crie au présent et le rêve, profus comme un brouillard, ne semble jamais finir. Un cri d'épaisseur océane. Ma grand-mère, je la porte comme un fardeau sur mes épaules, je vois pourtant son visage étalé sur les façades qui défilent. Et l'ombre de la morte se lève, ancrée dans ma première enfance. Depuis que j'ai quitté la chambre parentale à la naissance du frère — j'ai donc un an et demi — je partage le lit de l'aïeule. Le souvenir s'anime ; pour m'endormir, la vieille dame me tenait chaque pied dans chacune de ses mains et me les réchauffait longuement, au seuil du sommeil.

Elle mourut quelques années après. Cette femme douce, dont le dernier fils était devenu le soutien, a perdu sa voix dans ma mémoire. Je devrais la nommer « ma mère silencieuse », face à celles — mère, grand-mère et tantes maternelles — qui, orgueilleuses aristocrates, m'apparaissent plongées dans la musique, l'encens et le brouhaha.

Elle seule, la muette, par ce geste des mains enserrant mes pieds, reste liée à moi... C'est pourquoi, je crie ; c'est pourquoi, dans ce rêve accompagnant le défilé de mes ans, elle revient en absence tenace et ma course de fillette tente désespérément de lui redonner voix.

En bas, dans la maison opulente, avec ses terrasses et son bruit, la mère de ma mère trône en reine. Là se trouve le chant, là fusent les voix hautes. Si les murmures et les chuchotements s'installent, c'est par décence ou par convention, lorsque les hommes entrent, enfin, pour manger et dormir, l'air presque sur la défensive.

Mon rêve se poursuit parfois dans ces lieux de

lumière, près du bigaradier de l'escalier, sous les jasmins de la première terrasse. Des pots de cuivre, contre la rampe, portent les géraniums... Je me retrouve assise, écrasée, au sein d'une foule de visiteuses voilées, le visage rougi. Je regarde.

De nouveau, dans un incessant tangage, je me vois en train de courir, dans la ruelle du vieux quartier mamelonné. Je crie et personne ne m'entend, étrange condamnation. Je crie, non pas comme si j'étouffais, plutôt comme si je respirais très fort, très vite.

Jaillie derechef de la maison du deuil, je descends en trombe vers la demeure aux multiples terrasses. Dans ces lieux où se déroulent tant de fêtes, je me dis que la grand-mère silencieuse devrait se trouver là, emprisonnant mes pieds dans ses mains usées.

Dans une pénombre de veillée funèbre, au rez-de-chaussée de la grande maison, l'aïeule paternelle, menue, les traits arrondis de douceur, me sourit, une bonté éparpillée sur le visage. Elle semble me dire :

— Elles croient m'enterrer, elles s'imaginent venir à ma mort ! Toi seule...

Moi seule, je sais qu'elle ressuscite. Je ne la pleure pas ; de nouveau, je crie en courant dehors, entre les maisons blanches, et j'exhale mon amour dans le vent de la vitesse. La ruelle, devant moi, s'incline ; des garçonnets sur leurs planches à roues s'écartent ; tout en bas, l'odeur du four indique la seule activité du crépuscule : des corbeilles de pain à l'anis sont prêtes à être distribuées au cours de la célébration mortuaire.

Ce rêve me permet-il de rejoindre la mère silencieuse ? Je tente plutôt de venger son silence d'autrefois, que sa caresse dans le lit d'enfant adoucit...

Je pris conscience assez tard de la pauvreté de ma famille paternelle. Mon père, entré à l'école française à un âge avancé, parcourut un cursus brillant, rattrapa son retard et réussit tôt au concours de l'école normale : ce métier d'enseignant lui permit de donner la sécurité à sa mère, à ses sœurs dont il assura le mariage, avant de se marier lui-même.

De ce passé qui me fut décrit, une scène me frappa : mon père, écolier de neuf ou dix ans, devait faire ses devoirs accroupi devant une table basse, à la lumière d'une bougie... Je connaissais la demeure vétuste, ses chambres obscures, sa courette. L'image du père, enfant studieux, s'incrusta en moi dans cet humble décor.

Une chambre isolée, en retrait, a longtemps été celle d'une de mes tantes paternelles. Je la revois, ombre pâlie, dressée sur le seuil; le rideau de sa porte est à demi soulevé. Du fond de la pénombre, une voix d'agonisant l'appelle, interrompue par une quinte de toux... Cette tante soignera de longues années un époux âgé et tuberculeux; quand il mourut, elle ne tarda pas, contaminée à son tour, à le suivre dans la tombe.

La seconde des sœurs de mon père, la plus jeune, surgit dans mon enfance, avec plus de relief.

Sa maison n'était guère éloignée de celle de ma mère. L'été, il m'arrivait de me quereller avec un cousin, une cousine, ou une tante adolescente; je ne savais pas, à l'instar de mes compagnes, me lancer dans un chapelet de moqueries, formules imagées de notre dialecte.

Parmi les enfants piailleurs de la ville, je devais être aisément désarçonnée, à cause de ma timidité ou de mon orgueil. Un refuge me restait :

quitter la maison bruyante, dédaigner l'arbitrage de ma mère et de ses amies, occupées le plus souvent à des travaux de broderie. Je me réfugiais chez ma tante paternelle : longue, sèche, des yeux verts éclairant son mince visage de berbère, malgré sa couvée encombrant sa cour, elle m'ouvrait grand les bras. Elle me cajolait et me faisait entrer dans sa plus belle pièce où un haut lit à baldaquin de cuivre me fascinait... Elle me réservait confitures rares, sucreries, parfums déversés sur mes cheveux et dans mon cou. « Fille de mon frère », m'appelait-elle avec un rire fier et sa tendresse me réchauffait.

Ma ressemblance physique avec mon père avait sans doute déterminé cette affection. Un mariage, dans notre société, n'entretient qu'un conflit latent, patient, entre deux lignées... Le couple moderne que formèrent mes parents perturba cet habituel rapport de forces.

Plus tard, quand cette tante, avec la même exubérance, continuait à m'appeler « fille de mon frère », me revenait intact le souvenir de ces étés où sa gouaille et l'assurance de sa silhouette me réconfortaient.

Y avait-il une hiérarchie sociale importante dans cette cité, environnée de montagnes que l'érosion appauvrissait ? Cela comptait peu, en regard de la discrimination établie entre citadins et paysans des environs ; ou surtout de la ségrégation qu'installa la société coloniale : réduit en nombre mais puissant, le groupe des Européens, d'origine maltaise, espagnole ou provençale, possédait non seulement le pouvoir, mais contrôlait la seule activité lucrative, la pêche et la jouissance des chalutiers du vieux port.

Les femmes arabes circulaient dans la ville, fantômes blancs, que les visiteurs des ruines romaines s'imaginaient semblables. Entre les familles de notables, une subtile différence s'entretenait : tant par l'importance du rang social que l'homme maintenait au jour le jour, que par l'évocation orale des ancêtres paternels et maternels.

Pour moi, la distinction entre les lignées paternelle et maternelle résida en un seul point, mais essentiel : la mère de ma mère me parlait longuement des morts, en fait, du père et du grand-père maternels. De ma grand-mère paternelle, je ne sus que ceci : veuve très jeune avec deux enfants, elle dut épouser un retraité très âgé, qui mourut en lui laissant une maison et deux autres enfants, dont mon père.

L'aïeule maternelle s'imposait à moi par son corps dansant dans les séances régulières de transes ; en outre, à chaque veillée, sa voix, d'autorité autant que de transmission, m'enveloppait.

La mère de mon père, grâce aux caresses de ses mains, demeure autant présente, peut-être davantage : seul, son silence d'hier continue à m'écorcher aujourd'hui...

VOIX DE VEUVE

J'ai eu quatre hommes morts dans cette guerre. Mon mari et mes trois fils. Ils avaient pris les armes presque ensemble. Il restait à l'un de mes petits six mois pour la fin des combats ; il est mort. Un autre a disparu dès le début : je n'ai reçu aucune nouvelle de lui jusqu'à aujourd'hui.

Mon frère fut le cinquième... Lui, je l'ai ramené de la rivière. J'ai cherché partout son corps ; je l'ai retrouvé. Il est enterré au cimetière !

Lorsqu'il était vivant, il conversait un jour avec moi, comme nous le faisons là. Il me dit soudain :

— Écoute, l'attentat de l'oued Ezzar, c'est moi. Celui de Sidi M'hamed Ouali, c'est moi. A Belazmi, c'est moi aussi... (il s'arrêta, puis il ajouta :) O fille de ma mère, prends garde de ne pas me laisser aux chacals, le jour où je mourrai !... Que les bêtes ne mangent pas mon cadavre !...

Que Dieu ait son âme, jamais il ne me fit la moindre demande, sauf celle-là !... Ainsi il parla, ainsi tout se passa par la suite... Ils ont fini par le surprendre. Un matin, l'avion nous a bombardés. L'après-midi, ils ont tué mon frère. Nous avons fui à la nuit tombante.

Mon frère avait une jument. Il allait et venait

pour organiser les réseaux de soutien dans la population. Partout où il allait, il emmenait cette jument. Quand il dormait dehors, il la liait à son pied.

En fuyant, nous sommes arrivés à un oued. Quelqu'un me dit qu'on avait vu, pas loin, la jument de mon frère : elle restait accroupie, ne voulant pas bouger. C'était la nuit.

A l'aube, je me mis à la recherche de la bête. J'avais perdu espoir de retrouver mon frère. Je vis la jument qui se releva. Elle avait dû sentir le corps... Quelqu'un (un paysan qui, peu après, a été tué) me dit : « Écoute, je crois que ton frère gît non loin de là, près du ruisseau ! »

Un avion revint nous bombarder. Je courus et me cachai dans l'eau. Quand l'avion s'éloigna, je sortis ; je remontai la rivière lentement, lentement, jusqu'à ce que je retrouve le corps de mon frère. Je courus alors pour appeler les gens. On l'enterra au cimetière, dans la même tombe que ma mère... Mes fils alors n'étaient pas encore morts !

De tous les hommes de la famille, on n'a pu enterrer que mon frère et un neveu à moi. Ce fut tout.

J'allais souvent à la montagne pour voir mes fils. Le dernier surtout m'envoyait chercher. J'y allais aussitôt, de douar en douar... « Je suis à tel douar, me faisait-il dire. Viens ! »... « A tel douar, je t'attends !... Je suis nu... Je n'ai pas le moindre centime !... Je suis ainsi... Je suis ainsi ! »

Une fois, de tout le bétail, il me resta seulement un agneau ! Je le tuai (les incendies se multipliaient et il aurait été perdu). Je lui fis envoyer l'agneau entier, pour qu'il mange avec ses compagnons !... C'est celui-là à qui il restait seulement six mois pour la fin des combats, quand il mourut !... Restent-ils des pleurs en nous ? Non, nos yeux sont secs...

Et celui de mes fils que je n'ai jamais vu, depuis qu'il est monté... L'un de ses compagnons me fit parvenir à son propos le message suivant :

« Mère, prends garde si quelqu'un cherche, au nom de ton fils, de te dire d'envoyer un savon, ou un vêtement, ou un peu d'argent !... Ne t'occupe désormais que de tes autres fils vivants !... Pour celui-ci, n'y pense plus ! »

Il était si jeune pourtant et il décidait toujours : « C'est ainsi !... C'est ainsi ! »... Je l'entends encore.

A l'indépendance, les gens de la ville ne m'ont rien donné. Il y avait un responsable, du nom de Allal : le jour où il avait fui, pour monter au maquis, je l'avais caché quelque temps chez moi !

Ce fut cet homme qui, aussitôt après la guerre, distribuait les maisons vacantes. Moi, notre douar détruit, je descendis en ville avec d'autres. Mais je répugnais à errer. Un vieux, Si el Hadj, me poussa à aller chez ce responsable pour lui rappeler mon cas. Il vint même avec moi et frappa à sa porte. Allal nous ouvrit : des gens que je ne connaissais pas se trouvaient dans sa cour.

Je pénétrai.

— O Allal, où est mon droit ? m'exclamai-je. Mes fils ont combattu de là jusqu'à la frontière tunisienne, pendant que toi, tu restais caché dans les grottes et les trous !

Car c'était vrai. Voilà que, devant tous ces citadins, il se mit à me parler en berbère ! Pour bien souligner que j'étais une campagnarde ! Je répétai, en arabe et avec cet accent que tu me connais :

— Donne-moi mon droit !

Ils ne m'ont rien donné... Tu vois où j'habite maintenant, il m'a fallu donner de l'argent, pour occuper cette cabane. « Tu paies, sinon tu n'entres pas ! » m'a-t-on dit.

Les hommes, qui me servaient d'épaules, tous ces hommes sont partis !

CONCILIABULES

Conciliabules de-ci, de-là, au hasard des vallonnements reboisés qui ceinturent les hameaux reconstruits ; de nouveau, murs en pisé et barrières de roseaux s'élèvent entre les cabanes envahies de criailleries d'enfants. Je pousse chaque portail, je m'assois sur la natte ; par-delà la courette, mon regard rencontre la même montagne, avec ses miradors abandonnés.

Conversations éparpillées où ma filiation maternelle crée le lien : l'une ou l'autre des interlocutrices m'affirme que sur la tombe des deux saints de mon ascendance (le « vieux » et le « jeune », celui à « la langue noire » et l'autre, le silencieux, très probablement son fils), de nouveau, les paysannes — les répudiées, les stériles, les orphelines de l'avenir — ont repris pèlerinages, confessions, séances de transes pour s'assurer la bénédiction de ces deux intercesseurs, père et fils... Elles s'apprêtent à me parler de la même manière rocailleuse ; ne suis-je pas, par ma mère et le père de ma mère, une descendante de ces deux morts qui écoutent et dont le sommeil pétrifié console ?... Oui, l'on me parle, voix dans l'ombre, et je me tais, j'avale chaque timbre, je pourrais me sentir, sinon sainte ou maudite, en tout cas momifiée.

A quel moment des questions conventionnelles :

— Quel âge avais-tu ?... Où vivais-tu ?... Mariée ou fille ?... etc.

A quel moment, la seule question vivante s'arrête dans ma gorge, et ne peut s'envoler ?... Je la retiens, je ne peux la formuler, sinon par un mot de passe, un mot doux, neutre, ruisselant...

Devant cet auditoire, quatre, cinq paysannes qui toutes continuent à vivre en veuves de guerre... Faut-il attendre un tête-à-tête ? L'une d'elles a un goitre énorme sur un long cou flexible : la retenir par des paroles secrètes, laisser entendre que l'entretien est devenu de thérapeutes, échanger des conseils pour tel chirurgien ou tel hôpital... Parler à chacune comme à sa semblable condamnée : ni coupable ni victime. S'approcher de la tristesse plate, atténuer les tons de voix, loin de la soumission ou de la déploration.

« Ma » question frémit, entêtée. Il faudrait, pour l'expliciter, préparer mon corps tel qu'il se présente, assis en tailleur sur des coussins ou à même le carrelage : mes mains ouvertes pour adoucir l'humilité, mes épaules incurvées pour prévenir la défaillance, mes hanches prêtes à recevoir la brisure de l'émotion, mes jambes recroquevillées sous la jupe pour m'empêcher de fuir, hurlant en pleine course, sous les arbres.

Dire le mot secret et arabe de « dommage », ou tout au moins de « blessure » :

— Ma sœur, y a-t-il eu, une fois, pour toi « dommage » ?

Vocable pour suggérer le viol, ou pour le contourner : après le passage des soldats près de la rivière, eux que la jeune femme, cachée durant des heures, n'a pu éviter. A rencontrés. A subis. « J'ai subi la France », aurait dit la bergère de treize ans, Chérifa, elle qui justement n'a rien subi, sinon, aujourd'hui, le présent étale.

Les soldats partis, une fois qu'elle s'est lavée, qu'elle a réparé son désordre, qu'elle a renoué sa natte sous le ruban écarlate, tous ces gestes reflétés dans l'eau saumâtre de l'oued, la femme, chaque femme, revient, une heure ou deux heures après, marche pour affronter le monde, pour éviter que le chancre ne s'ouvre davantage dans le cercle tribal — vieillard aveugle, gardiennes attentives, enfants silencieux avec des mouches sur les yeux, garçonnets déjà soupçonneux :

— Ma fille, y a-t-il eu « dommage » ?

L'une ou l'autre des aïeules posera la question, pour se saisir du silence et construire un barrage au malheur. La jeune femme, cheveux recoiffés, ses yeux dans les yeux sans éclat de la vieille, éparpille du sable brûlant sur toute parole : le viol, non dit, ne sera pas violé. Avalé. Jusqu'à la prochaine alerte.

Vingt ans après, puis-je prétendre habiter ces voix d'asphyxie ? Ne vais-je pas trouver tout au plus de l'eau évaporée ? Quels fantômes réveiller, alors que, dans le désert de l'expression d'amour (amour reçu, « amour » imposé), me sont renvoyées ma propre aridité et mon aphasie.

LES VOYEUSES

Oui, une différence s'établit entre les femmes voilées que l'œil étranger ne peut voir et qu'il croit semblables — fantômes au-dehors qui dévisagent, scrutent, surveillent; une strie d'inégalité s'installe parmi elles : laquelle parle haut, libère sa voix malgré l'aire resserrée du patio, laquelle au contraire se tait ou soupire, se laisse couper la parole jusqu'à l'étouffement sans recours ?

Dans le langage quotidien, me revient une condamnation que la gravité rendait définitive : plus que la femme pauvre (la richesse et le luxe se vivaient relatifs dans cet espace social restreint), plus que la femme répudiée ou veuve, destin que Dieu seul lui réserve, la seule réellement coupable, la seule que l'on pouvait mépriser légèrement, à propos de laquelle se manifestait une condescendance ostensible, était « la femme qui crie ».

Telle ou telle des voisines, ou des parentes par alliance, pouvait user sa patience dans les soins nécessités par les trop nombreux enfants; telle bourgeoise pouvait exhiber des bijoux voyants, ou se transformer en marâtre, en belle-mère injuste — on pouvait l'excuser puisque rares étaient celles qui, par chance, avaient eu un époux « vrai musulman », un fils travailleur et docile. La seule qui se marginalisait d'emblée était celle qui « criait » : celle dont la voix querellait la couvée, s'entendait hors du vestibule et jusque dans la rue, celle dont la plainte contre le sort ne s'abîmait ni dans la prière, ni dans le murmure des diseuses, mais s'élevait nue, improvisée, en protestation franchissant les murs.

En somme, les corps, voilés, avaient droit de circuler dans la cité. Mais ces femmes, dont les cris de révolte allaient jusqu'à transpercer l'azur, que faisaient-elles, sinon attiser le risque suprême ? Refuser de voiler sa voix et se mettre « à crier », là gisait l'indécence, la dissidence. Car le silence de toutes les autres perdait brusquement son charme pour révéler sa vérité : celle d'être une prison irrémédiable.

Écrire en langue étrangère, hors de l'oralité des deux langues de ma région natale — le berbère des montagnes du Dahra et l'arabe de ma ville —, écrire m'a ramenée aux cris des femmes sourdement révoltées de mon enfance, à ma seule origine.

Écrire ne tue pas la voix, mais la réveille, surtout pour ressusciter tant de sœurs disparues.

Dans les fêtes de mon enfance, les bourgeoises sont assises écrasées de bijoux, enveloppées de velours brodé, le visage orné de paillettes ou de tatouages. Les musiciennes développent la litanie, les pâtisseries circulent, les enfants encombrent les pieds des visiteuses parées. Les danseuses se lèvent, le corps large, la silhouette tranquille... Je n'ai d'yeux que pour ma mère, que pour mon rêve sans doute où je me représente adulte, moi aussi dansant dans cette chaleur. Les rues de la ville sont loin; les hommes n'existent plus. L'éden s'étale immuable : danses lentes, visages mélancoliques qui se laissent bercer...

Un détail du spectacle se met pourtant à grincer : à un moment de la cérémonie, quand café et pâtisseries ont circulé, la maîtresse de maison donne l'ordre d'ouvrir grandes les portes. Entre alors le flot des « voyeuses », ainsi appelle-t-on celles qui vont rester masquées, même au milieu des femmes; elles ne sont pas invitées, mais elles ont le droit de regarder, debout, stationnant dans le vestibule. Parce qu'elles sont exclues, elles gardent leur voile; bien plus, dans cette ville où les citadines circulent voilées, mais les yeux découverts au-dessus de la voilette brodée, ces « voyeuses », pour rester anonymes à l'intérieur de la noce, dissimulent leur face entière, sauf un œil; leurs doigts sous le voile maintiennent un petit triangle ouvert étrangement.

Ces non-invitées sont donc introduites au sein de la fête en espionnes! L'œil minuscule et libre des inconnues enveloppées de blanc tourne à droite, à gauche, scrute les bijoux des dames, la danse de telle jeune femme, les atours de la mariée exposée, les louis d'or et les perles offerts en cadeaux de noce... Les voici, les ensevelies au cœur de la parade, celles dont on tolère la présence muette, celles qui jouissent du triste privilège de rester voilées au cœur même du harem! Je comprends enfin et leur condamnation, et leur chance : ces femmes qui « crient » dans la vie quotidienne, celles que les matrones écartent et méprisent, personnifient sans doute la nécessité d'un regard, d'un public!

L'hôtesse leur a ouvert les portes par forfanterie, de l'air de dire : « Tenez, examinez, je ne crains pas les commères! Ma noce se déroule selon les normes ! Que même celles que je n'ai pas daigné inviter se rendent compte et entretiennent la rumeur ! »... L'acmé de la cérémonie réside bien là, dans ce nœud trouble. Comme si les invitées ne souffraient plus de leur exclusion du dehors... Comme si, à force d'être reléguées par les hommes, elles trouvaient une façon d'oublier leur claustration : les mâles — père, fils, époux — devenaient irrémédiablement absents puisqu'elles-mêmes, dans leur propre royaume, se mettaient à imposer à leur tour le voile.

VOIX DE VEUVE

Nous habitions au lieu dit « borne 40 » ; ces douars ne se trouvaient pas très loin de la grande route. Les soldats français avaient subi là un sévère accrochage. De loin, nous avions vu les feux, la fumée... Depuis, ils se mirent à venir constamment.

Une autre fois, non loin du poste français, la route fut endommagée, pour empêcher que la France change la garde. Autour du poste, les barbelés avaient été enlevés en une nuit. Nos hommes avaient obéi aux maquisards venus leur dire de le faire.

Au matin, les soldats du poste arrivèrent :

— Les fellagha, c'est vous ! Vous qui avez enlevé les barbelés et qui avez endommagé la route !

Toute la journée, nos hommes durent remettre en place les barbelés et rendre la route libre. La nuit suivante, même manège avec les maquisards. Cette fois, nos hommes se sauvèrent : ils ne voulurent pas attendre la réplique ennemie ! Il ne resta que nous, les femmes, à supporter !

Les Français ne trouvèrent que les femmes.

— Sortez ce que vous pouvez sortir ! nous dirent-ils.

Les goumiers mirent le feu aux maisons. Nous devînmes des errantes. Si tu as un frère, va chez le frère ; si tu as un cousin germain, va chez le cousin !... Nous sommes parties, nous avons laissé nos demeures en ruine... Un peu plus loin, nous avons reconstruit des cabanes de branchages. Les maquisards sont revenus : car ils nous suivent là où nous allons. Nos hommes leur cachaient le ravitaillement et travaillaient pour eux, la nuit. Les Français, eux aussi, refirent irruption !

Nous, les femmes jeunes, dès que nous voyions arriver les Français, nous ne demeurions jamais à l'intérieur. Les vieilles restaient dans les maisons avec les enfants ; nous, nous allions nous cacher dans la végétation ou près de l'oued. Si l'ennemi nous surprenait, nous ne disions rien...

Une nuit, les maquisards arrivèrent. Ils prirent le café, puis partirent. A peine n'étaient-ils plus là que la France surgit : les soldats avaient vu nos lumières à partir de la route.

— Les fellagha étaient chez vous ! (car ils appelaient « fellagha » ceux que nous, nous appelions « frères »).

Ils voulurent emmener mon mari. Nous savions qu'un homme arrêté en pleine nuit ne revient jamais. Je me mis à pleurer, à dénouer mes cheveux, à me lacérer les joues. Toutes les femmes de la maison firent de même, de plus en plus fort : de quoi les assourdir tous !

Dehors, leur officier entendit les pleureuses. Il entra et leur dit :

— Laissez cet homme !

Ils prirent seulement ses papiers et le convoquèrent au poste pour le lendemain.

Nous habitions alors près du champ Ouled Larbi. Nous ne possédions rien : mon mari était journalier. Ils ont fini tout de même par le tuer.

Ils sont venus le chercher au champ. C'était un vendredi. Il n'est pas revenu. On me dit plus tard qu'un nommé Ménaia l'avait trahi.

Les Français l'ont torturé du vendredi au dimanche. Ce dernier jour, quelqu'un vint m'annoncer que mon mari avait été mis « au poteau », sur la place du village. Ils le tuèrent ainsi, publiquement, devant tout le monde.

Il m'a laissé les enfants en bas âge. Le dernier était dans mon ventre : j'étais enceinte d'un mois et demi. Ce fils a maintenant vingt ans ! Je lui amène sa mariée, si Dieu veut, la semaine prochaine ! Car j'ai une santé fragile. Je me suis dit : « Si je meurs, je le saurai dans son foyer ! Je partirai tranquille ! »... Pour le choix de la fiancée, il m'a dit :

— Va faire la demande à cet endroit !

Il devra travailler seulement pour elle. Car, moi, je n'ai pas besoin de lui ! Toutes mes filles habitent chez elles ; mon dernier une fois marié, ma pension de veuve de guerre me suffira !

CORPS ENLACÉS

Lorsque, en 1956, la section des parachutistes et des légionnaires français arrive, au milieu du jour, à El Aroub, les mille habitants de ce village de montagne ont disparu. Un fou erre, seul, près d'une rangée d'oliviers ; une vieille femme sénile reste accroupie près de la fontaine.

La veille encore, quarante-cinq maquisards étaient installés là, ouvertement, depuis plus d'un mois : sur la mosquée repeinte, flottait le drapeau vert et blanc de l'indépendance. Les vieux du village regrettaient de ne pas voir « les Frères » y faire régulièrement leurs prières. Mais l'arrivée en force des Français est signalée avant l'aube : les hommes de quatorze à soixante ans se décident à partir avec les maquisards. Femmes, enfants, vieillards, fuient dans les broussailles et les rochers des alentours, avec l'espoir que l'ennemi ne sera que de passage.

Or les soldats s'installent. Dans la plaine, sont restés en stationnement le génie, l'infanterie et les compagnies militaires. Poussée par la faim, après trois longs jours d'attente, la population civile finit par ressortir ; elle revient, drapeaux blancs en tête, pitoyable procession de femmes aux mamelles vidées et aux bébés geignants.

La déception et l'ennui ont poussé la soldatesque à un pillage systématique. Les habitants retrouvent leur village retourné de fond en comble, « comme un champ » : les provisions séchées ont disparu ou ont été écrasées, les coffres à étoffes sont éventrés, les toits des maisons démolis, on y a cherché autant les armes que les pièces d'argent cachées... Les robes de noces ont été suspendues aux arbres par dérision, traînées dans la boue, par-dessus les chambranles des portes arrachées, pour simuler un carnaval grotesque.

Dans ce saccage, les mères cherchent quoi donner aux enfants affamés. Certaines, désespérées, pleurent en silence sur les seuils.

Au milieu de ce triste retour, deux hommes en uniforme de maquisards sont capturés : l'armée pousse ses premiers hourras de victoire.

Le chef des parachutistes, un lieutenant aristocrate, demande à un deuxième classe, un Alsacien, de tenter d'obtenir des prisonniers l'indication de la cache d'armes. L'interrogatoire commence en plein air, au pied d'un olivier; il sera interminable. L'Alsacien a à cœur de montrer qu'il connaît son métier de tortionnaire. L'officier, qui ne se salit pas les mains, affiche une impassibilité non dénuée de mépris.

Les captifs deviennent vite méconnaissables. Un silence, une distraction s'empare des soldats, qui avaient été, dans un premier temps, attirés par le spectacle. Les hardes, pendues aux branches, semblent soudain seules spectatrices du supplice qui s'étire au soleil...

Enfin, l'un des suppliciés cède. Il désigne la cache. Tous se précipitent. Mais, sur un geste du lieutenant resté en arrière, les deux prisonniers sont abattus d'une première, d'une seconde rafale.

Parmi les légionnaires, l'un écrit les jours d'El Aroub et les revit. Quelquefois même il pleure, « mais sans larme, n'en ayant plus depuis longtemps [1] ».

Je le lis à mon tour, lectrice de hasard, comme si je me retrouvais enveloppée du voile ancestral; seul mon œil libre allant et venant sur les pages, où ne s'inscrit pas seulement ce que le témoin voit, ni ce qu'il écoute.

Le lendemain qui suit cet interrogatoire, une paysanne reconnaîtra son mari parmi les deux morts sans sépulture.

« Elle se précipite hardiment jusqu'au milieu de notre bivouac, pleurant, criant, nous insultant d'une voix effrayante. Elle nous menaça longtemps de son maigre poing décharné [2]. »

Les soldats, à nouveau oisifs, regardent au loin la mer. La plage est tentante, dans cette canicule, mais une épaisse forêt la longe sur des kilomètres. Les maquisards aux yeux de lynx, tapis là sans nul doute, en profiteraient pour attaquer...

Les ordres de retrait tardent. L'agitation autour du village, le désordre, les pleurs des femmes se ralentissent. L'ordre arrive de quitter les lieux le lendemain. Les soldats marcheront une journée entière pour atteindre la mer. Des camions, précédés d'auto-mitrailleuses et suivis de chars, les emmèneront jusqu'à Constantine. « Sales comme des chiens perdus », ils dorment auparavant sur la plage; à l'aube ils se réveillent sous la pluie...

Est-ce au cours de cette descente vers la mer ou le lendemain, dans un des camions du convoi,

1. *Saint Michel et le Dragon* de Pierre Leulliette. Éditions de Minuit, 1961.
2. *Ibid.*

sous la pluie, qu'un certain Bernard se confie à celui qui fera le récit de ces jours d'El Aroub, et évoque ce qu'il n'oubliera plus ?...

A nouveau, un homme parle, un autre écoute, puis écrit. Je bute, moi, contre leurs mots qui circulent ; je parle ensuite, je vous parle, à vous, les veuves de cet autre village de montagne, si éloigné ou si proche d'El Aroub !

La veille du départ, en pleine nuit, Bernard sans armes rampe sur les genoux et les coudes, passe dans le noir entre deux sentinelles, progresse, tâtonne dans le village, jusqu'à ce qu'il trouve une ferme au toit à moitié effondré, à la porte presque entièrement arrachée.

— Là, avoue-t-il, dans la journée, une jolie Fatma m'avait souri !

Il se glisse sans frapper. Il doit être une heure trente du matin. Il hésite dans le noir, puis gratte une allumette : devant lui, une assistance féminine, recroquevillée en cercle, le regarde ; presque toutes sont de vieilles femmes ou le paraissent. Elles sont serrées les unes contre les autres ; leurs yeux luisent d'effroi et de surprise...

Le Français sort de ses poches des provisions en vrac, qu'il distribue hâtivement. Il va et vient, il rallume une allumette ; ses yeux qui cherchaient rencontrent enfin « la jolie Fatma » qui avait souri. Il la saisit aussitôt par la main, la redresse.

Le noir est revenu. Le couple se dirige au fond de l'immense pièce, là où l'ombre est de suie. Le cercle des vieilles n'a pas bougé, compagnes accroupies, sœurs du silence, aux pupilles obscurcies fixant le présent préservé : le lac du bonheur existerait-il ?...

Le Français s'est déshabillé. « Je me serais cru chez moi », avouera-t-il. Il presse contre lui la jeune fille qui frémit, qui le serre, qui se met à le caresser.

« Si l'une des vieilles allait se lever et venir me planter un couteau dans le dos ? » songe-t-il.

Soudain, deux bras frêles lui entourent le cou, une voix commence un discours de mots haletants, de mots chevauchés, de mots inconnus mais tendres, mais chauds, mais chuchotés. Ils coulent droit au fond de son oreille, ces mots, arabes ou berbères, de l'inconnue ardente.

« Elle m'embrassait de toutes ses lèvres, comme une jeune fille. Imagine un peu ! Je n'avais jamais vu ça !... A ce point-là ! Elle m'embrassait ! Tu te rends compte ?... M'embrasser ! C'est ce petit geste insensé surtout que je ne pourrai oublier ! »

Bernard est retourné au camp vers trois heures du matin. A peine endormi, il sera réveillé en sursaut : il faut quitter le village à jamais.

Vingt ans après, je vous rapporte la scène, à vous les veuves, pour qu'à votre tour vous regardiez, pour qu'à votre tour, vous vous taisiez. Et les vieilles immobilisées écoutent la villageoise inconnue qui se donne.

Silence chevauchant les nuits de passion et les mots refroidis, silence des voyeuses qui accompagne, au cœur d'un hameau ruiné, le frémissement des baisers.

[illegible] qui fond, qui s'étire, qui se racornit.

[illegible] des choses [illegible] l'hiver et venir me planter un couteau dans le dos le temps [illegible]

Soudain [illegible]

[illegible]

[illegible] ses livres, comme [illegible]

[illegible]

[illegible]

CINQUIÈME MOUVEMENT

LA TUNIQUE DE NESSUS

Le père, silhouette droite et le fez sur la tête, marche dans la rue du village ; sa main me tire et moi qui longtemps me croyais si fière — moi, la première de la famille à laquelle on achetait des poupées françaises, moi qui, devant le voile-suaire n'avais nul besoin de trépigner ou de baisser l'échine comme telle ou telle cousine, moi qui, suprême coquetterie, en me voilant lors d'une noce d'été, m'imaginais me déguiser, puisque, définitivement, j'avais échappé à l'enfermement — je marche, fillette, au-dehors, main dans la main du père. Soudain, une réticence, un scrupule me taraude : mon « devoir » n'est-il pas de rester « en arrière », dans le gynécée, avec mes semblables ? Adolescente ensuite, ivre quasiment de sentir la lumière sur ma peau, sur mon corps mobile, un doute se lève en moi : « Pourquoi moi ? Pourquoi à moi seule, dans la tribu, cette chance ? »

Je cohabite avec la langue française : mes querelles, mes élans, mes soudains ou violents mutismes forment incidents d'une ordinaire vie de ménage. Si sciemment je provoque des éclats, c'est moins pour rompre la monotonie qui m'insupporte, que par conscience vague d'avoir fait trop tôt un mariage forcé, un peu comme les fillettes de ma ville « promises » dès l'enfance.

Ainsi, le père, instituteur, lui que l'enseignement du français a sorti de la gêne familiale, m'aurait « donnée » avant l'âge nubile — certains pères n'abandonnaient-ils pas leur fille à un prétendant inconnu ou, comme dans ce cas, au camp ennemi ? L'inconscience que révélait cet exemple traditionnel prenait pour moi une signification contraire : auprès de mes cousines, vers dix ou onze ans, je jouissais du privilège reconnu d'être « l'aimée » de mon père, puisque il m'avait préservée, sans hésiter, de la claustration.

Mais les princesses royales à marier passent également de l'autre côté de la frontière, souvent malgré elles, à la suite des traités qui terminent les guerres.

Le français m'est langue marâtre. Quelle est ma langue mère disparue, qui m'a abandonnée sur le trottoir et s'est enfuie ?... Langue-mère idéalisée ou mal-aimée, livrée aux hérauts de foire ou aux seuls geôliers !... Sous le poids des tabous que je porte en moi comme héritage, je me retrouve désertée des chants de l'amour arabe. Est-ce d'avoir été expulsée de ce discours amoureux qui me fait trouver aride le français que j'emploie ?

Le poète arabe décrit le corps de son aimée ; le raffiné andalou multiplie traités et manuels pour détailler tant et tant de postures érotiques ; le mystique musulman, dans son haillon de laine et rassasié de quelques dattes, s'engorge d'épithètes somptueuses pour exprimer sa faim de Dieu et son attente de l'au-delà... La luxuriance de cette langue me paraît un foisonnement presque suspect, en somme une consolation verbale... Richesse perdue au bord d'une récente déliquescence !

Les mots d'amour s'élèvent dans un désert. Le

corps de mes sœurs commence, depuis cinquante ans, à surgir par taches isolées, hors de plusieurs siècles de cantonnement; il tâtonne, il s'aveugle de lumière avant d'oser avancer. Un silence s'installe autour des premiers mots écrits, et quelques rires épars se conservent au-delà des gémissements.

« L'amour, ses cris » (« s'écrit ») : ma main qui écrit établit le jeu de mots français sur les amours qui s'exhalent; mon corps qui, lui, simplement s'avance, mais dénudé, lorsqu'il retrouve le hululement des aïeules sur les champs de bataille d'autrefois, devient lui-même enjeu : il ne s'agit plus d'écrire que pour survivre.

Bien avant le débarquement français de 1830, durant des siècles autour des présides espagnols (Oran, Bougie, comme Tanger ou Ceuta, au Maroc), la guerre entre indigènes résistants et occupants souvent bloqués se faisait selon la tactique du « rebato » : point isolé d'où l'on attaquait, où l'on se repliait avant que, dans les trêves intermédiaires, le lieu devienne zone de cultures, ou de ravitaillement.

Ce type de guerre, hostilité offensive et rapide alternant avec son contraire, permettait à chaque partenaire de se mesurer indéfiniment à l'autre.

Après plus d'un siècle d'occupation française — qui finit, il y a peu, par un écharnement —, un territoire de langue subsiste entre deux peuples, entre deux mémoires; la langue française, corps et voix, s'installe en moi comme un orgueilleux préside, tandis que la langue maternelle, toute en oralité, en hardes dépenaillées, résiste et attaque, entre deux essoufflements. Le rythme du « rebato » en moi s'éperonnant, je suis à la fois l'assiégé étranger et l'autochtone partant à la mort par bravade, illusoire effervescence du dire et de l'écrit.

Écrire la langue adverse, ce n'est plus inscrire sous son nez ce marmonnement qui monologue ; écrire par cet alphabet devient poser son coude bien loin devant soi, par-derrière le remblai — or dans ce retournement, l'écriture fait ressac.

Langue installée dans l'opacité d'hier, dépouille prise à celui avec lequel ne s'échangeait aucune parole d'amour... Le verbe français qui hier était clamé, ne l'était trop souvent qu'en prétoire, par des juges et des condamnés. Mots de revendication, de procédure, de violence, voici la source orale de ce français des colonisés.

Sur les plages désertées du présent, amené par tout cessez-le-feu inévitable, mon écrit cherche encore son lieu d'échange et de fontaines, son commerce.

Cette langue était autrefois sarcophage des miens ; je la porte aujourd'hui comme un messager transporterait le pli fermé ordonnant sa condamnation au silence, ou au cachot.

Me mettre à nu dans cette langue me fait entretenir un danger permanent de déflagration. De l'exercice de l'autobiographie dans la langue de l'adversaire d'hier...

Après cinq siècles d'occupation romaine, un Algérien, nommé Augustin, entreprend sa biographie en latin. Parle de son enfance, déclare son amour pour sa mère et pour sa concubine, regrette ses aventures de jeunesse, s'abîme enfin dans sa passion d'un Dieu chrétien. Et son écriture déroule, en toute innocence, la même langue que celle de César, ou de Sylla, écrivains et généraux d'une « guerre d'Afrique » révolue.

La même langue est passée des conquérants aux

assimilés ; s'est assouplie après que les mots ont enveloppé les cadavres du passé... Le style de saint Augustin est emporté par l'élan de sa quête de Dieu. Sans cette passion, il se retrouverait nu : « Je suis devenu à moi-même la contrée du dénuement ». Si cet amour ne le maintenait pas en état de transe jubilatoire, il écrirait comme on se lacère !

Après l'évêque d'Hippone, mille ans s'écoulent au Maghreb. Cortège d'autres invasions, d'autres occupations... Peu après le tournant fatal que représente la saignée à blanc de la dévastation hilalienne, Ibn Khaldoun, de la même stature qu'Augustin, termine une vie d'aventures et de méditation par la rédaction de son autobiographie. Il l'intitule « Ta'arif », c'est-à-dire « Identité ».

Comme Augustin, peu lui importe qu'il écrive, lui, l'auteur novateur de « l'Histoire des Berbères », une langue installée sur la terre ancestrale dans des effusions de sang ! Langue imposée dans le viol autant que dans l'amour...

Ibn Khaldoun a alors près de soixante-dix ans ; après un face à face avec Tamerlan — sa dernière aventure —, il s'apprête à mourir dans un exil égyptien. Il obéit soudain à un désir de retour sur soi : le voici, à lui-même, objet et sujet d'une froide autopsie.

Pour ma part, tandis que j'inscris la plus banale des phrases, aussitôt la guerre ancienne entre deux peuples entrecroise ses signes au creux de mon écriture. Celle-ci, tel un oscillographe, va des images de guerre — conquête ou libération, mais toujours d'hier — à la formulation d'un amour contradictoire, équivoque.

Ma mémoire s'enfouit dans un terreau noir ; la

rumeur qui la porte vrille au-delà de ma plume. « J'écris, dit Michaux, pour me parcourir. » Me parcourir par le désir de l'ennemi d'hier, celui dont j'ai volé la langue...

L'autobiographie pratiquée dans la langue adverse se tisse comme fiction, du moins tant que l'oubli des morts charriés par l'écriture n'opère pas son anesthésie. Croyant « me parcourir », je ne fais que choisir un autre voile. Voulant, à chaque pas, parvenir à la transparence, je m'engloutis davantage dans l'anonymat des aïeules !

Une constatation étrange s'impose : je suis née en *dix-huit cent quarante-deux,* lorsque le commandant de Saint-Arnaud vient détruire la zaouia des Beni Ménacer, ma tribu d'origine, et qu'il s'extasie sur les vergers, sur les oliviers disparus, « les plus beaux de la terre d'Afrique », précise-t-il dans une lettre à son frère.

C'est aux lueurs de cet incendie que je parvins, un siècle après, à sortir du harem ; c'est parce qu'il m'éclaire encore que je trouve la force de parler. Avant d'entendre ma propre voix, je perçois les râles, les gémissements des emmurés du Dahra, des prisonniers de Sainte-Marguerite ; ils assurent l'orchestration nécessaire. Ils m'interpellent, ils me soutiennent pour qu'au signal donné, mon chant solitaire démarre.

La langue encore coagulée des Autres m'a enveloppée, dès l'enfance, en tunique de Nessus, don d'amour de mon père qui, chaque matin, me tenait par la main sur le chemin de l'école. Fillette arabe, dans un village du Sahel algérien...

SOLILOQUE

Circulant depuis mon adolescence hors du harem, je ne parcours qu'un désert des lieux. Les cafés, à Paris ou ailleurs, bourdonnent, des inconnus m'entourent : je m'oublie des heures à percevoir des voix sans visages, des bribes de dialogues, des brisures de récits, tout un balbutiement, un buissonnement de bruits détachés du magma des faces, délivrés de l'inquisition des regards.

Le coutre de ma mémoire creuse, derrière moi, dans l'ombre, tandis que je palpite en plein soleil, parmi des femmes impunément mêlées aux hommes... On me dit exilée. La différence est plus lourde : je suis expulsée de là-bas pour entendre et ramener à mes parentes les traces de la liberté... Je crois faire le lien, je ne fais que patouiller, dans un marécage qui s'éclaire à peine.

Ma nuit remue de mots français, malgré les morts réveillés... Ces mots, j'ai cru pouvoir les saisir en colombes malgré les corbeaux des charniers, malgré la hargne des chacals qui déchiquettent. Mots tourterelles, rouges-gorges comme ceux qui attendent dans les cages des fumeurs d'opium... Un thrène diffus s'amorce à travers les claies de l'oubli, amour d'aurore. Et les aurores se rallument parce que j'écris.

Ma fiction est cette autobiographie qui s'esquisse, alourdie par l'héritage qui m'encombre. Vais-je succomber ?... Mais la légende tribale zigzague dans les béances et c'est dans le silence des mots d'amour, jamais proférés, de la langue maternelle non écrite, transportée comme un bavardage d'une mime inconnue et hagarde, c'est dans cette nuit-là que l'imagination, mendiante des rues, s'accroupit...

Le murmure des compagnes cloîtrées redevient mon feuillage. Comment trouver la force de m'arracher le voile, sinon parce qu'il me faut en couvrir la plaie inguérissable, suant les mots tout à côté ?

TZARL-RIT
(final)

« *tzarl-rit* » :
— *pousser des cris de joie en se frappant les lèvres avec les mains (femmes)*

Dictionnaire arabe-français
Beaussier

— *crier, vociférer (les femmes, quand quelque malheur leur arrive)*

Dictionnaire arabe-français
Kazimirski

PAULINE...

Paris, début juin 1852. Dix femmes, dont l'une prénommée Pauline, sont réveillées en sursaut, peu avant l'aube, à la prison Saint-Lazare :

— Le départ, c'est le départ pour l'Algérie !

Les religieuses les bousculent pour hâter leurs préparatifs. Le jour ne filtre même pas encore ; les hommes d'armes font résonner de bruits d'acier les hauts couloirs gris.

— C'est le départ pour l'Algérie, reprend une voix craintive.

Ainsi le nom de mon pays résonne en glas pour ces prisonnières. Les balluchons à ficeler vite, le registre de la prison à signer et c'est la marche, dehors, sans calèche... A peine si l'une, trop malade, obtient qu'on la transporte.

Dans un Paris de l'aube que le groupe de détenues et de soldats traverse, des rires de fêtards attardés souillent celles qu'on prend pour des filles de joie. Elles parviennent à l'embarcadère sur la Seine. Quelques heures après, c'est le départ pour Le Havre ; de là, le voyage en bateau se poursuit vers la terre sauvage. C'est là, en effet, que les tribunaux parisiens envoient, après le Coup d'État du 2 décembre, les irréductibles de la révolution de 48... Des centaines d'hommes et de femmes seront ainsi déportés...

Parmi ce « peuple » — comme diraient les diseuses de chez moi — se trouve Pauline Rolland. Une institutrice de quarante-quatre ans qui « combat pour sa foi et ses idées », pour reprendre les mots de la bergère de mes montagnes. Pauvre comme elle ; comme elle, humble et trop fière...

Pauline Rolland débarque le 23 juin 1852 près d'Oran. Quatre mois plus tard, le 25 octobre, elle embarquera malade, de Bône, pour revenir en France et mourir aussitôt après. De l'ouest à l'est, tout cet été d'hier, elle circulera de ville en ville, surveillée, espionnée, expulsée...

Corps transporté de Mers el-Kébir à Oran, d'Oran à Alger, d'Alger à Bougie — dans ces villes, elle ne voit rien, excepté des soldats et ses geôliers — ; de là, par des chemins qui longent une Kabylie insoumise, Pauline arrive à dos d'âne à Sétif où elle subsiste en travaillant comme lingère. Deux mois après, elle est reléguée dans une forteresse à Constantine ; enfin, elle est amenée à Bône où lui parvient la permission de rentrer en France — prétendue sollicitude, n'est-elle pas mère de trois enfants, quoique considérée également comme une « dangereuse agitatrice ».

Elle embarquera très malade. Sur le bateau qu'elle prend, elle demeurera couchée sur le pont, souvent battu par les vagues d'une mer démontée. Débarquée à Marseille, Pauline ne peut plus se lever. A Lyon, chez des amis, elle agonise, et lorsque son fils aîné, un jeune homme couvert de lauriers scolaires, accourt, elle est inconsciente. En fait, elle n'a plus quitté l'Algérie sinon pour délirer... Notre pays devient sa fosse : ses véritables héritières — Chérifa de l'arbre, Lla Zohra errante dans les incendies de campagne, le chœur des veuves anonymes d'aujourd'hui — pourraient pousser, en son honneur, le cri de triomphe ancestral, ce hululement de sororité convulsive!

Durant les quatre mois de ce voyage algérien, Pauline n'a cessé d'écrire de multiples lettres à ses amies de combat, à sa famille, à ses proches...

J'ai rencontré cette femme sur le terrain de son écriture : dans la glaise du glossaire français, elle et moi, nous voici aujourd'hui enlacées. Je relis ces lettres parties d'Algérie; une phrase me parvient, calligraphie d'amour, enroulant la vie de Pauline :

« En Kabylie, écrit Pauline, en juillet 1852, j'ai vu la femme bête de somme et l'odalisque de harem d'un riche. J'ai dormi près des premières sur la terre nue, et près des secondes dans l'or et la soie... »

Mots de tendresse d'une femme, en gésine de l'avenir : ils irradient là sous mes yeux et enfin me libèrent.

LA FANTASIA

Ce même mois d'octobre 1852, tandis que Pauline Rolland quitte Bône pour mourir, Eugène Fromentin commence un séjour dans ce pays que vingt-deux ans de guerre permanente viennent de ployer. Il y arrive, touriste élégant, aristocrate paisible, un penchant affirmé pour la chasse et les décors de campagne automnale.

Une génération d'affrontements sanglants, de poursuite et de hallali s'achève. La Kabylie et le Sud restent inentamés : Fromentin se contentera de longer ces rivages. Au Nord, la nature qu'il s'applique à peindre, où il se promène, regard et ouïe également à l'affût, se présente comme une réserve giboyeuse que de trop longues battues auraient vidée. Les êtres, tout en gentillesse et en apparente fragilité, s'avancent, fantômes de quel cérémonial perdu... Une vie, malgré la défaite, tente de se refaire là et ces demi-morts d'un pays qui s'asservit, où les révoltes se circonscrivent à des aires précises, se souviennent du combat, mais font semblant de dormir, de rêver au soleil, de fumer du hachisch.

Une accalmie intervient, où la végétation n'est point encore celle dont s'empareront les colons, leurs saisonniers piétinant plus tard dans la poussière. En dépit des chocs passés, les paysages s'offrent dans la pureté de la découverte, au Nord avec des nuances fugaces, au Sud dans de hautains contrastes.

Surtout, Fromentin s'éprend de la lumière; il tente de nous la transmettre. Nos ancêtres, nimbés par elle, deviennent, sous les yeux de cet amoureux du gris, de ce dessinateur excellant dans les scènes de chasse, des complices attristés de sa mélancolie.

En décrivant un de ses séjours en Algérie, Eugène Fromentin intitule son récit « Chronique de l'Absent ». Or il trouve, dans le Sahel de mon enfance, un jardin où tout, précisément, parle d'absence.

— O mon ami, je suis tuée!

Ainsi soupire une dernière fois Haoua, une jeune femme venue avec son amie, danseuse de Blida, pour assister à la fantasia des Hadjouts, un jour d'automne; un cavalier, amoureux éconduit, l'a renversée au détour d'un galop. Elle reçoit à la face un coup mortel du sabot de la monture et, tandis que le cavalier meurtrier disparaît à l'horizon, au-delà des montagnes de la Mouzaïa, elle agonise toute la soirée. Fromentin se fait narrateur de cette fête funèbre.

Est-ce qu'inévitablement, toute histoire d'amour ne peut être évoquée sur ces lieux, autrement que par son issue tragique? Amour furieux de ce guerrier hadjout, que Haoua a quitté et qu'il abat. Amour aussi mais à peine deviné, d'un ami du peintre français pour la Mauresque mystérieuse qui s'exprimait par les couleurs de ses costumes, par le murmure indistinct de sa voix d'oiseau... Première Algérienne d'une fiction en langue française à aller et venir, oiseusement, première à respirer en marge et à feindre d'ignorer la transgression...

Haoua a dû naître juste avant, ou juste après l'année de la prise de la Ville. Son enfance, son adolescence ont été nourries de la rumeur des combats, des guet-apens, des embuscades qu'inflige aux Français cette redoutable tribu des Hadjouts ; celle-ci, cinq ans après la soumission d'Abdelkader, se retrouve décimée et vit, jour après jour, sa lente agonie. Et c'est le vrai tragique de cette fantasia que Fromentin ressuscite : gesticulation de la victoire envolée, assomption des corps au soleil dans la vitesse des cavales...

Le printemps précédent, Haoua a reçu, au vu et au su d'une cité voisine, un ami français. Cet homme, errant dans la poussière et le silence des routes, est amateur de crépuscules. La campagne, autour, avec ses ciels moribonds, ses races d'oiseaux sur le point de mourir, ses chameaux attardés, se vide irrémédiablement... Les Hadjouts, compagnons de l'Émir, eux, les « brigands » qui ont harcelé les envahisseurs de la Ville, voient leur tribu disparaître, comme disparaîtra, vingt ans plus tard, le magnifique lac Halloula et son peuple d'oiseaux innombrables.

— O mon ami, je suis tuée ! soupire la jeune femme sous la tente.

Ainsi soupire la plaine entière du Sahel, hommes et bêtes, les combats une fois terminés.

AIR DE NAY

Lors j'interviens, la mémoire nomade et la voix coupée. Inlassablement, j'ai erré aux quatre coins de ma région natale — entre la Ville prise et les ruines de Césarée, elle s'étend au pied du mont Chenoua, à l'ombre du pic de la Mouzaïa, plaine alanguie mais aux plaies encore ouvertes. J'interviens pour saluer le peintre qui, au long de mon vagabondage, m'a accompagnée en seconde silhouette paternelle. Eugène Fromentin me tend une main inattendue, celle d'une inconnue qu'il n'a jamais pu dessiner.

En juin 1853, lorsqu'il quitte le Sahel pour une descente aux portes du désert, il visite Laghouat occupée après un terrible siège. Il évoque alors un détail sinistre : au sortir de l'oasis que le massacre, six mois après, empuantit, Fromentin ramasse, dans la poussière, une main coupée d'Algérienne anonyme. Il la jette ensuite sur son chemin.

Plus tard, je me saisis de cette main vivante, main de la mutilation et du souvenir et je tente de lui faire porter le « qalam ».

Vingt ans se sont écoulés depuis un récent arrachement. Dans le silence qui termine d'ordinaire les opéras funèbres, je vais et je viens sur ma terre, j'entre dans les demeures de village où les diseuses se rappellent la cavalcade d'hier puis, le corps emmitouflé, font semblant à nouveau de dormir : enfanter derrière des persiennes, en plein midi, baissées.

Quel rivage s'annonce pour moi, rêveuse qui m'avance, retrouvant la main de la mutilation que le peintre a jetée ?... Quelle liesse se prépare, hantée par le chant de tribus disparues ? Agilité de doigts rougis au henné qui s'activent, âcre parfum des grillades qui s'évapore et les tambours chauffent sur des braseros enfumés...

Dans la gerbe des rumeurs qui s'éparpillent, j'attends, je pressens l'instant immanquable où le coup de sabot à la face renversera toute femme dressée libre, toute vie surgissant au soleil pour danser ! Oui, malgré le tumulte des miens alentour, j'entends déjà, avant même qu'il s'élève et transperce le ciel dur, j'entends le cri de la mort dans la fantasia.

Paris/Venise/Alger
(juillet 82-octobre 84)

Table

Du même auteur

ROMANS

La Soif
Julliard, 1957

Les Impatients
Julliard, 1958

Les Enfants du Nouveau Monde
Julliard, 1962, réédition 10/18

Les Alouettes naïves
Julliard, 1967, réédition 10/18

Femmes d'Alger dans leurs appartements
Nouvelles, éd. des Femmes, 1980

Ombre sultane
J.-C. Lattès, 1987

Loin de Médine
Albin Michel, 1991

Vaste est la prison
Albin Michel, 1995

FILMS ÉCRITS ET RÉALISÉS (LONG-MÉTRAGE)

La Nouba des femmes du mont Chenoua
1978
Prix de la critique internationale-Biennale de Venise 1979

La Zerda et les chants de l'oubli
1982

Composition réalisée par EURONUMÉRIQUE

Achevé d'imprimer en septembre 2006 en Espagne par
LIBERDÚPLEX
Sant Llorenç d'Hortons (08791)
Nº d'éditeur : 78880
Dépôt légal 1re publication : octobre 2001
Édition 05 - septembre 2006
LIBRAIRIE GÉNÉRALE FRANÇAISE – 31, rue de Fleurus – 75278 Paris cedex 06

31/5127/1